LOCAL
TROUBLE

지역이라는 로맨티시즘과 문학/비평의 분열

로컬리티라는 환영

박형준

비평의 바다 1

두두

노심초사, 언제나 아들의 곁을 배회하고 계신
어머니께 이 책을 바칩니다.

조금 더 나은 삶이 가능하다면

스무 살, 나는 부유하고 있었다. 부산에 있는 한 전자통신고등학교를 겨우 졸업했으나, 전문계 취업에는 뜻이 없었고 대학에도 진학하지도 못했다. 경남에 있는 한 대학에서 뒤늦게 합격 통보를 받아 이모부가 등록금을 내주기도 했지만, 한 달도 채 못 다니고 관둬 버렸다. 그렇다고 아르바이트를 하거나, 다시 공부를 해야겠다고 생각하지도 않았다.

학생들 말을 빌리자면, 그야말로 '노답 인생'이다. 그렇게 방구석을 지키고 있는 아들이 얼마나 답답하고 한심하셨을까. 그럼에도 불구하고 어머니는 단 한 번도 내게 싫은 말씀을 하신 적이 없다. 친구를 만나러 나갈 때는 손에 꼭 만원을 쥐여 주셨고, 밤늦게 고주망태가 되어 귀가해도 아침이면 콩나물국을 끓여 주셨다.

문학 공부를 해보겠다고 생각한 것은 그즈음이다. 어느 날, 시내로 나가기 위해 버스에 오른 나는, 갑자기 무엇에 홀린 듯이 차에서 뛰어내렸다. 언젠가 마주한 적이 있는 풍경, 낙동강을 선연하게 물들이고 있는 구포둑의 노을이었다. 나는 춤추듯 요동치는 불의 향연에 취해 약속시간도 잊은 채 한참을 그곳에 서 있었고, 연락도 없이 약속에 늦었다며 친구들에게 지청구를 들었다.

　　부끄럽고 민망한 이야기지만, 노을에 마음을 사로잡힌 것이 처음은 아니다. 국민학교 4학년 때 우리 가족은 '사상'에서 '구포'로 이사를 왔다. 나는 덕포에 있던 보습학원을 가기 위해 매일 같이 버스를 타고 구포역 앞을 지나갔다. 도대체 무슨 생각에서 그랬을까. 그날 나는 학원으로 가지 않고 버스에서 내렸다. 석양의 이미지는 정확히 생각나지 않지만, 노을에 빠져 한참 동안 그곳에 머물렀던 기억이 난다.

　　나는 그렇게 학원을 째고, 구포둑에서 노을과 친구가 되었다. 여느 날처럼, 학원 마칠 시간에 맞춰 집으로 귀가하니, 어머니가 무거운 표정으로 앉아 계셨다. 학원 다녀온 게 맞느냐는 물음에 나는 또 한 번 거짓말을 했다. 어머니는 눈물을 글썽이며 덕포까지 가는 게 힘드냐고 물으셨다. 뒤에 안 사실이지만, 모친께서는 교습비를 납부하러 갔다가 아들이 열흘 넘게 그곳에 오지 않았다는 사실을 알게 되었다고 한다.

　　이상하게도, 어머니는 화를 내거나 야단을 치지 않으셨다. 지금도 나는 그게 마음에 남아 있다. 그때 차라리 종아리라도 맞았다면, 조금은 마음이 편했을까. 죄송하고 미안한 마음이 들었지만, 그 이후로도 나는 공부 따위는 하지 않았다. 학교에서 배우는 것에 흥미가 없기도 했지만, 왜 공부를 해야 하는지 몰랐다. 십 년 만에 다시 대면한 '구포의 노을', 아니 '어머니의 마음'이 나를 문학의 길로 이끌었을까.

　　나는 사람의 마음을 이해하는 법을 알고 싶었다. 아니, 진심으로 용서를 구하는 말을 배우고 싶었다. 그리고 그때는 정말로 미안하고 죄송했다고 말씀드리고 싶었다. 스무 살이 된 후 처음으로 부모님과 마주 앉아 대학에 가야겠다고 선언했고, 어머니께서는 뒤늦게 공부를 시작한 아들에게 매일 새벽 두 개의 도시락을 쟁여주셨다. 때늦은 공부가 쉽진 않았지만 그 덕에 모교 국어국문학과에 입학할 수 있었고, 좋은 스승과 문우를 만나는 행운을 얻을 수 있었다.

사람의 마음을 보듬는 시인이 되고 싶었지만 그러기엔 능력이 턱없이 모자랐다. 부족하지만 지금껏 공부하며 글을 쓰고 살 수 있는 것은, 그 마음을 이해해주는 벗들이 있기 때문이다. 그러나 본격적으로 문단 활동이라는 걸 하면서 체감한 것은, 문학은 내가 생각한 것처럼 그리 순수하거나 조화로운 행위가 아니라는 사실이다. 문학은 아름답고 숭고한 언어예술의 형식이 아니다. 피에르 부르디외의 말을 빌리자면, 문학/비평은 '순수한 천사주의'를 포기하는 정치적 쟁투이다.

대학원 박사과정을 마치고, 비평전문 계간지『오늘의 문예비평』편집위원으로 활동하며 평론을 쓰기 시작했다. 벌써, 8년 남짓이 되었다. '1부 프롤로그'와 '3부 비평의 불화不和와 연대의 (불)가능성'에 수록되어 있는 글은 대부분 초기에 쓴 평문이다. 지금 보면, 거친 부분이 없지 않다. 하지만 지역문단의 이중적 잣대와 집단적 허위의식에 대한 고민은 그 어느 글보다 진지하게 다루었기에, 수정 없이 그대로 내보낸다. '4부 에필로그'에 수록된 비평은 지역에서의 문학적 분투가 어떻게 분열되고 착종될 수 있는지를 보여주는 현상학적 텍스트이다. 지근거리에서 함께 공부하고 글을 쓰는 선후배 동료를 비판의 대상으로 삼는 것은 매우 어려운 일이다. 객관적 비평의 자리에 선다 해도, 쉽게 '동료의 얼굴'을 삭제할 수 없기 때문이다. 장 폴 사르트르가 『문학이란 무엇인가』에서 말한 바와 같이, 비평가란 좀처럼 잘 살기 어려운 족속이다. 때로는 불화하고, 때로는 추문에 휩싸이고, 또 때로는 싸워야 한다.

지역의 문학/문화는 소중하다. 하지만 그것을 창조하는 과정은 생각만큼 조화롭거나 평화롭지 않다. 찌질하고 비루한 욕망, 그리고 세속적인 갈등, 때로는 협잡과 정치가 난무하는 장소야말로 지역 local이다. 지역에서 문학 창작/비평한다는 자의식이, 지역이라는 존재 조건을 '신성 장소'로 숭배하는 제의의 발문이 되거나, 혹은 우리 안의 후진성을 옹호하는 알리바이가 되어서는 곤란하다. 그럼에도 어쩔 수 없이, 비슷한 경우를 목격할 때가 있다. 부산에서 문학/비평을 한다는 것은 '중앙중심주의'라는 권위적 문화주의와 대결하는 민주주의 투쟁인 동시에, 우리 안의 토착적 기득권을 내파하는 자기 혁명의 과정이기도 하다. 피곤하고 고단한 일이지만, 그것이 비평가가 감당해야 하는 일이라면 피할 마음은 없다.

문학/비평을 한다는 것은 좋은 삶의 형식이 무엇인지를 탐문하는 가치 투쟁의 과정이며, 그것은 철저한 자기 성찰 속에서만 가능해진다. 문학/비평이란 무엇인가. 이십 년 넘게 공부하고 있지만 쉽게 답할 수 있는 질문이 아니다. 아니, 어쩌면 평생 답을 내놓지 못할 것이다. 왜냐하면 지금 우리에게 필요한 물음은 '문학이란 무엇인가'가 아니라, 문학이 '무엇을 할 수 있는지'를 되묻는 일이기 때문이다. 이 책의 '2부 비평의 시차視差와 저항의 장소성'에 수록된 평문은 그러한 삶/문학의 가능성을 지역/비평이라는 시좌 속에서 모색해 본 글이다. 문학/비평, 혹은 지역/비평. 문학과 비평의 담벼락에 경계의 슬러시("/")가 놓이는 것은 매우 자연스럽다. 문학 작품과 문학적인 삶은 비평과의 조우를 통해서만 한층 의미 있어질 수 있다.

지역/문학은 새로운 삶의 가능성을 직조하는 필요조건이기는 하지만, 충분조건은 아니다. 지역은 실존적 장소인 동시에, 절박한 투쟁의 공간이다. 누군가와 문학을 나눌 수 있다는 것. 그것은 분명 즐겁고 행복한 일이다. 다만, 그 선한 마음의 정체와 가치를 판별하는 것은 비평(가)의 몫이다. 비평은 불화를 통해 조화에 이르는 변증법적 실천 과정이며, 이를 위해 우리는 로컬리티라는 환영과 싸워야 한다. 대단한 비평가가 아니라도, 그 정도는 안다.

2018년 초겨울 부산 동래에서 박형준

프롤로그 : 표준적인 것과 지역적인 것

1부.

Local
Trouble

국어의 외항外港 : 지역. 지역어. 지역문학

> 언어의 정비는 언제나 영토의 정비이다.
> 언어는 유형적(지형학적) 의미에서뿐만 아니라
> 무형적(상징적) 의미에서도 영토를 가진다.
> -장 베르나베

국어國語의 외부 : 지역, 혹은 방언의 자리

지역은 모더니티의 외항에 위치해 있다. 제국의 영토 분할 과정에서 새겨진 '식민사회'의 경험, 이 불편한 기억을 봉합하기 위해서 이루어진 국민국가의 건국서사는 중심과 주변의 삶을 분리하고, 사회·경제·정치·문화·예술의 생산 구조를 중핵core프로그램화하였다. 지역과 지역의 임계가 비결정적 의미 자질 속에서 재창출되는 것임에도 불구하고, 지역의 경계를 더욱 분명하게 설정하고 설명하고자 하는 기획은 압축 성장이라는 근대화 프로젝트 아래 지속적으로 수행되어왔다. 이처럼 지역을 중심/주변이라는 틀framework로 사유하는 방식은 중심공간의 동심원적 결합을 통해 주변공간의 가치를 생성하고 발견할 수 있다는 논리를 가능하게 하였고 '중심—선先/주변—후後'의 관계를 정당화하기도 하였다.

지역을 중심/주변이라는 틀—이것은 중심/반주변/주변이라는 틀의 경우에도 크게 다르지 않다—로 분할하는 과정에서 중심공간에 대한 주변공간의 동심원적 결합이 순수하게 이루어질 수 있다는 환상의 돌림병은 그 자체로 정치적이라 할 만하다. 지역의 경계를 구체화하고 지역의 주변부적 특성을 설명하고자 할 때, 지역 내부의 다양한 이질성은 오히려 배제된다. 특수성의 은폐를 통한 보편성의 확립은 지역의 중심/주변 구도를 더욱 심화시키는 역할을 하며, 오인 메커니즘의 작동 과정 속에서 탈위계적 지역 정체성의 창출로 나타나기도 한다. 지역의 주변부적 성격이 강조되면서 지역성을 획득하게 되는 자리, 그리고 서울이라는 심상지리가 표상하고 있는 '(서울의) 지역성'이 탈색되는 자리가 바로 이 지점이다.

이른바, 지역성과 지역화를 강조하는 담론들이 내포하고 있는 정치적 무의식, 즉 '표현 가능한 대상'으로서의 지역 정체성이 경험적 사실로서 존재한다는 기대와 발화 가능성에 대해 다시 사유해 보아야 하는 것—지역, 지역어, 지역문학의 관계망을 촘촘하게 이해하기 위해서—은 이러한 까닭이다. 지역의 정체성을 가장 잘 보여주는 것은 언어와 전통문화인데, 특히 시간의 주름 속에 접혀있다 펼쳐지는 주체의 목소리—지역의 음성을 기억하고 현재화하는 지역어—가 그러하다. 지역의 역사와 전통문화를 문화산업 콘텐츠로 재구성한 지역컨설팅 사업이 자본주의라는 세련된 옷을 입고 손님을 맞이한다고 해서, 이를 지역의 정체성으로 생각하는 사람은 없을 것이다.

지역은 근대 국민국가의 상징적 생산물로서 수태되고 창성하게 된 국어國語 사용의 (불)가능 공간이다. 식민지 언어정책의 부당함에 저항하면서 제정된 표준어 규정("대체로 현재 중류 사회에서 쓰는 서울말", 1933)은 그 지역성과 계급성을 현재까지도 유지하고 있다. 지역적, 계급적 층위를 인위적으로 통제한 표준어의 경직성과 공공성의 경계는 모호하다. 지역은 해방 이후에도 식민지의 '민족=언어≠국어' 불일치 등식에서 자유로울 수 없었는데, '민족=언어=국어'라는 등식을 국가의 언어정책 속에서 구현하고자 할 때 지역어는 낯선 언어(방언)으로 전락한다. 왜냐하면 지역어의 다양한 스펙트럼은 표준적인 의사소통과 국민통합이라는 당위를 동시에 실현해야 하는 공적 언어로서는 적합하지 않기 때문이다.

국어國語의 초대 : 지역어, 소통 (불)가능의 언어

근대 민족국가의 형성 과정에서 국민통합의 혈액과도 같은 국어가 탄생했다는 것. 이것이 이방의 언어를 배제하는 방식을 통해 구체화되었다는 사실, 다시 말해 국어의 성립 과정에서 배타적 대상 언어인 지역어(한자와 방언)를 탈각시킴으로써 국민정신의 상징적 교화수단을 창출하였다는 사실은 새삼스럽지 않다. 해방 직후—일본의 경우 청·일전쟁 이후—, 우리는 국어('고쿠고')의 내적 규칙과 사용 환경을 체계적으로 정비한다는 목적 아래 한자漢字폐지와 한글전용 운동을 전개한 바 있는데, 이는 국가어國家語로서의 국어 정비 작업이 한자를 철저하게 소거하는 '언어적 재영토화' 과정을 통해 구현되었음을 보여준다.

이 문예지는 한글전용으로 엮어진 책이다. (중략) 그 놈의 답답한 한자, 몇 줄 읽다가고 자꾸만 모르는 글자가 나타나면 나중에는 그만 책을 던져버리다시

피 읽는 이의 기분을 죽이는, 세계의 글자 중에서도 제일 망한 놈의 글자! 왜 우리 글만으로써 문학도 예술도 학문도… 못 이룬다는 말인가? 한자의 제 고향인 「중국」에서도 그리고 섬나라 「일본」에서도 모두들 골치를 앓고 드디어는 글자의 혁명 운동까지 활발히 일어나고 있는 뚜렷한 사실을 이 땅의 한자 유식층들은 모를 일이야 없으리라. 진실로 내 동포와 내 불쌍한 형제를 아끼고 이 땅의 문화를 소중히 여긴다면 한글전용부터 단행하라!/ 한자의 중독자들의 어떠한 비난을 받아도 좋다.[1]

"한자의 중독자들의 어떠한 비난을 받아도 좋다"라는 각서에 가까운 창간호의 편집후기이다. 1950년대 안장현에 의해 부산지역에서 발행된 『한글문예』는 한글전용 문예운동사의 맥락을 보여주는 중요한 매체—이에 대한 상세한 연구는 후고를 기약해야 하겠으나—이다. 한자 제외의 표면적인 이유는 사용상의 불편함이지만, 그 이면에는 '한자=중국언어'라는 분명한 대타의식이 존재한다. 한자를 병행 사용하는 것은 "이 땅의 문화를 소중히 여"기지 않는 것이라는 언어/문화 관계론에 기반한 한글전용주의는 부산(지역)발發 국어 창성의 견실성을 보여준다 하겠다.

한자와 함께, 수용소의 언어로 유배된 다른 하나가 방언이다. 한자폐지가 국민국가 외부의 언어에 대한 단속과 통제였다면, 지역어의 풍성한 용법을 단순화시키는 표준어의 구상은 국민국가 내부 언어에 대한 단속과 통제였다고 하겠다.[2] 표준어의 형성 과정이 단일 민족국가의 존속과 자본주의 사회 체계를 유지하기 위한 의사소통 기능, 즉 공적 언어로서의 기능을 확립하는 데 있었다는 점. 표준어의 제정과 반복이 계급성과 지역성을 탈색한 인위적 정박점을 향한 국어에로의 초대받지 못한 초대였다는 것. 이것은 사투리, 방언, 토속어 등으로 명명되는 지역어가 어디까지나 사적 언어로 인식되어 온 데서 확인할 수 있다.

공적인 말하기 상황에서는 표준어가 쓰일 수 있겠지만 사적인 영역에서조차 방언이 쓰이지 않는다면 그것은 방언의 사망을 말해주는 분명한 증거라 할 수 있다. 실제로 같은 가족 내에서 70대 이상의 부모와 40대 자식의 언어를 비교해 보면 70대는 전체 발화의 50% 이상이 비표준어인 방언 어휘인 반면, 40대의 방언 사용률은 훨씬 떨어진다는 사실을 쉽게 확인할 수 있다. 이처럼 방언은 급격한 속도로 사라지고 있으며, 우리말은 표준어로 통일되어 가고 있으니, 우리말의 다양성도 그만큼 사라지고 있다고 말할 수 있다.[3]

지역어에 대한 국어학자와 국어교육학자들의 관심과 논의를 보아도 현재까지 지역어를 사적 언어로 이해하는 데서 벗어나지 못하고 있음을 알 수 있다. 이것은 여전히, 지역이 방언方言으로 격하된 낯선 언어의 사용지地로 인식되고 있기 때문이다. 언어학에서는 방언이라는 용어를 부정적인 의미가 없는 중립적인 의미로 사용한다. 표준어에 대응되는 지역어는 사투리이며, 방언은 중립적인 용어라는 것. 그러나 표준어를 방언의 영역에 포괄하고자 하거나, 방언을 국어의 일부로 이해하여야 한다는 포괄적 진술의 담론 층위에는 언어를 독립된 언어 체계로서 이해하는 순진성, 즉 사회·문화·경제·정치의 맥락을 표백한 개념적 물신성이 존재하고 있다고 할 것이다. 국어國語로서의 방언, 방언으로서의 국어國語에 대한 포괄적 이해와 전언들은 모두 지역어의 가치를 발견하고, 그 기능적 속성을 확대시켜 나가야 한다고 말한다. 이른바, 방언의 소통 불가능역을 가능역으로 전환하고자 하는 욕망. 국립국어원이라는 국책기관을 중심으로 이루어진 대규모 지역어 학술조사와 기록화가 그것을 표상한다. 그러나 조사와 기록, 보존과 복원에 국한된 지역어 조사사업은 표준어로 표상되는 중핵 언어정책에 대한 동심원적 수렴 구조에서, 그리고 국민국가 내부의 지역적 분할 구도에서 벗어나지 못한 한계를 명백히 보여준다.

지역어 조사사업이 철저한 표준언어의 관점에서 수행된다는 점: "방언채집은 발화된 소리의 재현이며, 표준어와의 대비를 통해서 차이를 표시하는 것을 목직으로 삼"[4]았다는 한 연구자의 목소리를 떠올려보자. 지역과 지역어에 대한 관심으로 더욱 촉발되고 있는 국어로부터의 초대받지 못한 초대. 이 소중한 만남의 기회와 가능성을 삐딱한 시각에서 이해하고자 하는 것이 아니다. 단지, 지역어가 국어의 다양한 변용태로서 표준어를 더욱 풍성하게 만들 수 있는 자원 제공의 수단으로 여겨지거나, 일종의 지역 문화유산으로서 보호받고 보존되어야 하는 대상으로만 간주되어서는 곤란하다는 것이다.

국어國語와 다른 어법 : 지역문학의 기능과 윤리

국어의 변용 형상으로서 지역(어)를 마주하는 방식들, 즉 지역어의 사회·문화·미학적 가치와 차이를 발견하기 위한 노력들. 구술

언어의 복원으로서 문학 텍스트에 응집되어 있는 지역어와 전통문화의 색깔을 투사해 내는 것, 혹은 지역공동체의 삶을 핍진성 있게 묘사하는 현실 재현의 언어로서의 문학 텍스트 분석에 주목하는 것. 양자 모두 지역성, 혹은 토속성과 향토성의 발견을 정면화하고자 하는 시도이자, 차이와 변별을 통해 지역 정체성을 구축하고자 하는 실용주의 문화 전략이라 하겠다.

　지역어로 형상화된 문학 텍스트의 가치를 기능주의적으로 환원하거나—이를테면 '전통적 어법과 가락의 활용, 전통과의 합일, 등장인물의 성격 구현, 해학적 기능의 활용, 새로운 방언 어휘 발굴과 이미지 활용, 구어체 작품의 발달 촉진, 지역 정체성의 획득'[5] 등이 그것인데—, 수용독자의 효용적 가치에서 찾고자 하는 시도는 사적 언어로서의 지역어와 주변문화로서의 지역문학에 대한 가치 재발견에 국한된다는 한계를 벗어날 수 없다. 왜냐하면 국어라는 중심언어의 표상체계에 포섭되어 주변적 가치만을 일부 부여받는 종속적 소통구조가 국어교육, 문학교육이라는 제도교육을 통해 재생산될 수밖에 없기 때문이다.

　　문학 작품을 이해하고 감상하는 데 있어서 작품에 나타난 낱말이 지닌 의미를 제대로 이해하는 것은 필수적인 요소이다. 학생들이 제대로 읽고 원활하게 감상함으로써 문화를 이해하고 형성하는 데 있어서 방언이 미치는 영향은 매우 크다고 할 수 있다. (중략) 7차 교육과정 『고등학교 문법』 139쪽에는 소설 자료를 보고 어느 지역의 방언인지 알아보고 방언 어휘를 표준어로 바꾸어 보고 방언의 기능과 가치에 대해 이야기하는 활동이 있는데, 윤흥길의 '장

마'의 일부분이 제시되어 있다.[6]

시에 방언을 도입하는 기법은 사용 주체들의 언어에 대한 감각을 향상시키는 긍정적인 측면도 있지만 부정적인 측면 역시 적지 않다. 이와 같은 방식이 결과적으로 학습자들에게 작품 이해의 불능에 따른 좌절감을 초래할 뿐만 아니라 오독으로 이어질 가능성이 크기 때문이다. (중략) 지역에서 보편적으로 사용하지 않는 언어가 시인의 시에 등장할 때, 독자들은 이것이 지역성을 대표하는 언어인가 아니면 시인의 신조어인가에 먼저 관심을 기울이게 된다. 심한 경우, 지역에서 사용되는 방언이라 할지라도 지역마다 이를 이해하는 방식이 다르기 때문에 해석상 문제가 생기기도 한다.[7]

위의 인용문에서 보여주는 관점은—지역어와 국어교육의 관계에 대한 학술 담론은—, 지역어와 지역어의 문학적 기능에 대한 접근 방법의 단순함을 탈피하지 못하고 있다. "방언 어휘를 표준어로 바꾸어 보"는 전치 활동은 동화주의적 언어 정책에서나 볼 수 있는 국어교육의 내용이라 하겠는데, 진술의 소박함에 비례하는 폭력적 일반화 현상을 보여주고 있다. 특히, 장창영의 글에서는 지역어가 사용된 문학 텍스트에 대한 오독의 가능성을 표준언어 사용자로 제한하거나 혼동하여 논의하고 있어 문제적이다. 또한 그 효과 역시 "언어에 대한 감각을 향상시키는" 데 있다는 기능주의적 접근 방식을 벗어나지 못하고 있다.

이처럼 국어라는 언어 체계의 메커니즘이 교육장의 안쪽/바깥쪽에서 작동하는 힘은 생각하는 것보다 훨씬 견고하다. 지역어의 기능성을 강조함으로써, 오히려 지역과 지역문학 텍스트는 배제의 대상이 되어버리거나, 단순한 소재로 전락하고 만다. 이것은 지역, 지역어, 지역문학의 관계를 손쉽게 설명함으로써 국어라는 언어 체계의 주변 범주에서 이탈되는 것을 방지하는 범주화 정치의 무의식을 보여준다. 설명은 대상의 본질을 획일적으로 재구성함으로써 표준 언어가 제시하는 사고 체계의 동일성을 유지하도록 하며, 그러한 설명 방식을 통해 지역, 지역어, 지역문학을 논의할 때 발생하는 이율배반적 상황을 은폐한다.

국어교육을 통한 표준언어 정책과 미디어 환경의 변화는 지역어 사용 주체의 사회지역어 사용을 가속화시켰다. 지역문학 텍스트 역시 토박이 지역어로 창작된 경우를 찾아보기 어렵다. 물론 지역문학이 토박이 지역어를 통해 구현되어야만 하는 것은 아니다. 그러나 지역어를 통해 구체화된 지역문학 텍스트는 국어 사용의 (불)가능역에서, 혹은 중앙/주변이라는 이분법적 소통 회로에서는 발화하지 못하는 잠재적 언어를 활자화한다. 방언, 속류언어로 분류되어 잊혀져 가는 지역어를 인위적으로 복원하는 방식으로서 지역문학 텍스트를 활용하는 것이 아닌, '지역-지역어-지역문학'의 관계망 속에서 지역이라는 존재 조건을 성찰함으로써 말이다.

이제 지역은 방언方言으로 격하된 낯선 언어의 사용지地이다. 방언方言은 방언邦言에 근접할 수 없는 외부성을 지니고 있으며, 그것은 동심원적 수렴 구조를 통한 방언의 가치 발견이라는 식민 논리를 전제로 하고 있다. 따라서 방언은 이방異邦의 언어일 수밖에 없으며, 사적 언어의 경험을 통해 공적 체계에 편입될 수밖에 없는 지

역 주체 역시 영원히 다른 세계에서 살아갈 수밖에 없는 이방인異邦
人이라 하겠다. 스피박이 『다른 세상에서』에서 "중심의 언어를 강요
하는 대가를 치르게 하고서 나를 중심으로 초대하였다"(221쪽)라고
언급한 것처럼, 지역의 언어적 주체는 지역어의 질적 가치를 균질화
하는 표준언어로서의 국어사용을 강요당하는 대가를 치르고 나서
야─10년 이상의 정규 교육을 통해 사적 언어 사용 금지를 내면화하
고 나서야─, 말더듬이로서 공적 사회 체계에 초청될 수 있는 자격을
갖추게 된다는 점을 잊지 말아야 한다.

　　지역어의 올과 결은 표준어라는 중핵 언어정책에 대한 동심원
적 수렴으로부터의 탈주를 통해 접속하게 되는 삶의 발화이며, 그것
은 국어라는 표준언어의 사고 체계와는 다른 세계에서 울려 퍼지는
타자의 진정한 목소리라고 하겠다. 공적 영역의 발화 방식에 포섭되
어 통제되고 있는 표준언어의 사고틀에서는 표현할 수 없는 잉여지
점, 그 잉여지점에 대한 탐색과 자유로운 발화의 가능성이 지역어의
존재 이유이자, 지역문학 텍스트를 통해 표현되어야 할 실재적 가치
인 것이다. 슬라보예 지젝이 『시차적 관점』에서 언급한 것처럼, 사회
적 배치의 기본좌표를 변경할 수 있는 힘은 공적 언어의 세계에서는
말할 수 없는 것, 말해지지 않는 것을 발화하게 하는 시차적 관점을
획득하는 것이다. 즉, 지역문학은 지역어로 지역을 표현하는 데 그
치는 것이 아니라, 중심언어가 봉합하려는 현실의 균열을 끊임없이
발설하는 데 있다고 하겠다. 지역어로 소통할 수 없는 세계, 즉 공적
언어의 사회 체계에서 발화되지 못한 잉여물의 집합점을 적극적으
로 응시하는, 그것이 바로 국어로부터의 초대에 응하는 태도이자 지

역문학의 윤리라 하겠다.

　물론 국어의 자리는 분명하지 않다. 우리를 국어의 세계로 초대함으로써, 사회 체계 속에 질서 지우려는 그 순간, 이미 신체에 기입되어 나타나는 것이 국어라는 이데올로기이기 때문이다. 지역에서는 국어의 포괄성과 배타성을 동시에 경험할 수 있기에 그 찰나가 포착되곤 한다. 국어라는 공적 언어의 체계에서는 해석될 수 없는 세계를 사적 언어의 증언을 통해 드러내는 것, 다시 말해 표준언어라는 공적 의사소통 방식과 인식틀로서는 표현할 수 없는 잉여 지점의 균열을 증언하는 것을 뜻한다. 이와 같은 인식 전환은 문학의 정치성을 세계의 변형과 해석의 경계에서 찾고자한 랑시에르와 회통하게 한다.[8] 지역어의 유용성과 지역문학의 실용성을 강조하는 기능주의적 수행 논리로부터 벗어나, 지역—지역어—지역문학의 윤리적 입장과 정치적 역량을 다시 사유하고자 하는 성찰의 목소리로 말이다.

　지금도 지역이라는 소통 (불)가능의 배타수역에 위치하면서, 국어로부터의 초대받지 못한 초대에 응해야만 하는 주체 분열적 상황이 지속되고 있다. 지역어의 발화 주체와 그 현현으로서의 지역문학 텍스트를 표준감각에서 이탈된 윤리적 관점으로 해석하고, 또 읽어나가는 것은 국민국가 내부의 단독자로서 살아가면서—실용적 지역론에 함몰되지 않으면서—, '지역-지역어-지역문학'의 관계를 주변적 위치에 귀속시키지 않기 위한 실천 행위이다. 이것은 지역어에 대한 섬세한 이해와 지역문학 텍스트에 대한 충실한 관심으로 시작된다. 자, 이제 이 글을 완성시켜줄 당신의 차례이다. 당신은 지역, 지역어, 지역문학 텍스트를 어떻게 읽을 것인가.

비평의 시차視差와 저항의 장소성

2부

Local
Trouble

비평(가)의 로케이션과 소명

> 역사의 사유는 우리가 살고 있는 곳에서 시작된다.
> —레이먼드 윌리엄스

가난과 무력으로부터

문학비평가에게는 대부분 문학연구자라는 수식이 따라 붙는다. 평론가의 어깨 위에 붙은 '겸업의 견장'은 예술가로서의 개성과 학문으로서의 객관성을 함께 부여해주는 상징적 의례처럼 보인다. 이렇게 말해 놓고 나면, 비평가는 예술과 학문의 지위를 동시에 누리는 특별한 존재처럼 묘사될 수도 있겠다. 허나, 사실 그렇지는 않다. 속된 말로, 비평은 살림生界에는 큰 도움이 되지 않기 때문이다.

한국 사회에서 '비평'은 삶의 물질적 자산을 확보하는 행위와는 무관한 문예 활동이다. 논문 각 편이 연구 실적이라는 이름과 형식으로 정량화되어, 교육/연구 기관의 취직이나 승진, 그리고 연구비를 수혜할 수 있는 '포인트'가 되는 것과 비교하면 이해가 쉽다. 물론 비평적 노고에 대한 답례가 없는 것은 아니지만—원고료가 그 대표적인 예가 될 것인데—, 이마저도 현실적인 도움이 되지 않는 경우가 대부분이다.

그래서일까? 활발하게 비평 활동을 전개하거나 문예지 발간에 참여하던 비평가들이 대학이나 연구기관에 자리를 잡게 되면, 평론 작업을 대폭 줄이거나 아예 논문적 글쓰기나 짧은 칼럼 쓰기로 전회하는 경우가 허다하다. 오해하지 말 것은, 이는 특정한 삶의 형식과 글쓰기를 조소하고자 하거나—비평의 가치가 생업의 현실성을 전혀 획득하지 못하는 사회 현상에 대한 지적일 뿐—, 그 가치나 의미를 폄훼하기 위한 것이 아니다. 오히려 그보다는, 점수나 생계가 되지 못하는 비평의 실존적 가능성, 다시 말해 유물론적 맥락에서는 '살림'의 의미를 거의 갖지 못하는 '비평Criticism'의 존재 의미와 가치를 되묻는 일이다.

여기에서 하나 지적하고 가야 할 것은, '비평-문'과 '평론-쇼'는 다르다는 점이다. 예를 들어, 잡다한 방송과 각종 프로그램에서 '비평'이라는 이름으로 '크리틱 쇼show'를 펼치고 있는 정치평론가들의 '수다'가 그것이다. 여러 가지 차이가 있을 수 있겠지만 가장 다른 점이 있다면—때로, 비평이 자본과 결탁하고 공모하는 경우가 없지 않지만—, 제대로 된 비평은 상품화의 유혹에 저항한다는 사실이다. 그래서 비평가는 가난하다. 그러나 비평이라는 이름을 팔고 사는 '쇼-평론(가)'의 저속함보다 더 참을 수 없는 것이 있다. 바로, 비평의 현실/정치적 '무력(성)'이다. 비평이 순일한 정신 활동이나 고고한 표현예술에까지 이르지는 못하더라도, 우리 사회의 부조리와 모순을 혁파하는 비판적 술어 정도는 되어야 함에도 불구하고, 비평은 너무도 무력하다는 것이다.

그렇다. 비평은 무력했다. 마지막 방세를 남겨 놓고 세 모녀가 이승을 등지던 순간에도, 벌건 백주대낮에 아이들이 차가운 맹골수도 속으로 빨려 들어가고 있을 때도, 현실 정치의 농단과 부패로 사회 운영시스템이 완전히 정지되었을 때도, 비평은 아무런 응답과 대안을 제시하지 못했다. 심지어—신경숙 표절 사건과 같은 현상에서 보듯—, 문학판 내부에서의 창작 윤리와 권력의 감시 기능조차 해내지 못했다. 그래서 누군가는 비평의 위기를 말하기도 한다. 혹은—『릿터』나 『문학3』의 등장이 시사하듯—, 비평과 무관한 정서적 글쓰기의 새로운 가능성을 타진하기도 한다. 그러나 이것은 비평의 위기가 아니다. 기실, 비평은 단 한번도 '위기'가 아니었던 적이 없었기 때문이다. 비평은 그 속성상 이미 '위기'의 문제 상황을 내장하고 있다.

그러므로 우리 사회의 '위기'에 응답해야 하는 비평의 가능성과 잠재성은 항상화되어 있다고 말할 수 있다. 그러나 너무도 가난하고 무력한 비평의 존재 형식은, 도대체 어떤 방식으로 성립되고 발화 가능한 것일까. 비평의 존재 조건에 대한 이러한 물음은, 너무나도 자연스럽게 '다시 비평이란 무엇인가?'라는 질문을 생성시킨다.

이론의 물신성과 문학제도 비판의 공과

비평이란 무엇인가. 이러한 물음은 직업비평가에게만 국한된 것이 아니라, 문학 작품을 생산하거나 향유하는 이라면 누구나 한 번쯤은 고민해 본 적이 있는 질문일 테다. 구태여, 장황하게 비평의 역사적 배경과 내용을 열거하고 축약하지 않더라도, 이를 정의하는 방식이 매우 다양하다는 사실은 쉽게 알 수 있다. 예를 들어, 로이스 타이슌의 『비평이론의 모든 것』에서는—김욱동의 『광장을 읽는 일곱 가지 방법』의 경우도 비슷하지만—, 열한 개에 이르는 비평이론과 독법을 제시하고 있다.

당연히, 이론적 입장에 따라 텍스트의 분석 방법과 가치 평가는 크게 달라진다. 왜냐하면 이론은 세계와 타자를 해석하는 다채로운 시선의 규범적 틀인 동시에—비평의 관점과 텍스트 분석의 지렛대가 되기에—, 분석 텍스트의 선별 조건과 성취 수준을 가늠하는 판별 척도이기 때문이다. 그렇다면 이론은 사상이기도 하지만, 더불어 제도이기도 하다. 문예이론이 문학장場 속에 안정적으로 정박하는 경우, 아이러니하게도 이론의 창발성은 표백되고 단단한 제도적 분석틀로 물신화物神化된다.

그러므로 '신비평부터 퀴어비평까지, 비평이론의 모든 것'을 습득하고 이해한다고 하더라도, 문학 텍스트의 역동성과 다성성을 확보하는 것은 그리 쉽지 않다. 왜냐하면 이미 오래 전, 고바야시 히데오가 날카롭게 지적했던 것처럼, "아무리 비평 방법이 정밀하게 점검되었다 하더라도, 그 비평이 사람을 움직일 수 있는지 여부와는 별 관계가 없"[1]기 때문이다. 그렇다면, 비평의 존재 조건은 이론의 성채 속에서 증명될 수 없고, 또 역으로 텍스트 자체의 신성을 예찬하는 방식으로 성립되지도 않는다. 전자에 치우친다면 이론의 물신주의에 침하될 수 있으며, 또 후자에 경도될 경우에는 쇄말적 텍스트주의로 기울어질 수 있는 탓이다.

비평은 단순히 문예 이론을 텍스트에 적용하는 해설 행위가 아니며, 텍스트의 비밀을 찾아 어둠의 심연 속으로 떠나는 해석의 탐험

과정 역시 아니다. 이는 비평에서 차지하는 이론과 텍스트의 중요성을 망기하고자 하는 말이 아니라, '이론-텍스트-비평'이 맺고 있는 접촉면과 관계망이 그리 간단한 교통 구조로 이루어져 있지 않음을 지적하는 것이다. 시, 소설, 수필, 희곡, 비평 등을 비롯한 문학 텍스트는 독립적으로 존속하는 것이 아니라, 문학장의 내재적 규칙과 이데올로기에 의해 성립된다. 비평이 제도적 구성물이라는 주장은 이 지점에서 부각되는데—굳이 피에르 부르디외나 테리 이글턴을 언급하지 않더라도—, 이는 비평을 순수한 예술 장르가 아니라 사회·역사적 산물로 해석하게 한다.

　한국 문단의 비평장과 담론 공간을 뜨겁게 달구었던, 1980년대 '문학과 지성' 비판이나 1990년대 신세대 비평가들의 문학권력 비판, 그리고 최근에 이슈가 된 신경숙 표절 사태를 통해 촉발된 출판사와 비평의 공모관계 비판 등은, 모두 비평의 메타적 사유에 기반한 실천적 쓰기(들)이다. 특히, 1980~90년대의 문학권력 비판과 논쟁은 이론적 탐구와 텍스트 해석에만 자족하고 있던 비평계의 자기 반성과 비판적 문식력을 최고치로 끌어올린 문학사적 사건으로 평가할 수 있을 듯하다. 이는 탈식민주의 담론과 연계되면서 '반反-중심주의, 혹은 반-권위주의 문화 운동'으로 확장되기도 한다. 위대한 문학적 전통의 역사적 내력에 대한 비평적 고증과 탐구가 전개되면서, 현대적 문범正殿으로 불려왔던 텍스트의 허구적 실체가 폭로되었다.

　그러나 한국 사회의 문화적 기반이 '서울' 지역이나 특정 '에꼴'에만 집중되어 있다는 문학권력 비판/논쟁의 결말은 다소 허망한 부분이 없지 않았다. 문학권력 비판 이후에도, 메이저 출판사와 문예지는 '제도적으로 승인된 문화적 커뮤니티'로 자가 발전해갔고, 오히려 더 견고하게 주류 문예지(출판사)로서의 자리Vested interests를 확보해 갔다. 신경숙 소설가의 미시다 유키오의『우국』표절 논란은 이러한 속물적 문화주의에 정점을 찍은 사건이다. '비평의 비평', 혹은 '문학권력 비판'은 문학이 순수한 언어적 형상을 창안하는 예술적 과정이 아니라, 각각의 입장이 개입하고 충돌하는 '갈등의 산물'이라는 점을 상기시켰다는 측면에서 충분한 의미가 있다.

그러나 문학권력 논쟁에 참여한 비평 논객 중에는, 특정 작가나 에꼴(출판사/매거진)을 '절대적 악의 형상'으로 묘사하는 경우도 없지 않았는데—문단을 일련의 전장으로 이해할 수 있다면 효과적인 언술 전략이라고 말할 수도 있겠으나—, 이는 그리 합리적인 응전 방식이 아니었다는 판단이다. 왜냐하면 비평의 적대적 언술 전략은, 개개인이 배치되어 있는 삶의 조건을 단순화할 위험이 내포되어 있기 때문이다. 올바른 도덕률을 강조하는 비평의 기치란, 너무나도 손쉽게 가해자와 피해자, 다수자와 소수자, 중심부와 주변부라는 이분법적 정의正義론을 발동시키며, 동시에 자기 자신을 '선善'의 자리로 배치시키는 우를 범할 수 있기 때문이다.

예를 들어—나 역시 이러한 사례에서 자유롭다고 말할 수 있을지, 정말로 자신은 없지만—, 우리는 종종 자기 자신의 문화적 후진성과 작품 생산의 부진을 '외부적 요인'으로 전가하는 모습을 발견하게 된다. '주변부'의 문학적 삶과 제한적 문화자산을 '자기 실패'의 알리바이로 삼는 셈인데, 이런 경우 '문학권력 비판'이 융기한 생산적 문제 인식은 완전히 탁화된 채, 애잔한 자기애만이 남게 된다. 문학권력 비판의 강한 메시지와 담론적 구호를 무비판적으로 전유할 때 발생하는 모순이라 하겠다. 그렇다면, 이론적 물신주의와 쇄말적 텍스트주의, 그리고 비평의 모럴리티를 넘어서는 비평(가)의 태도란 무엇인가? 이에 대한 응답을 비평(가)의 로케이션에서 찾아보고자 한다.

시좌와 실험 : '시'의 임계를 횡단하는 '삶'의 자리

비평(가)의 로케이션. 비평은 자신이 위치한 '삶/자리Location'의 다양한 조건과 가능성을 힘껏 사유하면서도, 그것을 자기 한계로만 규정하지 않는 능동적 태도로부터 시작될 수 있다. 이는 비단 탈식민주의 문화론에 입각한 비판적 '지역주의Regionalism' 담론에 한정되는 문제만은 아니다. 최근, 국가 주도적 문화성장론이 은폐하고 있는 폭력성과 식민성을 지각하고, 지역의 특수성에 기반한 보편적 사유와 삶의 양식을 정초해야 한다는 주장이 공감을 얻고 있다. 다만, 이를 비평 담론의 차원이 아니라 구체적인 '삶/문학'의 자리에서 구현하는 것은 별개의 문제이다.

문학 창작과 비평은, 결국 더 나은 삶을 위한 '공통의 가치'를 발견하고 창안하는 작업이다. 그러나 이것은 '일국一國적 사고'나 '속지주의적 사고' 속에서는 불가능하다. 새삼스럽게 다케우치 요시미나 쑨거를 인용하지 않더라도, 비평가에게 '시좌'의 감각이 중요하다는 것은 쉽게 알 수 있다. 시좌視座란 주체의 로케이션에 입각해 미지의 세계와 낯선 타자를 만나는 사유 체계이자 과정이다. 그러므로 어디에서, 어떻게, 무엇을 보는가, 하는 것은 단순한 생활 조건의 인지 여부가 아니라, 주체와 타자가 어떤 방식으로 관계 맺고 살아가야 하는지를 지각하는 시선과 사고의 발명 과정이다. 즉, '시좌'는 비평의 조건과 가능성을 통찰하게 한다. 왜냐하면 이는 비평의 한계와 과제를 함께 사유할 수 있게 해주기 때문이다.

　한국문학이라는 시좌, 혹은 부산비평이라는 시좌는 '나'의 문학적 지향과 비평적 세계를 구성하는 중요한 존재 조건이 된다. 물론 비평가의 시좌를 구성하는 '삶의 자리'는 구체적 장소에 기반하는 것이 대부분이지만, 그렇다고 해서 그것이 꼭 특정 지역(명)에 국한되는 것은 아니다. 나의 경우 '(아시아/한국)부산이라는 시좌', 혹은 '비평전문 계간지『오늘의 문예비평』이라는 시좌'가 주어져 있다. 이를 '부산비평의 시좌'라 부를 수 있을지는 모르겠지만—편의상 그렇게 부른다고 할 때—, 이것이 '나'의 비평적 한계와 가능성을 사유하게 하는 중핵 조건인 것만은 틀림없다.

　'아시아와 한국'이 괄호 쳐진 '부산비평의 시좌'는, 때때로 중심부 문화론의 시각에서는 포착하거나 담지하지 못하는 '주변부 삶의 양상'을 이해하고 표현할 수 있는 새로운 시차視差를 구성하곤 한다. 주변부(혹은 반주변부) 문학비평의 성취와 담론적 도약이란 이런 맥락에서 가능했던 것이다. 그러나 주변화된 삶의 조건이 '중심/주변', 혹은 '서울/지방'이라는 지정학적 조건을 통해서만 분기하거나 성찰될 수 있는 것이 아닌 것처럼—예를 들어 장애나 젠더, 그리고 세대나 계급 등과 같은 다양한 조건들을 통해 논의되는 바와 같이—, 이는 부산과 지역이라는 시좌 속에서만 발아되는 것은 아니다. 한 예로, '부산(혹은 한국)의 작가'를 발굴하고 성장시켜야 한다는 당위적 발언에 기반한 민주적 문화론은 지나치게 감상적인 비평적 주장에 다름 아니다. 또한 '중심부의 문학적 기반과 성과'를 선망/질시하면서, 작품 창작이나 비평적 교호 없이 문인 단체에서의 행정사무나 협회활동으로 '작가/비평가적 소임'을 완수하려고 하는 태도도 비생산적이기는 마찬가지이다.

한 가지 곤혹스러운 것은—이는 비단 부산비평의 난처함만은 아니겠으나—, 지역에서 창작/비평 활동을 하다 보면 문학의 미학적 한계치에 미달하거나, 혹은 이를 과하게 초과하는 텍스트를 만나게 된다는 점이다. 오해하지 말 것은, 이는 개별 작품(집)의 창작적 노고를 평가절하기 위한 의도가 아니라는 점이다. 그보다는, 문학 작품(집) 발간의 양적 증가가 과연 한국문학의 질적 도약을 담보한 것인지를 따져 묻는 것이다. 그래서일까? 작품 해설이나 리뷰 청탁을 받고 난감했던 적이 없지 않다. 비평의 책무는 읽고 쓰는 데서부터 시작되는 것이 맞지만, 모든 문학 작품을 해제하는 것이 비평의 역할은 아니기 때문이다. 그러나 아주 가끔씩은 문학의 미학적 임계를 넘어서 반드시 해제/비평되어야 하는 작품을 만나기도 한다. 바로, 다음에 인용할 사례가 그것이다.

시는 예술이기에 앞서 인간의 자기표현 방식 중 하나이다. 이승재 씨가 이십년 동안 써온 시를 묶은 『마개 없는 것의, 비가 오다』라는 시집은 문학이 자기표현의 방편인 동시에, 일상과 절단된 문자 행위나 자기 과시가 아니라는 점을 잘 보여준다. 그는 가족과 주변 사람(들)에 대한 웅숭깊은 사연을 진솔하면서도 따뜻한 시선으로 보여주고 있다. 아마도, 이 작품집을 읽는 독자라면, 그가 얼마나 따뜻한 사람인지 보지 않아도 알 수 있을 것이다. (중략) 잘 알다시피, 시는 일상생활과 괴리된 특별한 창조물이 아니다. 시를 비롯한 문학은, 세상사와 단절된 고고학적이고 탐미적인 언어가 아니라, 우리의 일상생활 도처에 존재하는 사연이자 말의 흔적일 따름이다. 인생이 끝나지 않았듯, 우리의 사연 역시 끝나지 않았다.[2]

하나의 '실험'적인 에피소드이다. 지난 봄, 부산의 어느 독립출판사로부터 '시집 해설'을 써달라는 요청을 받았다. 문학 전문출판사도 아니고 시집을 낸 경험도 전무한 곳이다. 나는 미안한 마음이 들었지만, 잠시 주저할 수밖에 없었다. 이런 나의 머뭇거림을 눈치챘는지, 출판사 대표는 '소요유 시선詩選'의 기획 의도를 상세하게 설명해 주었다. 이 '시선'의 의미는 등단하지 않은 일반 시민(들)의 진솔한 삶을 '시'라는 형식으로 묶어내는 데 그 취지가 있다는 것. 나는 더 이상 거절하지 못하고 원고 청탁을 수락했는데, 사실 전문 문사가 아닌 '시민의 시'는 어떤 내용과 형식일지, 다소의 궁금증과 호기심이 발동한 까닭도 없지 않았다. 그런데 원고를 검토하는 과정에서, 각각의 시편에 상당히 공감하였고 이는 작품 리뷰의 충분한 동기가 되었다. 물론 시 텍스트의 심미적 한계나 작품간 편차가 없는 것은 아니다. 하지만 20여 년 동안 쓰여졌다는 70여 편의 시들은 '한 사람의 인생'을 망라하기에 모자람이 없었다. 가난한 유년시절에서부터 현재의 생生에 이르기까지, 자신의 삶을 과장하거나 뽐내지 않으면서, 따뜻한 대화의 언어를 통해 세계/타자와의 만남을 기록하고 있는 이승재 씨의 시집은, 비록 '완성도 높은 서정시의 목록'이라고는 말할 수 없을지라도, 충분히 '시적인 것'이라고 단언할 수 있었다.

나중에 안 사실이지만, 실제로 그가 시인으로 데뷔하기 위해 시수업과 습작 활동까지 했다는 문학적 내력을 알게 되었다. 어찌 보면, 이승재 씨는 전문 문사로서의 시(인), 혹은 예술로서의 시(인)의 문턱까지 와 있었던 셈이다. 다만, 말 못할 사연과 삶의 고비로 인해, 직업적 문사로 가는 경계를 넘어서지 못했을 뿐이다. 그러나 이 순정한 아마추어 시인의 꿈은 실패한 것이 아니다. 그는 여전히 시와 삶의 틈에서 진솔한 생의 언어를 길어 올리며 살아갈 것이기 때문이다. 대중독자가 시집을 읽지 않는 시대의 비평적 책무란, 바로 이와 같은 '삶/시'의 가능성을 발굴하고 해제하며 공유하는 '자리location'에서부터 시작되지 않을까. 만약 그렇다면 비평의 미래 과제 역시 중심과 주변의 관계 역학과 물적 조건에 대한 저주와 비판이 아니라, 문학(성)의 통념과 임계를 횡단하는 비평적 시좌를 확보하는 것이 되어야 하지 않겠는가.

비평의 소명 : '문학적 규범'에서 '문학적 진실'로

나는 이미 몇 차례 비평(가)의 로케이션이 비평 주체가 놓여 있는 물리적이고 지정학적인 위치만을 되묻는 일이 아니라, 비평하는 이의 역할과 책무를 함께 자문하는 것임을 말한 바 있다. 그러나 어쩌면 이승재 시(집)에 대한 '발문'은 '주례사 비평'이라는 혹독한 비판에 직면할지도 모르겠다. 시 해설의 마디마디에 '비판과 제언'을 제시한 것과 별도로, 미적 성취 여부에 대한 객관적인 해석과 평가를 유보하고 있기 때문이다. 그러나 이는 '주례사 비평'의 취지를 제대로 이해하지 못한 처사이다.

주례사 비평은 독자와 평단의 주목을 받고 있는 작가에게 '상찬'과 '혜택'의 언어만을 돌려주는 속류 문학비평에 대한 조소와 야유이다. 한국 현대비평이 분석과 평가의 대상이 되는 작가와의 객관적인 거리를 충분히 유지하고 있지 못하다는 데서 시작된 메타 비평의 생산적 증례인 셈이다. 이는 칭찬 일색이 된 비평적 글쓰기를 반성하고 엄밀한 평가의 잣대를 회복하고자 하는 윤리적 태도Attitude인 동시에, 각기 다른 의장(이론)을 달고 문학적 텍스트를 호명하고 있는 과잉 비평에 대한 적의이기도 하다. 문학의 생산과 소비를 철저하게 사회 제도의 산물로 보면서 비평의 "천사주의를 포기"(피에르 부르디외)하고 있는 '주례사 비평'은, 우리 문단의 명망주의와 권위주의에 대한 비평적 도전이라 기록할 만하다.

그러나 '주례사 비평 비판'의 진의를 왜곡해서는 안 된다. 주지하다시피, '주례사 비평'이란, 엄격한 비평적 기준을 적용하지 않고 '주례사'하듯이 좋은 말만 하는 비평이 분명하지만—이제는 관용 표현처럼 되어버린—, 그것이 곧 텍스트에 대한 다양한 해석, 이론적 적용, 그리고 긍정적 평가나 가치 부여를 배제하는 말은 아니기 때문이다. 문학 텍스트에 대한 이론적 독해와 정교한 해석은 작품 이해와 감상의 길잡이가 된다. 비판을 위한 비판의 명분으로 '주례사 비평'이라는 관용 표현이 전유되는 것은 삼가야 한다는 뜻이다. 앞에서 예로 든 이승재 씨의 '생애 시집'을 통해—한 사람의 삶이 한 편의 시로 기록되고 기억되는 작품집을 이렇게 부를 수 있지 않을까—, 주례사 비평이 전용되어서는 안 된다는 점을 논의해 볼 수 있을 듯하다.

본래 '주례사'라는 말은 축사의 의례이다. 새로운 삶의 출발점에 선 이들을 위해 축복과 교훈의 메시지를 전하는 말이 주례사이다. 그러므로 주례의 언어는 다소 능력이 부족하고 채워야 할 부분이 많은 타자에게서도 나름의 '장점'과 '의미'를 찾아내는 것이 핵심이다. 이승재 씨의 '생애 시집' 발문에서, 미적 자질과 서정시의 규범을 넘어선 '진솔한 삶'의 내력과 가치를 발견하고자 하는 것이나, 아마추어 시인으로서의 새로운 출발을 '축복'하고자 하는 마음이 여기에 비유될 수 있겠다. 이른바, 주례를 서는 경건한 마음으로 '생애 시집' 저자의 삶과 결속되는 경험을 공유하는 것, 이것이야말로 '주례사 비평'의 참된 모습이 될 것이다. 『주례사 비평을 넘어서』의 문제 인식 역시, 모든 비평이 '주례사'처럼 축언의 의례가 되는 것에 대한 경계일 뿐, 이러한 비평의 맥락을 고려하지 않은 것은 아니다.

이와 같이, 비평의 미래를 모색하는 자리에서 간과하지 말아야 할 것은, 반-권위적이며 반-엘리트적인 시좌를 통해 비평의 대상을 다양화하고 살뜰히 살피는 태도를 잃지 않는 것이다. 의식적이든 무의식적이든, 비평가라면 누구나 '명망 작가'의 작품을 다루고 싶은 마음이 없지 않을 것이다. 그러한 욕망이 없는 것이 오히려 이상하다. 그러나 이름 있고 미학적 성취가 높은 텍스트를 다룬다고 해서 그 비평이 함께 가치 있어지는 것은 아니다. 비평가는 허명虛名의 뒤를 따

르거나, 기존의 문학적 관습을 지키고 유지하는 존재가 아니다. '이론'
과 '작법', 혹은 다양한 문학/예술의 규칙이 우리 사회의 문화적 기득
권을 승계하는 도구라면, 이 역시도 비판의 대상이 되어야 마땅하다.
비평이 이론적 탐구나 방법론적 쇄신에 앞서, 자기반성을 먼저 동반
해야만 하는 까닭이다.

　이를테면, 서정시가 여전히 우리 사회에서 유효한 까닭은, 바로
이와 같은 문화적 기득권과 예술의 규칙을 전복하기 때문이다. 그러
므로 시적 언어의 미적 혁신과 욕동이란 단순한 '언어적 실험'이 아
니라 세계와 사물을 바라보는 새로운 '시차의 구성' 과정과 다르지 않
다. 그러나 과연, 비평은 어떤 '변혁'의 가능성을 보여주고 있는가?
비평은 각기 다른 의장(이론)을 통해 문학 텍스트에 다채로운 숨결
을 부여하는 언어인가? 그렇지 않으면 시대적 조류와 모순을 독해
하고 새로운 전망을 제시하는 이론적 실천인가. 이러한 물음에 진정
성 있게 응답하고 있는 문학적 증례가 있어서 소개하고자 한다. 세
월호 사건의 의혹과 진실을 탐구하고 있는 김탁환의 『거짓말이다』
가 그것이다.

　재판장님!

　이것부터 분명히 말씀드리고 싶습니다. 우리는 끝까지 미수습자 수색을 포기
하지 않았습니다. 가을이든 겨울이든 계속 잠수하려고 했는데, 철수란 문
자를 일방적으로 받은 겁니다. 내쫓기듯 바지선을 떠날 줄은 정말 몰랐습니
다. (중략) 잠수사들을 미워해서가 아니라, 기강을 잡고 응급 상황에서도 신속
히 대처하게 하려는 겁니다. 욕 좀 들었다고 얼굴 찡그리는 잠수사는 없습니

다. 격식 갖춰 말하려다가 귀한 목숨 잃을 순 없으니까요. (중략) 바지선에서 해군, 해경, 민간 잠수사 통틀어 그 누구도 류창대 잠수사를 감독관이라고 부르지 않았습니다. 우리에겐 형님이었고요, 해경이나 해군 간부들에겐 '민간 잠수사 류창대 씨'였습니다.[3]

이 작품은 고 김관홍 잠수사를 비롯한 많은 이들의 증언과 기록에 바탕해 있는 장편소설이다. 그러나 위의 인용에서 확인할 수 있듯, 『거짓말이다』는 '소설'이라기보다는 '피해(자) 보고서'나 '문학적 탄원서'에 더 가깝다. 이는 문학적 규범의 '두 가지 포기'를 통해서 만들어졌는데, 먼저, '인물-사건-배경'의 유기적 관계를 통해 서사 구성의 미적 가치를 성취하는 내러티브 양식의 포기이다. 각 인물의 기억과 증언을 통해 재구되는 세월호 이야기는 인터뷰와 잠수기록부, 그리고 팟캐스트와 몽유록적 판타지의 형식을 차용하며 전개된다. 김탁환이 이전 작품에서 보여준 역사추리물의 서스펜스를 고려하면, 굉장히 예외적인 구성 방식이다. 다음으로, 문체의 포기이다. 이 소설은 서사 장르의 미감과 개성을 극대화할 수 있는 작가의 문체 사용을 최소화하고 있다. 철저하게 정보전달 기능에 입각해 있는 것. 그의 문체 전략은 문학 작품이라고 보기에는 건조하다 못해, 아예 작가 자신의 목소리조차 소거될 지경이다. 그렇다면, 이렇게 작가의 개성을 지워가면서까지, 그가 말하고자 한 것은 무엇이었을까. 바로 사건의 진실이다.

자기표현이 아니라 정보 전달의 목적성을 선택하는 것. 문학적 담화 유형에서는 대체로 선호하지 않는 방법일 듯하다. 한국의 굴곡진 역사에서 언론은 제 기능을 하지 못할 때가 많았다. 이러한 역사적 고비마다, 문학은 공론장의 중핵 미디어나, 심지어 진실을 공표하는 찌라시 역할까지 마다하지 않았다. 하지만 그때마다 '미적 자질의 후퇴'라는 냉혹한 평가가 꼬리표처럼 따라 붙었다. 과연 이런 지적이 비평의 균형 감각일까? 비평하는 이라면 누구나 고민해 보아야 할 대목이다. 우리가 문학적 양식과 미적 의장意匠을 고민하고 있던 그 순간, 김탁환은 '소설'이 아니어도 좋다는 각오로 『거짓말이다』를 집필하였다. 일정한 매니아 독자층을 지닌 작가로서는 대단한 자기 결단이자 용기가 아닐 수 없다. 실제로 김탁환은 세월호 참사를 다룬 장편소설을 쓰면서 "구상부터 출간까지 최소한 3년은 집중한다는 원칙을 깼다(「작가의 말, 감사의 글」)"고 말한 바 있다. 그것은 문학적 의장으로서의 반-스타일주의가 아니라, 소재적 '긴급성'에 응답하는 작가적 윤리라고 하겠다.

그는 류 잠수사의 말을 빌려 이렇게 표현한다. "격식 갖춰 말하려다가 귀한 목숨 잃을 순 없다!" 이 말의 진의는 문학의 형식이나 미적 규범이 문학적 삶과 진실에 이르는 길에 앞서는 일이 아님을 보여준다. 문학적인 것들을 내려놓은 자리에서, 오히려 문학의 '여전한 가능성'이 발견되는 이유는 무엇일까. 어쩌면 이러한 역설에 대한 증명이야말로―문학적 통념에 대한 도전과 다시 쓰기야말로―, 문학비평이 감당해야 하는 순명順命이자 당대적 소명이 아니겠는가.

이 무력한 비평을 : 이론적 의장과 텍스트의 신정을 넘어서

비평은 가난하고 무력하다. 고바야시 히데오가 이론과 방법이 비평의 의장意匠이 되어 버렸다고 말한 것처럼, 어쩌면 비평은 순정한 텍스트의 의장이 되어 버렸는지 모른다. 그렇다면 작금의 비평적 위기란, 이론적 물신주의와 텍스트 신정神政주의 속에서 길을 잃은 상태를 지칭하는 것은 아닐까. 비평이 우리 사회의 위기를 진단하고 타개하는 대안적 언어가 되는 것이 아니라, 이론과 텍스트주의에 침전되어 오히려 사회적 기득권을 유지하는 자기 방어의 문장이 된 것은 아닌지 성찰해 보아야 하는 까닭이다.

비평(가)의 이러한 자기반성이란, 주체가 놓여 있는 위치와 배치에 따라 크게 달라질 수 있다. 그래서 비평은 어떤 '시좌'를 확보하느냐가 핵심 관건이다. '타자의 시선'이 아닌 '주체적 응시'에 의한 해석과 평가를 가능하게 하는 힘, 그것은 바로 비평적 주체의 로케이션에 대한 지각에서 마련된다. 당연히 '시좌'는 관성적인 사고방식에서 벗어난 새로운 '시차'를 구성한다. 부산을 거점으로 비평을 전개하고 있는 '나'는 '아시아-한국-부산'이라는 시좌를 지니고 있다. 그러나 실제로는 '아시아와 한국'이 괄호 쳐진 상태에서 호명되는 경우가 대부분이다. 그러나 이를 지나친 피해의식으로 과장해서는 안 된다.

왜냐하면 '부산비평이라는 시좌'는 다른 장소에서는 보지 못하는 것과 느끼지 못하는 것을 감지할 수 있는 문화적 역량을 함께 생성해주기 때문이다. 우리는 그것을 주변부(혹은 반주변부) 지식인/비평가의 특수성이라 부른다. 이러한 특수성이 보편적 삶의 가치를 구현하는 '특이성Singularity'의 창안으로 이어질 때, 동시대의 비평은 크게 융기할 수 있을 것이다. 그러나 주변부 문학비평의 가능성은, 여전히 실제 텍스트의 성과로 증명되기보다는 담론이 앞서 내딛고 달리는 경우가 많다. 그러므로 이에 대한 기대와 전망을 지나치게 확대 해석해서도 안 된다. 그저 묵묵히, '부산이라는 시좌'에서 비평적 '실험'을 진전시켜 나갈 뿐이다.

조금은 다행스럽게도, 부산에는 『오늘의 문예비평』이라는 단단한 비평적 기반이 있다. 부산을 비평의 도시라고 부르는 까닭이기도 하다. 물론 역사와 전통이 있는 문예지를 가지고 있다고 하더라도—잡지 운영을 파국으로 몰아넣는 이런저런 소란과 재정 절벽의 위기는 차치하더라도—, 최근의 비평/매체가 처한 상황은 분명 녹록치 않다. 굳이 『악스트』나 『릿터』, 그리고 『문학3』 등의 창간 의미를 재론하지 않더라도, 변화하는 미디어 환경과 출판 생태계는 깊이 있는 비평의 역할을 위축시키고 있다.

레이먼드 윌리엄스는 "역사의 사유"는 "우리가 살고 있는 곳에서 시작된다"고 하였지만, 지금 내가 선 이곳이 과연 그러한 사유/비평의 출발점인지는 확언할 수 없다. 다만, 비평적 시좌의 갱신과 통찰을 통해 이 무력한 글쓰기를 이어나갈 뿐이다. 새로운 비평의 가능성은, 지금 우리가 살고 있는 곳으로부터 시작된다. 나는 그것을 잊지 않을 뿐이다.

LOCAL
TROUBLE

비평의 시좌 : 신경숙 사태를 보는 다른 곳

> 비평가의 진정한 임무는 아직 도래하지 않은 상태입니다.
> -테리 이글턴

질문/개입 : 생산적 대화를 위한 물음(들)

신경숙 사태가 제기하고 촉구하는 '질문'은 무엇인가? 이 글은 이러한 근본적 물음으로부터 시작할 수밖에 없다. 물론 이 질문의 동기는 '작품 표절'이라는 폭발적 이슈를 추문화하거나 소재화하지 않으면서도, 이를 비평적 차원에서 사유하고 실천하는 것이 어떻게 가능할 것인지를 되묻는 것과 다르지 않다. 하지만 이는 간단히 응답할 수 있는 문제가 아니다. 신경숙 사태가 한국문학에 던진 물음을 '생산적인 차원'으로 견인하기 위해서, 혹은 이 문제를 한국문학의 새로운 가능성을 모색하는 문화적 계기로 재전유하기 위해서는 어떤 '질문/태도'가 요청되는 것일까.

이미 어느 정도는 논의가 되었지만, '표절'이라는 문제를 작가 개인의 도덕률 '위반'이나, 윤리적 '일탈' 문제로만 치부해서는 안 된다는 점을 강조할 필요가 있다. 왜냐하면 '신경숙 표절' 사태를 한 작가의 비윤리주의나 부도덕한 행위로만 몰고 가는 것은, 이 문제를 '공적'이고 '생산적'인 '논쟁의 장'에서 이탈시키는 가장 손쉬운 방식이기 때문이다. 오해하지 말 것은, 이와 같은 입장이 신경숙의 작가적 태도에 아무런 문제가 없다는 것을 표방하는 것은 아니라는 점이다. 이 말의 진의는, 신경숙 개인의 작가적 윤리만을 문제삼는 시각/비평이 자칫 '신경숙 사태가 한국문학에 제기한 중요한 질문(들)'을 '감정적 비토' 로 소비하거나, 문학장의 중심부에서 소외된 이들의 '저주'와 '원한' 을 앙갚음하는 데 그칠 수 있음을 경계하자는 것이다.

이와 같이 신경숙 사태를 경유하여 문학/비평의 새로운 가능성 을 모색하는 논의는 '표절작가=나쁜 작가'라는 방식의 (감정적 등식만 을 극대화하고 있는) 문제 제기나 비난적 공세에서 한 걸음 더 나아간 것이어야 한다. 그래야만 '우리 스스로'를 어떤 도덕적 우위에 (재)배 치하는 자기 신성화에서도 어느 정도 자유로워질 수 있다. 주지하듯, 비평은 삶/문학의 균형 감각을 회복하기 위해 존재한다. 비평은 사 회적 안전망에서 배제되거나 소외되어 있는 존재를 감지하는 한편, 주류 사회의 모순과 폭력에 저항하는 이론적 실천으로 기능한다. 이 를테면 1980년대의 '문학과지성 비판'이나 1990년대의 '문학권력 비 판'은 이러한 문제인식의 수행(성)과 다르지 않다.

하지만 '문학권력 비판'이 담지하고 있는 실천적 진정성에도 불 구하고, 신경숙 사태를 '문학 권력'이나 그것의 잘못된 사용으로만 해 석하고자 하는 주장에는 일정한 한계가 있을 수밖에 없다. 비록 그것 이 주류 사회의 부조리를 고발하고 그에 대한 저항을 행동화하는 것 이라고 할지라도, 이는 신경숙 사태의 근본적인 부면을 성찰하지 못 하고 '중심/주변', '권력/비권력', '가해자/피해자'라는 이분법적 구조 와 위계를 그대로 승인/승계하는 위험에 빠질 수 있기 때문이다. 여기에서 두 번째 물음이 제기될 수 있다. 과연, 신경숙 사태의 가장 큰 책임은 문학권력(혹은 문단권력)에 있는 것일까?

권위/권력 : '승인된 커뮤니티'로서의 문예지

신경숙 사태 이후, 『실천문학』 좌담회에 참여한 젊은 작가들은 유명 출판사, 혹은 문예지와 공조하고 있는 "마케팅으로서의 비평", 그리고 현실과 유리된 "강단비평"과 문학 생산 "제도"를 질타하고 나섰다.[1] 국문과와 문창과 '교수'들이 주요 매체의 편집위원으로 참여하며 문예지의 원고 청탁권을 장악하고 있기 때문에, 신진 작가/비평가들이 문학권력으로부터 자유로울 수 없다는 비판은 솔직하다 못해 노골적이기까지 하다. 하지만 이러한 표현과 주장을 우리 사회 전반에 침투해 있는 '꼰대 의식'에 대한 거부감이나 세대론적 대결의 징후로만 독해하는 것은 옳지 않다. 왜냐하면 젊은 작가들의 직핍한 발화 속에는 한국문학장의 생산망과 유통회로를 구성하고 있는 제도적 기제나 의사소통 구조 전반에 대한 진솔한 성찰이 담겨 있기 때문이다.

다만 아쉬운 것은 마케팅으로서의 비평, 문예지와 편집위원 제도, 대학과 문학교육, 문학장의 폐쇄성 등 그 어떤 것을 이야기하더라도 '한국문학'이라는 의사소통 구조 속에서 발생하는, 혹은 발생할 수밖에 없는 주류적 '문학권력' 문제를 빗겨가지 않는다는 점이다. 유일하게, 손아람 작가만이 아주 힘겹게 이러한 문학 제도 내적 커뮤니티의 '안과 밖'을 배회하고 있을 뿐이다. 정말 신경숙 사태의 근본적 원인은 문학권력에 있는 것일까? 또 문학권력으로 분류되는, 이른바 메이저 출판자본과 결탁해 있는 『창비』나 『문학동네』(이하 『문동』) 등의 창작/비평 작업은 아무런 의미도 없는 것일까? 혹은, 이와 같은 비판적 시각이 오히려 불특정 문학권력을 항구적으로 '실체'화하며 '특정'하고 있는 것은 아닐까?

이 대목에서 『오늘의 문예비평』(이하 『오문비』)의 특집좌담을 살펴보는 것이 도움이 될 듯하다. 조금 길지만 인용한다.

> 이들이 권력자인 것은 분명하나 권력자가 다 나쁜 것은 아닙니다. 우리는 권력행사를 잘못한 것에 대해 이야기해야 합니다. 문학적 척도로서 문학의 수준을 끌어올리고 한국문학의 미래를 위해 노력했는가, 아니면 출판자본을 위해서 봉사했는가가 문제의 핵심입니다. 이들이 전적으로 부정적인 행위자들이라 생각하지 않습니다. 그럼에도 부정적으로 인식되는 이유는 이들에게 자본이 집중되었기 때문입니다. 자본이 집중되면 그 안에서 훼손이 일어날 가능성이 높아집니다. (중략) 매체가 자신들과 지향하는 바가 같은 사람에게 대표성을 부여하는 것이 나쁠 것은 없습니다. 다만 그런 가운데 정말 훌륭한 시인이나 작가가 소외됐다는 것이 문제입니다. 문제제기를 한다면 문학권력이 서열화하고 계열화한 데서 왜 다른 훌륭한 작가는 소외됐느냐는 것입니다. 다시 키 재기를 해볼 필요가 있다는 생각이 듭니다.[2]

이 짧은 대담 속에서 문학권력의 문제를 모두 풀어낼 수는 없다. 특히, 문학제도가 문학작품의 생산/유통과 어떻게 관계되는 것인가 하는 부분에 대해서는 보다 더 세밀한 논의가 필요하다. 문학제도와 문학작품의 생산/유통은 단절적으로 생성·존속되는 것이 아니기 때문에, 이러한 논의는 매우 복잡한 전개 양상을 띨 수밖에 없다. 그러니 여기에서 '문학권력이란 무엇인가'와 같은 근본 논의를 이어가는 것은 사실 무용하다. 자칫, 대안 없는 지루한 이론 논쟁으로 흐를 수 있을 뿐더러, 그것을 특정할 수 있는 실체를 규명하는 것 역시 사실상 불가능하기 때문이다.[3]

하지만 문학권력의 개념 정의를 차치한다고 하더라도, 『오문비』의 특집좌담에는 분명 중요한 시사점이 있다. 문학권력이 특정한 상황/조건적 맥락 속에서 구축되거나 성립될 수 있는 것임을 전제로 할 때—사실 이에 대해서는 세밀한 논의가 보태져야 하지만—, 문학권력이라는 특수한 장력이 한국문학의 가능성을 최대화할 수 있는 건강한 방식으로 '행사'될 수도 있다는 주장(혹은 행사되어야 한다는 주장)이 그것이다. 『오문비』의 좌담이 촉구하는 바는 여기까지이지만, 우리는 이 대목을 참조하여, 신경숙 사태 이후의 비평적 가능성을 묻는 논의를 한층 더 진전시켜볼 수 있다.

비록 현실적 맥락에서는 구분하기 어렵고 이론적 층위에서만 변별될 수 있는 것이기는 하지만, 우선 '권위'와 '권력'을 구분하는 작업이 필요하다. 왜냐하면 한국문학을 건강한 방식으로 견인할 수 있는 '수행적 힘'이 존재한다면, 이는 '문학권력'과는 구분되는 '문학권위'의 올바른 사용에서 기인하는 것이기 때문이다. (다소 거칠게 표현하자면) 그게 아니라면 모든 문예지와 문학 재생산 제도는 사라져도 무방할 것이다. 권위가 곧 권력의 사용을 실증하는 것이 아닌 것처럼, 권력을 발휘한다고 해서 그것의 권위가 인정되는 것 역시 아니다. 권위와 권력, 양자 모두 타자에 의해 입안되는 '힘의 구성력과 작용력'을 내재하고 있지만, 전자에 비해 후자는 훨씬 더 강한 현실 구속력을 지니고 있다.

권위가 타자의 욕망과 의지에 의해 부여되는 잠재적 위상(학)이라면, 권력은 그 수렴/발산 작용이 현실적인 의사소통 구조 속에서 발현되는 '자유롭고 자발적인 구속력'을 의미한다. 특히, 여기에서 권력이 '자유로움'을 기반으로 하고 있는 '자발적 구속(력)'이라고 말한 이유는, 정치권력이든 문화권력이든 그것은 "자유와 복종이 완전히 합일되는 순간"에서야 비로소 획득되는 것이기 때문이다. 한병철은 "매개 수준이 높은 권력"은 "타자가 하려는 행동에 맞서는 권력이 아니라 그 타자로부터 솟아나 작용하는 권력"이기 때문에 "자유로운 권력이란 모순어법이 아니"며, 그래서 "그것은 타자가 자유로이 에고를 따른다는 것을 의미한다"고 말한 바 있다. 물론 이 '자유로운 구속력'은 벌거벗은 존재를 향해 가해지는 '비인과적인 폭력'이나 '물리적 폭력'과는 구분된다. 왜냐하면 권력은 "타자가 에고의 결정을 수용할 개연성을 높이는 커뮤니케이션 매체"[4]이기 때문이다.

한국문학이라는 특수한 커뮤니티 속에서 발생하는 의미의 생성과 배치에는 '권력'의 현행화가 동반될 수밖에 없다. 만약 『창비』나 『문동』이 문학권력이라면, 그것은 이들이 도덕적으로 타락했기 때문이 아니라, 그들의 문학적 기획이나 가치가 (중핵 문학미디어, 즉 '제도적으로 승인된 커뮤니티'로서의 기능을 통해) 강력한 선택/배제의 위력을 발휘하기 때문이다. 젊은 작가들의 좌담에서 "문예지가 바로 권력"(『실천문학』)이라는 즉물적 언술이 터져 나온 것 역시 마찬가지 맥락이다.

비평/임무 : 비평(가)의 책무와 균형 감각

『창비』나『문동』이 특정한 '권위'를 지니고 있다고 해서, 그 자체로 비난받거나 적대의 대상이 되어서는 안 된다. 물론 이는 신경숙 사태를 촉발한『창비』나『문동』에게 면죄부를 부여하기 위한 말이 아니다. 오히려 더욱 무겁고 중하게, 또 근본적인 위치에서 그 책무와 실패의 사회문화적 의미를 되묻기 위한 일이다. 여기에서 다시, 문예지가 일련의 '권위'를 현행화하는 '승인된 커뮤니티'라는 것을 상기할 필요가 있다. 문예지는 문학장의 관계(망) 속에서 커뮤니티의 구성원으로부터 특별한 권위power를 위임받는다. 이와 같이, 제도적으로 승인된 '커뮤니티'로서의 문예지가 발산하는 담론 효과는 막강하다. 문예지는 매체의 권위를 승급시키는 다양한 '자본의 조건'(상징자본, 인적자본, 경제자본 등)과 결합되면서 재생산되며, 다시 특정한 맥락 속에서 통일성 있는 '힘'(상상적 응집력과 현실적 파급력)을 발휘하게 된다.

이와 같은 통일성 있는 힘은 '선택과 배제'의 메커니즘 속에서 강력한 담론 효과를 발휘하기 때문에 철저한 자기반성과 내부 쇄신을 요구한다. 예를 들어,『창비』와『문동』의 문예지 코너 기획과 비평 활동은 한국문학의 흐름을 일정한 시각과 맥락에 의해 절단하여 재배치하는 '문범文範 재구성 프로젝트'인 동시에, 문범의 외부를 구성하는 '단절의 프로젝트'이기도 하다. 이러한 문학 판의 설계 과정에는 필연적으로 소외되거나 배제되는 작가(텍스트)가 발생할 수밖에 없다. 『창비』나 『문동』과 같이, 중핵 미디어로서의 위상을 지니고 있는 문예지(문학 제도적으로 승인된 커뮤니티)가 '세계문학/한국문학'의 지형을 새롭게 디자인할 때 더욱 세심한 노력을 기울여야 하는 이유이다.

주류 문예지의 호명을 받지 못한 작가나 작품이 '한국문학의 바깥'으로 소외되는 현상은 분명 존재한다.[5] 의도한 것이 아니라고 할지라도, 『창비』와 『문동』의 '세계문학/한국문학' 기획과 비평 전략은, 이대도강李代桃僵 식의 '한국문학 승리론'으로 귀결될 수 있기 때문에 매우 정교하게 추진되어야 한다. 하지만 문제 제기의 핵심은 『창비』나 『문동』의 '자격 조건(대표성)'을 따지는 데 있지 않다. 왜냐하면 두 매체의 문학적 기획 자체가 부정되거나 비난받아야 하는 것은 아니기 때문이다. 또 『창비』나 『문동』의 노력—한국문학이 세계체제의 흐름 속에서 일정한 위치를 점하거나, 혹은 인류 공통의 보편성을 획득하기를 기대하는—에 일말의 선의도 없었다고 단정할 수 없다. 신경숙 사태는 분명 『창비』나 『문동』에게도 예기치 않은 사건일 것이다. 중요한 것은, 특정 매체나 비평가 그룹의 '도덕성'과 '선한 의지'를 비난하는 것만으로는 이 사태의 함의를 제대로 사유할 수 없다는 것이다.

즉, 신경숙 사태를 마주하고 직시한 비평가의 핵심 질문은 『창비』나 『문동』의 '문학권력' 여부를 확정하는 데 있지 않다. 다시 말해, 우리에게 유효한 질문과 분석은 그런 방식이 아니라, (본인들이 원하든, 원하지 않든) 『창비』와 『문동』이 어떤 통일성 있는 '힘'(상상적 응집력과 현실적 파급력)을 발휘하게 되었을 때, 그 비평적 역량이 과연 균형 감각 있게 수행되었는지를 탐문하는 것이어야 한다는 점이다. 그것은 문학권력의 제대로 된 '행사'와도 무관하지 않다. 그렇다면 문학권력 문제를 논함에 있어, 비평의 역할과 책무는 더욱 부각될 수밖에 없다.[6] 신경숙 사태는 문예지를 통해 자신의 공부와 비평을 실천하고자 하는 이들에게, '비평의 역할과 책무', 그리고 '비평이란 무엇인가'라는 근본 질문을 돌출시키는 거대한 사건과 다르지 않다. 물론 이것은 비평의 정의나 개념을 따지는 것이 아니라, 비평의 사회·문화적 책무를 되묻는 행위이다.

『창비』와 『문동』이 한국문학의 새로운 가능성을 모색하기 위해 분투한 시간 모두가 기각될 수는 없다. 하지만 그러면서도, 『창비』와 『문동』의 비평적 역량이 균형감 있게 수행되지 못한 점은 분명 성찰되어야 한다. 신경숙이라는 사태는 이를 실증하는 문학사회학적 징후다. 신경숙 사태의 근본적 원인은 작가/출판사/비평가의 '공모 관계'에서 기인하는 것이 분명하지만, 이에 대한 분석과 성찰은 문학권력의 '공모와 부당 행위' 비판을 넘어서는 것이어야 한다. 좋든, 싫든 『창비』와 『문동』은 한국문학 판에서 중핵 역할을 차지하고 있는 문학매체이다. 그래서 이들 편집진의 비평적 균형 감각, 혹은 비평(가)의 역할과 책무는 그 어느 매체보다도 막중하다고 말할 수 있다. 하지만 신경숙 사태가 보여주듯, 『창비』와 『문동』 식의 한국문학 융성 기획과 비평적 균형 감각은 이번만큼은 분명 '실패'하였다. 물론 우리에게 중요한 것은, 『창비』와 『문동』의 기획이 실패하였다는 사실 자체가 아니라, 그 '실패'의 의미를 함께 사유하고 나누는 데 있다.

신경숙 사태가 한국문학에 제기한 궁극적인 문제는, 자기 한계에 부딪힌 특정 작가의 비도덕적 일탈, 그리고 실체를 가늠하기 어려운 문학권력에 대한 비난과 냉소를 넘어선 것이어야 한다. 『창비』와 『문동』을 '살아 있는 문학권력'이라 실체화하고, 이들을 저주하는 것만으로는 어떤 '대안'이나 '가능성'도 마련되지 않기 때문이다. 나는 이 문제에 대해 이미 짧은 칼럼을 쓴 바 있다.[7] 비평은 특정 장르의 언술 형식 중 하나이기도 하지만, 동시에 우리 사회가 촉구하고 제기하는 다양한 '질문'을 통해 동시대적 삶의 모순을 비판적으로 사유할 수 있는 언어와 감수성을 발명하는 실천적 개입이자 자기 혁신이기도 하다. 그렇다면 신경숙 사태 이후의 비평의 역할과 가능성은 무엇일까? 이 질문에 답하기 위해서는, 『창비』와 『문동』의 '실패'를 사유하고 성찰하며 재전유하는 과정이 필요하다. 이는 특정한 매체의 부도덕함을 비난하는 수준을 상회하는 것이어야 한다. 이 정도의 자기 점검 이후에야, 우리는 힘겹게 신경숙 사태를 마주할 수 있다.

비평/담론의 화장술 비판 : 불평등 문학을 옹호하는 비평적 실천의 모순

『창비』와 『문동』이 문학권력으로 명명되는 것은, 두 매체가 무능하거나 사적인 부도덕함을 추구했기 때문이 아니다. 또 문학권력 논쟁 역시 출판자본의 '이윤 창출'이나 '작가-비평가의 공모 부조리'

만을 성토하는 장이 아니다. 오히려 이는 문학의 담론과 실천, 혹은 창작과 비평의 관계/태도를 반성하고 성찰하는 계기가 되어야 한다.[8] 왜냐하면 신경숙으로 표상되는 대안없는 감상주의와 내성적 문체주의의 파탄은, 곧『창비』와『문동』의 문학적 실패를 의미하는 것이기 때문이다. 즉, 신경숙 사태는『창비』와『문동』이 추구하고 지향한 '세계문학/한국문학'의 지향이, 혹은 미완의 근대를 향한 여정이 '실패'하였음을 상징하는 가시적 사건인 것이다. 보다 큰 문제는, 이러한 기획의 잘잘못이 아니다. 문제의 핵심은『창비』와『문동』식의 '세계문학/한국문학' 담론 기획과 실천 양상이 분열되어 있다는 것이며—『엄마를 부탁해』의 수출(번역) 프로젝트에서 확인할 수 있듯—, 또 이러한 분열과 실패를 양 매체 모두 인정하거나 자성하지 않는다는 데 있다. 세계문학을 향한 담론과 실천 사이의 괴리는『창비』진영에서 잘 확인할 수 있다.

서구 중심의 세계문학 질서에 개입하는 방법으로서 동아시아문학론을 거론하려면, 이 지역의 문학이 내부적으로 얼마나 통합되어 있고 대외적으로 얼마나 독자성을 확보할 수 있는지가 중요한 관건이 된다. 과연 동아시아의 지역문학은 일종의 자치적인 지방정부로서 중앙권력에 맞서 변화를 추동할 만한 역량과 자원을 가지고 있는가? (중략) 이 지역의 국민문학들을 동아시아문학이라는 하나의 범주로 통합하고 이를 기존의 세계문학 구조를 혁신할 동력으로 만드는 일은 그리 수월해 보이지 않는다. (중략) 동아시아지역은 문학에서 유럽중심주의 내지 유럽보편주의에 대한 도전과 극복의 에너지를 담고 있는 거의 유일한 장소라고 할 수 있다.[9]

　　윤지관은 동아시아 지역문학의 가능성을 논하는 자리에서, "세계문학의 자장에서 소외되어 있다는 사실은 오히려 세계문학의 기성질서를 흔들 위력을 숨기고 있다는 역설을 가능"하게 하며, 그래서 "동아시아지역은 문학에서 유럽중심주의 내지 유럽보편주의에 대한 도전과 극복의 에너지를 담고 있는 거의 유일한 장소"라고 말하고 있다. 특히, 그는 프레드릭 제임슨을 경유하면서, '세계문학의 외무부'와 '지방정부'라는 표현을 겹쳐 쓰고 있다. 오해하지 말 것은, 세계문학의 외무부라는 표현은 각기 다른 민족(문학)적 특수성을 "외교"를 통해 "조정"하자는 뜻이 아니라, "현존 질서를 심문하고 해체하는 기획"이라는 점이다. 또 세계문학의 지방정부 구성 가능성이 현재로서는 낮고 "개별 국민문학 단위에서 세계문학 체계를 지향하고 또 그렇게 결합"되어 있기 때문에, 세계문학의 틀과 규범들을 어긋내는 방식으로 세계문학의 이념을 새롭게 재구성해나가야 한다고 하였다.

　　윤지관을 비롯한 『창비』 진영의 세계문학 담론은 분명 유의미한 지점이 있다. 하지만 세계문학 담론이 '번역'이라는 매개를 통해 실천되는 방식, 다시 말해 세계문학의 새로운 이념을 실현하는 구체적 방법에는 문제가 없지 않다. 왜냐하면 창비 진영이 강하게 비판했던 '시장 리얼리즘'의 포섭 형태를 (담론적 층위가 아니라) 현실적인 맥락에서는 수용하고 있기 때문이다. 이를 실증하는 사례는 두 가지이다. 첫째, 세계 출판시장의 위상 속에서 세계문학의 공간을 할당받은 작가로 무라카미 하루키를 지칭하면서도, 이에 대한 비판을 충분히 수행하지 않고 있다는 점. 둘째, 무라카미 하루키 식의 세계적 성공 신화를 신경숙의 『엄마를 부탁해』의 초국적 번역을 통해 유사 구현하고자 했다는 점이다.

  '창비' 그룹과 한국문학번역원이 '수출 기지'가 되어 공동 수행하는『엄마를 부탁해』의 번역 작업은, '모성'이라는 보편적 모티프를 통해 세계문학 시장에 호소하는 방식으로 입안되고 있는 듯하다. 하지만 신경숙의『엄마를 부탁해』의 모티프가 되는 '모성'은 여성의 노동을 '자기희생'적인 헌신으로 전도시키는 착취받는 모성이자, 여성의 노동과 삶을 불평등한 가부장제의 구조 속에서 이상화하는 '불평등한 삶/문학의 재생산 기제'에 가깝다. 이는 '한국문학 콜렉션'을 통해 세계문학의 모순과 세계체제 속의 불평등한 현실을 극복하고자 하는『창비』식의 세계문학론에 오히려 반하는 행위이다. 세계문학에는 지방정부가 없기 때문에, '번역'을 매개로 세계문학을 향한 각개약진과 국지전을 수행할 대표선수(작가, 텍스트, 비평)를 양성하는 과정이 필요하다는 현실적 조건까지 부정하고자 하는 것이 아니다. 다만, 정말 신경숙이 한국문학의 대표 선수가 될 만한 자격과 이념을 지니고 있는 것인지는, 누구나 되물을 수 있어야 한다는 것이다.

  『엄마를 부탁해』는 2015년에도 한국문학번역원을 통해 핀란드어로 번역되었다. 정말 이 소설은 한국을 대표할 만한 작품일까? 그렇지 않다. 신경숙의『엄마를 부탁해』는 우리 삶/문학의 사회적 불평등을 극복하지 못한 채—'균'이라는 인물을 통해 혈연을 초월한 가족 만들기를 수행하는 엄마의 노력이 실패하는 데서 확인할 수 있듯—, 가부장적 사회 구조에 투항하는 '미완의 가족 혁명'에 그친 작품이다. 이런 사실을『창비』진영의 평론가들이 모를리 없다.[10] 그런데도 왜『엄마를 부탁해』는 지금 이 순간에도 번역되고 있는 것일까?

이것은『엄마를 부탁해』의 맨얼굴을 가리고 있는 '비평/담론의 화장술' 때문이다. 즉,『창비』가 여타의 작가/평론가와 대중들에게 비판받는 것은, 단순히 표절 시비에 오른 작가를 비호하고 있기 때문만이 아니다. 아마도 많은 이들이『창비』에게 실망한 진짜 이유는, 오랜 시간 '불평등에 저항'해온『창비』가 역으로 불평등을 내면화하고 있는 문학을 옹호하는 모습에 절망하였기 때문일 것이다.

물론『창비』가 신경숙을 선택한 것 자체가 문제라는 뜻이 아니다. 문예지는 독자에게 위임받은 '자신(들)의 권위'를 통해 문예지가 추구하는 이념을 구현할 수 있는 작가에게 '권위'를 부여해준다. 그 자체를 권력이라고 비난할 수는 없는 노릇이다. 하지만 그 과정에는 분명 막중한 책임이 따른다. 그러므로『창비』와『문동』에게 요구되는 자기 성찰이란 자신들이 '문학권력'이어서 미안하다는 가해자로서의 반성(문)이 아니라, 자신들의 물적·인적 기반과 현실적 파급력을 통해 지향/수행하였던 세계문학에의 기획과 실천 방법이 '모순'되거나 '실패'하였을지 모른다는 것을 자성하지 않는다는 데 있는 것이다.

비평(가)의 시좌 : 다시, 비평의 자리를 모색하며

2015년 가을호『오늘의 문예비평』특집좌담에서, 신경숙 표절 사태의 핵심이 현실과 경험을 탈각한 '수집적 글쓰기'(구모룡)에 기인해 있다는 문제 제기에 주목할 필요가 있다. 한국문단은 여전히 이러한 논제를 논외로 하고 있다. 좌담에서 사용한 비평적 용어를 빌려 썼지만, 이를 다시 풀면 '현실(경험)'을 표백한 '내성적 문학주의'에 대한 문제 제기가 아니겠는가. 물론 이는 문학 창작에만 국한되는 문제는 아니다. 많은 비평가가 '몰락'과 '파국'을 이야기하면서, 기실 구체적인 '현실'을 얼마나 많이 삭제하고 소거하고 있는지를 상기하면 쉽게 이해할 수 있는 부분이다.

『문동』이야, 문학 언어의 내적 자질을 갱신하는 내성적 문학주의를 옹호하였기에 쉽게 이해되는 부분이지만, 『창비』는 도대체 왜 그런 것일까? 그것을 그저 『창비』가 상업주의로 전회하였기 때문이라고 단순화해서 말하는 것은 옳지 못할 듯하다. 그보다는 오히려 대중(민중)과의 소통 폭이 넓은 신경숙을 한국문학의 대표 작가로 육성하여 수출하고, 또 이와 같은 대량 출판 유통망을 기반으로 해서 한국문학의 보편적 가치를 구축하고자 한 것은 아닐까? 또 (『엄마를 부탁해』의 번역 작업에서 확인할 수 있듯) 이러한 『창비』의 세계화/대중화 맞춤 전략/기획을 실행할 작가로 '신경숙'을 호명한 것은 아니었을까? 만약 그렇다면, '현실'의 모순과 '경험'의 구체성을 탈각하고 있다는 점에서 『창비』의 세계문학 기획은 『문동』의 지향과 구분되지 않을 것이다.

물론 『창비』나 『문동』이 기획한 '세계화 맞춤 전략' 자체가 잘못되었다고 말하는 것은 아니다. 매체는 각기 지향하는 작가에게 권위를 부여하고, 또 그것을 통해 한국문학이 우리 사회에 건강하게 기여할 바를 모색하는 것이기 때문이다. 하지만 강력한 파급력과 영향력을 지니고 있는 중핵 미디어의 기획과 실험에는 막중한 책임(감)이

뒤따른다. 오호를 떠나, 『창비』와 『문동』이 담론화하고 제도화하는 각종 작업(들)의 장력과 파장은 적지 않다. 이와 같은 매체의 전략/기획이 좌초하지 않기 위해서는 초기 설계 역시 잘 이루어져야 하겠지만, 항해의 과정에서 내부적 문제가 발생하지 않도록 자기 자신을 지속적으로 점검하는 태도가 무엇보다 중요하다.

우리 삶에서 그런 역할을 하는 언술양식이 '비평'이다. 그렇다면, 『창비』와 『문동』은 중핵 매체로서의 역할과 '비평적 균형 감각'을 잘 유지하고 있는 것일까? 그렇지 않다. 신경숙 사태는 『창비』와 『문동』이 그런 중핵 미디어로서의 역할과 균형 잡기에 '실패'했음을 증명하는 일종의 문학사회학적 징후이다. (신경숙 사태를 통해 확인할 수 있듯) 『창비』와 『문동』의 비평은 담론과 실천의 층위에서 크게 분열되어 있다. 그렇기 때문에 『창비』와 『문동』이 어떠한 방식으로 이 문제를 회수하고자 하더라도, 그 과정/방법은 '실패'할 수밖에 없다. 왜냐하면 여기에는 통렬한 '자기 점검'이 결여되어 있기 때문이다. 그러니, 문제는 이들이 문학권력이냐, 문학권력이 아니냐, 하는 데 있지 않다. 그보다는 오히려 자신들의 비평적 균형 감각이 어느 지점에서 무너지고 양보되었는지, 또 그러한 실패는 왜 성찰될 수 없었는지를 살필 수 있는 시좌視座를 확보하지 못한 데 있다.

『창비』와 『문동』이 처해 있는 곤혹스러움이 이해되지 않는 것은 아니다. 하지만 『창비』와 『문동』이 정말로 이러한 '곤혹'을 벗어나고자 한다면, 지금의 '실패'를 인정하고 한국문학의 새로운 가능성을 함께 모색하고자 하는 자기 갱신을 거듭하여야 할 것이다. 물론, 이는 '자신의 윤리적 심장부'를 겨냥하는 혹독한 자기 비판과 탐색을 통해서만 가능해질 것이다. 이제 다시 처음의 질문으로 돌아갈 수 있을 것 같다. 신경숙 문제는 정말 저 철옹성 같은 문학권력만의 문제인 것일까? 나는 '신경숙 사태'가 한국문학에 제기한 질문을 힘껏 성찰하고, 이를 통해 한국문학의 새로운 방향을 모색하기 위해 '자신이 놓여 있는 자리'(비평가의 로케이션)와 '비평의 역할'을 되돌아볼 것을 제안한다. 물론 이는 비평가의 물리적·지정학적 위치를 되묻는 일인 동시에, 비평하는 이의 역할과 책무를 새롭게 문신하는 일이기도 하다. 비평가의 진정한 임무는 아직 도래하지 않았다.

LOCAL
TROUBLE

혁명의 장소와 증언의 (불)가능성

혁명, 혹은 익명의 에티카

지역은 혁명의 기억을 간직하고 있다. 이를테면, 마산과 부산, 3·15와 4·19의 기억은 냉각된 역사에 온기를 주입한다. 추모의 열기는 국가의 관리 속에서 집단지성화되며, 문학연구자는 약속된 분량만큼의 애도를 전각한다. 이 글 역시 정해진 원고 매수에 맞게끔 재조직화되어 제출될 것이다. 그러나 '이것이 또 하나의 기록이자 추모의 방편이 될 것이다'라고는 쓰고 싶지 않다. 왜냐하면, 투쟁의 기억이 "보편사의 방법론인 가산加算적"[1]인 "사실의 더미" 속에 매몰되는 경우가 허다하기 때문이다.

혁명에 대한 기억은 3·15와 4·19라는 사건을 역사 진보의 동력원으로 삼고, 매 순간 억압과 폭력의 종착역을 향해 주행하는 기관차처럼 거대한 역사적 철로를 통해 순치된다. 국가/지역-법-폭력의 중층적인 관계망 속에 내장되어 있는 '혁명-화'의 기억 회로들, 그것은 마산의 아이덴티티를 김주열의 죽음과 동일시하는 극한의 상상력을 분석함으로써 이해 가능하다. 아이러니하게도 비인간적인 폭력의 과잉이 인간적인 가치를 분명하게 규정한다. 이 때, 사건event은 희석되고 존재는 수단화된다. 희생 없이 죽임을 당한 자(벌거벗은 생명)가 존재의 질서 속에 기입되며 정치적·윤리적 인간으로 탄생하는 것이다.

<사진 1> 사건의 진실은 어디에? 김주열의 시신이 마산시청 뒤의 연못에 수장되어 있다는 소문이 마산 전역에 떠돌았고, 결국, 당국은 소방차 두 대를 동원하여 연못물을 퍼내기에 이르렀다. 그러나 김주열의 시신은 끝내 발견되지 않았다.(『3·15의거 사진집』, 88쪽)

혁명의 순간을 신성한 사건으로 재구성하는 폭주기관차, 다시 강림의 순간을 기다리는 강렬한 현현 의지는 속죄양의 피를 요구한다. '신화의 기본 구상은 형벌로서의 세계'라는 엘뤼아르의 말: 벤야민을 경유하여 알게 된 이 말을 우리는 '역사'라는 독서노트에 메모해야 하지 않을까. 사진1에서 확인할 수 있듯이, 김주열의 시신은 검은 연못 속에 가라앉아 있지 않았다. 마산시청의 연못이 아니라, 차후 김주열의 시신이 떠오른 마산 중앙부두 앞 바다 전체를 양수 작업한다고 해도 김주열의 시신은 발견할 수가 없었을 것이다. 왜냐하면, 김주열은 대속代贖의 증거물이 아니라 역사적 사건 그 자체였기 때문이다.

1960년의 봄, 아니 '그곳의 그날'에 대한 증언과 문학적 재현 의지가 '혁명'이라는 기관차에 탑승한 존재, 다시 말해서 살아남은 이들에 의한 성화聖化와 제의로 신비화되지 않기 위해서 우선되어야 할 것은 무엇일까. 그것은 다름 아닌, 순수한 사건으로서의 김주열과 직접 대면하는 것일 테다. 그러나 그것은 불가능한 대화이며 해석 불능의 언어에 가깝다. 이 글은 바로 이와 같은 문제 인식, 즉 혁명에 대한 역사적 증언과 시적 재현이 불가능한 말글로써 채울 수 있는 것이 아니라는 결락 의식에서 출발한다. 이것은 우연히도 지역, 분명히 우리가 서 있는 '지금 이 장소'에서 시작된다.

그러므로 이 글은 '혁명'을 하나의 역사·문화적 논리로 전유하고 있는 지배적 추상에 대한 비판적 에세이로 쓰여질 것—일찍이 마르크스가 그 위험성을 지적한 바로 그것을 기억하면서—이다. 주체의 무능과 상실감 속에서도 감히 맞서야 하는 것, 이는 혁명 관리의 주체를 선언하고 나온 국가와 그 사태와 공모하며 혁명을 신비화하는 의지와 신념, 그리고 정서에 대한 도전적 글쓰기가 되어야 한다. 혁명의 기억은 익명의 존엄dignity을 특정화하고 사회안전망 속에서 공유할 수 있는 분노치를 조절한다. 혁명이라는 역사적 텍스트의 재현 욕망을 비트는 사유와 그것을 다시 되돌리는 글쓰기가 복잡한 양상을 취할 수밖에 없는 것은 이 때문이다.

신적 폭력 : '김주열'이라는 사건

〈사진 1〉은 익명의 존엄이 숭고한 인격person으로 고양되는 현장을 보여준다. 폭력의 순간을 견뎌낸, 혹은 살아남은 자들이 찾고 있는 것. '시퍼런' 연못이 바닥을 드러낼 때까지 파헤쳐진 검은 웅덩이는 무엇을 의미하는가. 그것은 다름 아닌, 혁명의 주체이면서 혁명의 주체가 아닌, 마산의 시민이면서 시민이 아닌 '김주열'이라는 신학적 에이도스의 탄생 과정을 의미한다. "우중인데도 아이들까지 포함된 5백 명의 시민들[2]이 양수 작업을 지켜보고 있었으나, 사진의 프레임 안쪽에서는 가시적인 흔적을 발견하기 어렵다. 다만, 역설적이게도 이 사진은 촬영자의 의도를 초과해 군집한 마산 시민의 현존성을 담아내고 있다.

착시가 아니다. 렌즈의 어느 측면에도 노출되어 있지 않으나, 이보다 파국의 징후를 잘 보여주고 있는 사진은 없으며, 특히 『3·15 의거 사진집』 어디에서도 곧 도래할 묵시적 공포와 분노를 견디고 있는 군중의 심리를 이처럼 섬세하게 담아내고 있는 사진은 발견하기 어렵다. "사진의 요구는 속죄의 요구"[3]라는 아감벤의 이미지론—아니, 오히려 그것은 이미지에 대한 정치신학적 사유이겠지만—을 참조하지 않더라도, 김주열의 시신이 발견되지 못한 상황에서 "물을 더 퍼라!"(70쪽)는 요구가 터져 나왔다는 사실 자체가 이미 합리적인 수준을 초과해 있음을 보여주기 때문이다. 이는 마산 시민들이 김주열의 죽음에서 느끼는 연민과 부채 의식 때문이지, 궁극적인 분노의 과잉을 보여주는 증상은 아니다. 이와 같은 군중적 연민과 선善의 의

지는 실종, 아니 죽음이 확실시되는 김주열에 대한 채무를 변제하지 못한 의무감을 통해 더욱 강화된다. 이 순간, 이러한 의무를 면제받을 수 있는 유일자는 누구일까. 물론, 그 유일자는 없다고 말하는 편이 옳을 것이다. 김주열 역시 그 대상이 아니다. 왜냐하면, 1960년 3월의 마산은 예외상태의 공간이며, 치안 권력이 발사한 최루탄을 얼굴에 맞고 숨진 김주열은 마산이라는 균질화된 공간의 균열점을 보여주는 '사건' 자체이기 때문이다.

김주열의 고향이 마산이 아니라 남원이라는 사실에 주목할 필요가 있다. 그는 마산상고 입학시험에 응시하기 위해 3월 10일 마산에 왔다. 진학하고자 한 학교의 입학시험 결과가 3월 14일에 발표될 예정이었으나 대통령 선거로 일정이 연기되었고 김주열은 마산에 며칠 더 머물게 된다. "어쨌든 주열은 아직 마산 시민이라기보다는 이방인에 가까웠다"(38쪽)는 서사적 증언은 이를 축약하여 보여준다. 김주열은 아직 자신의 말을 가지지 못하였고, 마산에서 거주하되 거주하지 않는 예외성을 지녔다는 점이다. 이 유보된 말의 장소는 개인의 의지와 무관하게 이미 분노의 한계치를 초과해 있었다. 그러므로 역사의 폭풍이 밀려드는 신마산의 거리 한 가운데 김주열이 온몸으로 자신의 말(주권자의 행동)을 분출하고 있었다는 사실 자체를 다시 사유할 필요성이 있다.

이 짧은 순간만큼은 권력의 과잉과 치안의 기초를 위협하는 "시민들의 응수"(50쪽)가 파괴적인 충동의 표출이나 테러리즘으로 인식되지 않는다. 그것은 법질서의 효력이 완벽하게 정지된 상태, 즉 예외적인 상태를 의미한다. 이처럼 '희생 없는 죽임'을 강요당한 이들

의 탐색과 발견이란, 아감벤 식으로 말해 '주권의 근원적인 활동'[4]을
수행하는 것에 다름 아니다. 아마도 슬라보예 지젝이라면, 이 사건
을 '신적 폭력'의 징표라고 불렀을 것이다. "주권자의 권리가 미치는
영역이 바로 순수한 신적 폭력의 영역"[5]이라고 한 벤야민을 인용하
면서 말이다.

> 신적 폭력은 바로 오래된 라틴어 경구, '백성의 소리는 신의 소리'vox pipuli,
> vox dei라는 말이 뜻하는 바로 그 의미 속에서 신적인 것이라 간주돼야 한다.
> 말하자면 그것은 "우리가 그저 인민의 의지를 집행하는 수단으로서 그 일을
> 하고 있다"는 도착적 의미에서가 아니라 고독한 주권적 결정을 영웅적으로
> 떠안는다는 의미로 보면 된다. 살인을 하거나 자신의 목숨을 거는 일에 대한
> 결단은 절대적 고독 속에서 이루어지며, 대타자의 치마폭 속에 숨을 수는 없
> 다. 그것은 초도덕적extra-moral일지는 몰라도 '부도덕'immoral한 것은 아
> 니다. 신적 폭력은 그 폭력을 행사하는 자가 멋대로 살인을 하더라도 천사와
> 같은 순결함을 가질 수 있는, 그런 것이 아니다. 구조화된 사회적 공간 바깥에
> 있는 자들이 '맹목적으로' 폭력을 휘두르면서 즉각적인 정의/복수를 요구하
> 고 실행에 옮기는 것, 바로 이것이 신적 폭력이다.(『폭력』, 277쪽)

하지만 지젝이 지적하고 있는 바와 같이, 이 사건이 "인민의 의
지를 집행하는 수단"으로서 전유되어서는 곤란하다. "백성의 소리"
가 "신의 소리"라는 라틴어 경구를 참조한다면, 신적 폭력이 권력 과
잉의 사태를 겨냥하고 터져 나오는 시민의 목소리임을 이해할 수 있
다. 그러나 이처럼 혁명과 조우하는 과정이 '분노의 은행'에서 현재

삶의 조건을 대출/상환하는 구조라면, 우리가 사회·역사적 채무를 상쇄할 방법을 모색하는 것은 영원히 불가능해진다. 물론, 한나 아렌트가 『혁명론』에서 프랑스 혁명과 미국 혁명을 견주면서, 프랑스 혁명이 시민적 자유를 확보하는 데는 성공했으나 정치적 자유를 확보하는 데는 실패하였다고 말한 것—다시 말해 혁명 이후의 불평등과 재위계화의 연결 고리—처럼, "혁명적 폭력의 목표는 국가권력을 장악하는 데 있는 것이 아니라 국가권력을 변형시키고 그 기능방식과 토대와의 관계 등을 근본적으로 바꾸는 데 있다는 그 교훈"[6]을 기억한다고 하더라도 말이다.

〈사진 2〉 김주열이 마산 앞 바다에 떠오른 모습을 부산일보 허종 기자가 포착한 사진이다. 김주열의 주검은 폭압적인 역사를 증언하는 사건 그 자체이다. 슬라보예 지젝이라면 이를 '신적 폭력'의 징표라고 불렀을 것이다. 이 한 장의 사진은 김주열을 3·15의 화신으로, 4·19의 선봉장으로 만들었다.(『3·15 의거사진집』, 90쪽)

왜냐하면 〈사진 2〉에서처럼 진실을 대면해야 할 순간은 느닷없이 찾아오기 때문이다. 이 끔찍하고 충격적인 사진이 의미하는 바는 비극적인 사건의 재현이 아니다. 그것은 아감벤이 말한 것처럼, "사진은 어떤 얼굴, 어떤 대상, 혹은 어떤 사건이든 보여줄 수 있"(33쪽)기 때문에 "사진에 찍힌 피사체는 우리에게 무엇인가를 요구"(『예찬』, 39쪽)하고 있다. 그러므로 이 사진을 순수한 의미에서의 역사적인 순간, 혹은 사실적 미학을 보여주는 텍스트로만 읽어서는 곤란하다. 코노테이션이라고 부르는 2차 해석과 의미의 코드화는 얼마든지 가능하겠지만, 그보다 중요한 것은 물 위로 도래한 '김주열'에게서 혁명의 폭풍을 찾으려고 하는 모든 재현의 시도가 어느 시점에서 기각될 수 있다는 사실 자체이다.

혁명의 장소에 남은 자들 : 증언의 (불)가능성

우리가 '3·15'('마산의거'로 거의 통칭되는)를 호명하는 방식은 다양하다. 그 중에서도 '의거'라는 용어를 공식적인 명칭으로 선정하기까지 많은 토론이 있었고, 학술적인 논의도 상당수 뒤따랐다. 그러나 중요한 것은 '의거'라는 용법의 사용 맥락에 '김주열'이라는 상징적인 존재가 자리하고 있다는 사실이다. 김주열의 주검은 마산의 아이덴티티를 '저항의 파토스'로 각인시키고 있다. 3·15, 혹은 마산의 그 어느 날들이 민주적이고 진보적인 역사적 사건으로 기록되어야 한다는 데는 이견의 여지가 없을 것이다. 하지만 축적된 과오의 반성적 기록이 마산과 '여러 김주열'을 증언하고 기억하는 데서 한 걸음 더 나아가, 지역의 아이덴티티를 표상하는 매개(제도)가 되었다는 사실은 어떻게 이해할 수 있을까.

　김주열이 마산 앞바다에서 떠오른 사진을 촬영한 『부산일보』 허종 기자의 증언록을 살펴보면, "1960년 4월 11일 이 날이 없었다면 역사가 어떻게 되었을까? 마산의 3·15의거는 어떤 결말이 났을까?"[7] 라고 회고하고 있다. '김주열'의 고귀한 희생이 3·15의 태풍으로 작동하였다는 사실, 또 그것이 '발견'되지 못했을 경우 '마산'의 정체성이 '어떻게 저항의 장소로 코드화될 수 있었을까'라는 안도감은 역설적이게도 '김주열'이라는 사건을 삭제하고 그 존재의 가치만을 기억하고 보존한다. 이것은 허종 증언록의 경우가 아니더라도 처참하고 고통스러운 현실에 대한 '증언'의 맥락이 대부분 파편화된 사실의 요약과 평가 확대에 의존하고 있다는 데서 확인할 수 있다.

　3·15의거 며칠 뒤부터 김군의 어머니(권찬주 당시 40, 작고)가 책가방을 들고 마산거리를 헤매고 있을 무렵 비밀스런 소문이 돌고 있었다. 그것은 데모 희생자의 시체를 돌을 달아 바닷물 밑에 갖다 버렸다고. 그러나 소문은 소문일 뿐 실제 어찌된 건지 알 길이 없었다. 분위기는 시간이 갈수록 완화되기는커녕 언제 무슨 일이 일어날련 지 알 수 없는 무기력한 가운데 4월은 왔던 것이다. (중략) 그러곤 카메라맨이 아니면서도 품속에 지니고 다니는 카메라를 확인하면서 몇 백 미터나 되는 중앙부두까지 단숨에 내달렸다. 숨을 헐떡이면서 당도한 중앙부두엔 사람의 그림자도 별로 없었다. 부두의 벽 안벽에서 세 번째 쇠말뚝(배 매는 말뚝) 앞 안벽에서 약 3미터 거리 물위에 마치 복싱을 하는 자세로 떠오른 스포츠머리의 동그란 얼굴을 한 소년의 시신은 사진에서 본 김주열의 용모에 오른쪽 눈에 쇠붙이(최루탄)가 박힌 채 물결 따라

솟았다가 내렸다가 하고 있었다. 목격한 순간은 숨이 막히는 기분을 느꼈다.

(『증언록』 531-534쪽)

"데모 희생자의 시체를 돌에 달아 바닷물 밑에 갖다 버렸다"는 소문에서 알 수 있듯이, 당시의 소문은 거의 진실에 육박해 있었다. 소문은 진실과 거짓, 혹은 사실과 허구의 경계에서, 군중의 사회적·정치적 무의식을 드러내는 역할을 하기도 한다. 소문은 "정치적 및 사회적 거부를 배경으로 해서 자발적으로 생겨났다가 다시 소멸하는 현실적인 사건의 일시적인 성좌"[8]이며, 소문의 수용자가 가장 외면하고자 하는 사실이나 진실에 가장 가깝게 다가가는 경우에는 '혁명의 효소'가 되기도 한다. 왜냐하면 소문은 "위협의 정체를 드러나게 하고 더 이상 견딜 수 없는 상황을 명시"[9]하고 있으며, 군중은 그 정동을 공유하기 때문이다. 그러나 "소문은 소문일 뿐 실제 어찌된 건지 알 길이 없었다"는 회고에 가까운 증언에서 확인할 수 있는 것처럼, 소문의 근원을 추적하여 '사실'에 이르고자 하는 모든 시도는 실패하고 만다. 왜냐하면 그것은 말의 증인에 대한 탐색 과정에서 한 치도 벗어나지 못하기 때문에 증언의 사실성보다는 늘 말의 유포 경로를 추적하는 데 머물기 때문이다.

이것은 우리가 흔히 '사실'이라고 믿는 '증언'의 경우에도 다르지 않다. 김주열의 죽음 과정에 대한 구체적인 증언은 찾아볼 수 없다. 여러 허구적 텍스트에서 발견할 수 있는 것과 같이 '주열'과 '광열'이 헤어지게 된 전/후 정황 나열, 그리고 마산 중앙부두 앞 바다 위에서 김주열을 발견한 이후의 진술이 조각 맞춰져 있을 뿐이다. 차후, 마산

경찰서 경비계에 근무한 박종표 경위가 수류탄에 박힌 시체를 발견하여 '월남동 마산세관 앞' 부두에 유기한 것(152쪽)으로 전말이 밝혀졌으나, 『증언록』에 수록된 '국회진상조사위원회'의 '특별위원회 속기록'에서조차도 그 사실은 확인할 수 없다. 이 지점에서 우리는 "증언의 가치는 본질적으로 증언이 결여하고 있는 것"[10]이며, "책임을 감수하겠다는 제스처는 순전히 사법적인 것이지 윤리적인 것이 아니"(『아우슈비츠』, 30쪽)라는 말을 기억할 필요가 있겠다.

다시, 두 번째 제시한 사진과 이 증언록을 비교해 보자. 사실 전달자의 입장에서 촬영한 보도용 사진은 메시지 전달이 가장 중요한 기능을 한다. 역사적 증언의 사실성을 고려한다면, 사진과 증언록 사이의 간극은 크게 넓지 않아야 한다. 그러나 흥미롭게도 증언록에서는 김주열을 찾아볼 수 없다는 사실이다. 3·15의 생존자들은 김주열, 아니 익명('여러 김주열')의 대리인으로서 '의사擬似 증언'을 한다. 그러나 도대체 누가 물 위로 떠오른 김주열을 대신해서 증언할 수 있을까. 중앙부두 앞 바다에서 가장 먼저 김주열을 촬영한 허종 기자 역시 당시 긴박한 상황을 재현하는 형태로 기억의 퍼즐을 맞출 수밖에 없는 것은, 바로 이 증언의 불가능성을 보여주는 증례가 아니겠는가. 두 번째 제시한 사진 역시 '신적 폭력'의 도래를 암시하는 무한한 가능성일 뿐이지, 그것을 실증하는 구체적 증좌는 아니다. 그러므로 김주열의 시신 자체가 물신화되어서는 안 되는 것이다. 또 다른 증언을 보자.

저는 그 소식을 듣고 급히 바닷가로 달려갔습니다. 차마 눈 뜨고 그 처참한 모습을 볼 수가 없었습니다. 도립마산병원으로 이동하기까지 곁에서 시신을 지켰습니다. 이 날 오후부터 그런 처참한 모습이 시민들에게 알려지자 다시 마산 시민과 학생들은 흥분과 분노에 차, 2차 의거(4월 11일~13일)를 일으키게 되었습니다. 그 날 오후부터 시작된 시위에 저를 비롯한 우리 민주당원들이 앞장서 참가했습니다. 그리고 시체가 안치되어 있는 도립마산병원에 모여 김주열 군의 시신을 지키자고 의견을 모아 당원들이 순번을 정해 밤낮으로 시신 곁을 떠나지 않았습니다. 시신을 지킨 가장 큰 이유는 자유당 정권의 잔악한 행위가 국민들에게 알려지기를 바라는 한편 자유당 정권이 그 시체를 국민들에게 보여주지 않기 위해 임의 처리한다든지 없애 버릴 우려가 있다는 판단 하에 시체를 사수하기로 저희들이 결의한 것입니다.(278쪽)

"시체를 사수하기"로 하였다는 청년 당원의 증언은 당시의 긴박한 상황을 잘 보여주는 것이지만, 그 신념과 실천을 이해하는 것만으로는 충분하지 않다. 물론, "자유당 정권의 잔악한 행위가 국민들에게 알려지기를 바라는 한편 자유당 정권이 그 시체를 국민들에게 보여주지 않기 위해 임의 처리한다든지 없애 버릴 우려가 있"었고, 이는 법적 정치적 기능이 마비된 상태에서 '법의 심판'을 요구하기 위한 부득이한 선택이었다고 하겠다. 당시로서 '자유당 정원의 잔악한 행위'에 대해 책임을 묻기 위해 유일하게 가능했을 행동들에 대한 정당성 자체를 부인하고자 하는 것이 아니라, 김주열의 시신이 '관리'와 '보존'의 대상이 되었다는 사실 자체를 말하고자 한다. 이 증언록에서도 김주열은 여전히 '증언할 수 없는 대상'이자, '증언되지 않는 대상'이라는 것이다. 아감벤은 "증언할 수 없는 것, 증언되지 않은 것에는 이름이 있다"(『아우슈비츠』, 61쪽)고 하였는데, 이 글에서는 그것을 '김주열'이라는 이름에서 찾았다.

인간의 언어로서는 증언할 수 없는 사건이자 형상을 지니고 있기 때문에 단지 그것은 '사수'되거나 사후 관리될 수 있을 뿐이다. 치안 권력의 실탄 진압 과정에서 살아남은 자들이 전하는 메시지란 끝내 그 사건을 지켜냄으로써만 다소 불분명하게라도 그 사실이 전달될 수 있을 것이라는 기대에 근거해 있기 때문이다. 그러나 사법적 차원에서의 '책임'과 '처벌'이 정의의 구현을 의미하는 것이 아니라는 아감벤의 지적은 새겨들을 만하다. 왜냐하면, "법의 목표는 정의의 확립이 아니"고, "그렇다고 진실의 입증이 목표인 것도 아니"(『아우슈비츠』, 24쪽)기 때문이다. 법적 속죄는 '충분한 속죄'가 되지 못한다. 3·15에 대한 사후 처리 과정을 보더라도 그것은 명확하다. 김주열의 시신을 유기한 일본 헌병 출신 경찰 박종표가 "1962년 4월 7일 특별재판소에서 무기징역형을 받았"으나, "판결에 불복하여 상고를 거듭"한 결과 "두 차례의 사면을 통해 각각 15년, 7년으로 감형을 받고 복역했다"(『김주열』, 169쪽)는 기록이 이를 방증한다.

이와 같은 사법적 절차가 혁명의 희생자와 살아남은 자들에 대한 책임과 부끄러움을 어느 정도 상쇄해 주고 있다는 사실은 아이러니하다. 박종표의 사례, 즉 '사형→무기징역→15년형→7년형'이라는 사법적 판단의 변화에서 확인할 수 있는 것은 이것이 윤리적 문제가 아니라는 점이다. 사법적인 것과 윤리적인 것의 경계가 탁화濁化되는 자리에서 김주열의 죽음은 순교적 이미지로 신비화된다. 그렇기 때문에 혁명의 희생에 대한 채무와 변제의 이행은 다시 반복될 수밖에 없는 것이다. 우리가 여전히 김주열에서 자유롭지 못하다는 것, 혹은 김주열이라는 사건을 증언할 수 없다는 사실, 이 증언의 불가 능성에서 문학적 재현의 가능성은 더욱 확장되는데 그것이 '증언의 심미화'를 추동한다.

혁명에 빚진 자들 : 증언의 심미화 (불)가능성

국가의 실정법 체계를 초과하는 순수한 폭력으로서의 사건, 다 시 말해 '김주열'이라는 사건은 실정법의 프레임이 내재한 모순과 위 악적 축적물을 내리치는 신적 폭력의 순간이라고 해석할 수 있다. "눈 에서 뒷머리 쪽으로/ 20센티 쇳토막이 박혀"[11](『시전집』, 393쪽)서 짓 이겨진 얼굴은 충격적이며 파괴적이며 거친 현실 개입이다. 시신을 수장시키기 위해 묶어놓은 돌을 끊어버리고 '강림'—이것은 분명 '부 상浮上'이 아니라 '강림'이다—한 김주열은 마산상고에 입학하기 위 해 잠시 머물고 있던 외부인의 경계를 찢어발기며 혁명의 쓰나미로 도래하였다. 일반적으로 3·15 문학에 대한 학술적 연구 및 비평에서 는 『증언록』에서 발견하기 어려운 김주열의 형상이 문학적으로 재현 되어 나타나는 데 주목하여 증언의 심미적 가능성을 타진하곤 한다.

유치환의 작품에 나타난 김주열 묘사는 '김주열'을 추모하거나 그 의의를 다룬 여러 작품 중에서도 특히 주목을 요하는데,

비인간非人間과 Organizm이 빚은

이위일체二位一體의
이 기괴한 신神.

겁악劫惡의 암흑한 미로迷路를 거쳐
순례자처럼
표연히 돌아왔음은.

─뉘가 이 주검을 거둘게냐?
그 회답과 증거를 위해
그대로 사라질 순 없는 불사신不死身

아아 공기보다 인간에겐
자유란
희박해도 목숨할 수 없는 것

마침내 돌이킨 것을 노래하기 전
안공에 포탄을 꽂은 이 꽃을
거리거리 드높이 세우라.

목숨보다 존엄한 것을 받들기 위하여.
목숨보다 가증한 것을 잊지 않기 위하여.
　　　-유치환, 「안공에 포탄을 꽂은 꽃-김주열 군의 주검에」(245쪽) 부분

　　유치환은 "비인간과 Organizm이 빚은/ 이위일체"의 "기괴한 신"
의 도래로 '김주열'이라는 대상, 아니 '사건'의 의미를 읽어냈다. '비인
간'이며 'Organizm'이 만들어낸 이 기괴한 신의 출몰은 충격적인 모
습으로 우리에게 거칠게 개입해 들어오는 신적 폭력의 발현을 보여
주는 것이다. 김주열은 인간과 비인간, 생명체와 비생명체의 경계(비
식별역)에서 '이위일체'의 몸으로 "표연히 돌아왔"는데, 이것은 신의
의지를 상징하는 부활이나 귀환이 아니라 "겁악의 암흑한 미로"를 중

언하는 시대의 징표 자체를 보여주는 것이다. 그러니 "뉘가 이 주검을 거둘" 수 있겠는가. 약간의 비약을 허락한다면, 이 경우 "불사신"의 의미는 영원히 죽지 않는 자가 아니라, 생명체를 넘어서는 생명의 차원, 다시 말해 희생도 대속도 아닌 차원을 의미하는 데까지 나아갔어야 한다.

지젝은 벤야민을 경유하며 "'신학적' 차원 없이 혁명이 성공할 수 없다"(『폭력』, 274쪽)—이것은 메시아의 도래에 대한 믿음을 내려놓고서는 혁명을 사유하는 것이 불가능에 가까운 일임을 시사하는 것이 아니겠는가—라고 하였다. 그런 점에서 김주열이라는 '사건'을 신학적 에이도스로 파악한 유치환은 상당한 심미안을 보여주었다고 하겠다. 그러나 이 시가 종국에 '희생'과 '채무'의 구조로 마무리되고 있다는 점은 한계로 남는다. "목숨보다 존엄한 것을 받들기 위하여", 그 "회답과 증거를 위하여" 김주열을 "불사신"으로 만드는 시상의 전개 방식은 '죽음/희생-대속'의 구조를 보여준다. 김주열의 부활("순례자처럼/ 표연히 돌아왔음")이 살아남은 이들의 사의謝意에 근거한 역사('혁명의 기억')가 될 때, 아이러니하게도 실정법(율법)의 체계를 해체하는 사건의 순수성은 존재론적 '매개'[12]로 기능하게 된다.

다른 자리에서 언급한 적이 있지만, 김주열의 '죽음/희생'에 대한 연민과 애도는 '김주열'이라는 '사건'을 '존재'의 질서 속에 기입(매개)하는 행위이다. 이는 벤야민이 그토록 경계하였던 '신화적 폭력'에 가깝다.[13] 김항의 벤야민 해석을 참조한다면, "신화적 폭력=법의 지배란 끊임없이 인간을 '빚지음=죄있음' 상태로 방치하는"[14] 것이다. 김주열에 대한 기억과 증언을 바탕으로 그 기억과 느낌을 재현하고, 김주열(아니, '여러 김주열')의 희생에 기념하고 감사한다고 해서 역사적 채무는 변제되지 않고 그 상처도 치유되기 어렵다. 이것은 신학적 형상으로서 '김주열'을 기억하는 방식이 아닌 경우에도 마찬가지이다. 이영도의 「애가哀歌」라는 작품을 살펴보자.

> 눈에 포탄을 박고 머리엔 멧자욱에 찢겨
> 남루히 버림 받은 조국의 어린 넋이
> 그 모습 슬픈 호소인 양 겨레 앞에 보였도다
>
> 행악이 사직을 흔들어도 말없이 견뎌온 백성
> 가슴 가슴 터지는 분노 천둥하는 우레인데
> 돌아갈 하늘도 없는가 피도 푸른 목숨이여!
>
> 너는 차라리 의義의 제단에 애띤 속죄양
> 자욱자국 피 맺힌 역사歷史의 기旗 빨위에
> 그 이름 뜨거운 숨결일네 퍼득이는 창공蒼空에!
> -이영도, 「애가哀歌 -고 김주열 군 영전에」 (87쪽) 전문

　이영도의 이 시에서 주조를 이루고 있는 정서는 연민과 분노이다. 그리고 "푸른 목숨"을 지켜주지 못한 생존자로서의 미안함(죄책감)이 밑바탕에 있다. 그래서 "눈에 포탄을 박고 머리엔 멧자욱에 찢겨"서, "버림 받은 조국의 어린 넋"에 대한 "슬픈 호소"는 사실 김주열의 목소리가 아니라 시인의 울음이다. 지금 이 시간을 살아있다는 낭패감은 주체의 무능력을 반영하는 것이 아님에도 불구하고, "역사의 기빨 위에", 혹은 "의義의 제단"에 "애띤 속죄양"을 바쳤다는 죄의식은 고스란히 부채감으로 남는다. 이처럼, 희생과 기억을 대가로 생성된 '빚=죄'의 동일성은 익명의 존엄들을 '김주열'이라는 이름으로 특

정하고, 또 다른 신화의 생성과 반복으로 구축될 여지를 남긴다. 혁명의 원인을 제공하였던 국가가 혁명의 희생자를 추모하고 있는 역사적 이벤트에서 이와 같은 사실을 쉽게 확인할 수 있다.

> 하나님의 계시를 받아
> 불의와 맞선 당신은
> 마음놓고 쉬어도 좋습니다.
>
> 어제도 오늘도 또 내일도
> 우리들은
> 진리를 위해
> 당신의 뒤에서 싸우고 있습니다.
>
> 당신은 언제나
> 푸르런 정신으로
> 우리와 함께 있습니다.
>
> 당신의 죽음은
> 결코 헛되지 않았습니다.
> -김행자, 「弔詞-열일곱 푸른 김주열 생령에」(104쪽) 부분

이 시에서도 확인할 수 있듯이 "하나님의 계시를 받아" 이루어진 혁명의 도래란, 메시아적인 것에 가깝게 인지되었다. 왜냐하면 '김주열'이라는 순수한 사건의 정치성은 규정 및 매개 불가능한 파급 효과를 지니고 있었기 때문이다. 그럼에도 불구하고, 이 조사弔詞 역시 김주열을 '매개'함으로써 혁명의 시간을 연장시키고 있다. 이는 「弔詞」의 텍스트를 해석하는 자리에서 확인이 가능하다. 예를 들어, 이순욱은 이 시를 "《마산일보》에 수록된 첫 의거시"로 실증하면서, "결코 헛

되지 않은 죽음의 의미와 함께 의거정신의 영속성을 강조함으로써 이를 승리의 기억으로 갈무리하려는 의지를 담아내었다"[15]고 하였다. 마산의 저항 정신을 '승리의 기억'으로 완성하기 위해서는 망각의 변인(시간)을 영속화(조절)하는 것이 불가피하다고 보았기 때문이다.

그러나 이러한 시각은 공교롭게도 '김주열'에 대한 부채감을 해소하는 방향으로 나아간다. 그는 "이 시가 4월 혁명의 막바지에 이른 4월 25일에 발표되었다는 점", 그리고 "김주열의 비극적 죽음을 항쟁의 중심적 사건으로 격상시키고 혁명에 낙관적인 전망을 이끌어내는 일에 소홀했"기 때문에 몇 가지 한계를 지닌다고 하면서, "김주열의 죽음을 계기로 고향 마산"을 "4월혁명을 추동한 혁명의 성소로 거듭날 수 있"도록 한 살매 김태홍의 「馬山은!」이라는 작품을 높게 평가한다. 이 경우, '마산'이라는 지역 정체성은 강건한 혁명의 도시와 장소로 재구성되며, 김주열은 그것을 '매개'하는 존재로 기입된다. 이러한 작품 해석과 평가가 "이방인이 아닌 소년의 못다한 염원들을 생각해 보라"(『시전집』, 47쪽)는 살매 시의 부채의식을 탕감하는 데 일조하고 있음은 부정할 수 없다. '마산'이 김주열의 죽음을 매개로 '불가능한 승리의 장소'('성소')로 기입된다고 해도 그 상흔은 지울 수 없기 때문이다.

이와 같은 해석의 차이보다 흥미로운 것은 증언의 심미적 과정이 '증언 자체'보다 더 과잉되어 나타나는 양상이 많다는 점이다. 오히려, '기록되고 구술된 사실'(증언)이 문학적 재현 과정 속에서 '사건'을 대상하고 신비화하거나 희생자에 대한 부채감을 해소하는 방식으로 구체화되기도 하기 때문일 것이다. 그래서 아감벤의 경우, "시도 노래도 불가능한 증언을 구하기 위해 개입할 수는 없"으며, "반대로 시의 가능성에 기초를 부여하는 것은(만약에 그런 것이 있다면) 바로 증언"(『아우슈비츠』, 54쪽)이라고 말하였는지 모른다. 아감벤의 이 섬세한 감각은 혁명의 피할 수 없는 역사적 공백(틈)을 시사하고 있다는 점에서 깨우치는 바가 크다.

혁명, 기억, 사랑

혁명의 순간을 재구성하고자 하는 증언과 다양한 재현 의지들은 지역의 아이덴티티를 재구성하거나 국가의 역사적 연속성을 재생산하는 방식으로 고착화되며, 그 바탕에는 지극한 토포필리아 TopoPhilia(장소사랑)가 존재한다. 토포필리아는 추상적 공간, 혹은 그 역사적 공백(틈)을 미장함으로써 가시적 대상을 창안하는 원리이다. 이에 대한 세부적인 논의는 다른 지면을 필요로 하겠지만—예를 들어, 투안이 뜨거운 장소사랑과 함께 이성적인 장소 인식이 동시에 필요하다고 말하고 있는 것처럼—, 「馬山은!」에서 확인할 수 있는 것과 같이 '고향'과 '성소'를 일치시키는 방식이 '혁명의 기억'을 완성시키는 강한 화학반응을 생성하고 있음은 부인할 수가 없다. 혁명은 고향의 신성 경험을 공유함으로써 유지되며, 그 물질적 대상(예를 들면 '김주열')에 대한 공통 감각을 통해 사랑의 장소에 기거하기 때문이다.

그러나 이와 같은 논의 과정과 결론은 우리 모두를 곤혹스럽게 한다. 사랑의 장소에 입주해 있는 사람으로서, 혹은 지역의 삶을 살아내고 있는 사람으로서 '혁명의 기억'에 대해 어떤 삶/말하기 방식을 택해야 하는가에 대한 답을 쉽게 구할 수 없기 때문이다. 다만, '혁명'의 재사유화가 범세계적이고 근원적인 애착의 구조를 부정하는 것Anti-TopoPhilia만으로는 가능하지 않다는 것은 분명하다. 그렇다면, 지역의 삶을 '지역-마산-3·15-저항(성) 공간', 혹은 '지역-부산-4·19-저항(성) 공간'으로 프레임화하는 장치들은 무엇일까. 그리고 로컬 아이덴티티를 구성하고 갱신하는 저 강건한 역사적 증언과 동일성의 서정에 빚지지 않는 삶과 글쓰기는 무엇일까. 우리의 혁명은 이 시점에서부터 다시 시작되어야 하지 않을까. 그리고 혁명을 노래하는 추모의 서곡은 '지금-다시' 쓰여지고 불려져야 하지 않을까.

그러므로, 이 글 이후의 작업은 '지역-저항(성)', 혹은 '지역적 파토스'를 구성하는 저 숭고한 인격person을 향해 내리치는, 다시 말해 저 '차이의 분할' 의지를 향해 요청되는 정념의 정체에 대한 탐구와 반성이 되어야 할 것이다.[**]

**

※ 이 글은 본래 해석과 판단 6집 『공존과 충돌』에 발표되었다. 나는 「혁명의 존엄을 위한 서곡」이라는 제목으로 발표힌 이 평문의 말미에 "끝으로, 나는 고은이 『만인보』에 쓴 「김주열」이라는 작품을 읽으며, 다시 김주열을 통해 '이제 마산은 방방곡곡'이 되어야 한다는 사실을 요청하는 것으로 글을 마치고자 한다. 4월 13일 다시 궐기하였다/ 마산상고 합격자 김주열이/ 경찰에게 타살된 3월/ 타살되어/ 아무도 몰래 물에 던져진 뒤/ 그 주검/ 가라앉았다가/ 그 주검에 매단 돌 풀어져/ 떠오른 뒤/ 거기서 4월혁명은 시작되었다// 하나의 죽음이/ 혁명의 꼭지에 솟아올랐다/ 뜨거운 날들이 이어졌다

목이 탔다// 이제 마산은 방방곡곡이었다"라고 쓴 바 있다. 혁명의 순정함을 노래했던 시인은, 이제 가장 추악한 '미투의 가해자'로 호명되고 있다. 문학/비평은 우리가 생각하는 것만큼 순수하지도 정합적이지도 않다. 그것은 자기 분열의 과정 속에서 스스로를 성찰하게 하는 언어/계기일 따름이다.

LOCAL TROUBLE

혁명의 재현과 저항의 (탈)신성화

아유슈비츠 이후에 불가능해진 것은 시가 아니라 산문이다
─슬라보예 지젝

전복적 사건을 마주하기

혁명은 현재진행중이다. 지금 이 시간, 아프리카와 중동은 민주화에 대한 해방의 열기로 가득하다. 이 실체를 마주하는 것은 지역을 넘어 공통의 전복적 사건과 접속하는 것이다. '혁명'이라는 하나의 사건, 이것은 '꿈꿀 권리'를 상실한 주체에 대한 역사적 구원이며, 전복적 순간의 도래이며, '대의'를 지나간 역사의 전리품으로 취급하는 '포스트'한 상상력에 대한 급진적 내려침이다.

'아프리카와 중동'이라는 전복적 사건과 대면한다는 것은 우리의 기억─'1960년의 마산과 1980년의 광주'라는 그 역사적 외상─과 조우하며 전지구적 혁명에 동참하기를 마다하지 않겠다는 뜻이다. 이것은 지배질서의 법적 효력을 정지시키는 '혁명'의 의미에 대해 다시 사유하는 것이자, 그들과 함께 울고 아파하는 것이다. 이 밤, 3·15의 기억을 뒤쫓아가며 김춘복의 장편소설『꽃바람 꽃샘바람』[1]을 다시 읽는 이유이다.

김춘복은『쌈짓골』(창작과비평, 1976),『계절풍』(한길사, 1979),『꽃

바람 꽃샘바람』(일월서각, 1986; 동광출판사, 1989), 『벽』(도서출판 풀빛, 1991) 등의 작품을 통해 "근대화의 물결에 휩쓸려 음험한 정치적 논리와 그늘진 곳에 웅크린 군상들"을 서사적으로 재현함으로써, "한국 사회를 정확하게 직시하"[2]고자 하였다. 농촌공동체 문제를 다룬『쌈짓골』과 교육현장의 문제를 다룬『벽』등이 대표적이며, 이 중에서도 '3·15'의 전개 과정을 형상화함으로써 한국 사회의 역사적 모순과 부조리를 드러낸『꽃바람 꽃샘바람』은 작가의 역량이 총집결된 작품이라 하겠다.

장편소설『꽃바람 꽃샘바람』은 1부 〈책머리〉에서 "이미 「계절풍」의 후기에서, 주인공 '관섭'이 커서 4·19, 5·16으로 이어지는 제2부·제3부를 쓰겠다고 밝힌 바 있거니와, 말하자면 이 작품은 바로 그 속편"(①'일월서각'본, 3쪽)이라고 언급한 것처럼, 전작全作『계절풍』과의 관계망 속에서 혁명의 시간을 복원함으로써, "4·19와 5·16으로 이어지는" 한국 근·현대사의 변모 과정을 긴 호흡으로 다루고자 했다. 이와 같은 작가적 의지와 신념은 '4·19'를 '동학농민전쟁'이나 '3·1운동'과의 연속체로 이해하는 역사 인식에 바탕하고 있다고 하겠다.

그러나 개정판 〈작가의 말〉에서 확인할 수 있는 것처럼,

예의 '미진했던 부분'이란, 4·19, 4·25, 4·26으로 이어지는 서울에서의 상황을 그린 마지막 '덧뵈기/대동놀이 씨앗' 장을 두고 말함인데, (중략) 그러던 어느날, 김주열이 빠지고 없는 상황에서 이야기를 더 끌고 나간다는 것은 역시 사족에 불과하다는 생각이 들었다. 2·28이 4월 혁명의 씨앗이라면, 갖은 악천후를 극복하고 그 씨앗을 거뜬하게 가꾸어 꽃을 피워낸 것이 3·15일진대,

그 이후의 상황은 열매를 수확한 일반론 내지 결과론에 불과하다는 당초의 판단이 옳았음을 재확인하게 되었던 셈이다.(456쪽)

이 작품은 "4·19와 5·16으로 이어지는" 혁명의 전사全史를 담아내지는 못하였다. 그것은 『꽃바람 꽃샘바람』의 서사적 전개가 '3·15'에서 '4·19'로 이르는 과정을 보여주는 데 그치지 않고, 3·15의 역사적 의미를 재발견하는 지점까지 나아갔기 때문이다. '집'과 '학교'라는 일상의 배치, '치안'의 악랄함을 보여주는 인물군群의 갈등 양상이 '혁명'의 도화선이 되었음을 묘사하고 있는 장면이 이를 방증한다고 하겠다.

3·15가 4·19의 기폭제 역할을 하였으며, 그 탄두를 장착한 것이 '김주열'이라는 메시아적 현현에 있었다는 사실을 확인한 김춘복은 3·15에 대한 확장적 신념을 수렴적 성찰로 전환함으로써 '3·15'라는 혁명적 실체와 마주하게 되었다. 순수한 혁명적 순간, 그 전복적 사건을 마중함으로써—'4·19 혁명'의 물적·정신적 기반으로서의 '3·15 혁명/의거'[3]가 아닌—, '3·15'라는 사건 그 자체와 마주하게 된 것이다.

혁명의 주체는 누구이며, 누가 아닌가

3·15를 4·19의 전사前史에서 구출하고자 하는 것. 김춘복이 3·15를 혁명의 중심축에 놓고, 2·28과 4·19를 각각 '씨앗'과 '열매'에

비유하고 있다는 사실을 상기해 보는 것이 중요하다. '3·15 혁명'을 '4·19 혁명'의 계보학에서 이탈시키는 것—즉, '3·15 의거'의 혁명적 독립성과 조숙성을 부각시키는 것. 이것은 혁명 주체를 '대학생(성인)'에서 '중·고등학생(소년·소녀)'으로 치환하는 작업에서 출발한다.

소설은 3·15의 전사(前史, 혹은 前事)로서 대구의 2·28을 묘사하는 데서부터 시작되는데, 이것은 혁명의 각 순간을 생물학적 진화의 맥락으로 이해하는 데서 기인한다. 혁명은 '씨앗'(2·28) 단계를 거쳐, '꽃'(3·15)을 피우게 되는 순간, 그리고 최종적으로 '열매'(4·19)를 맺게 되는 온전한 '성장'의 과정으로 설명된다. 2·28과 3·15에 참여하고 있는 중·고등학생(소년·소녀)의 열정과 분노란 '열매'(4·19)를 맺기 위한 순수한 참여, 그 일련의 과정으로 정의되고 배치되는 것이다.

> 제군들의 그 불타는 정의감은 일단 높이 평가하는 바네. 그러나 이론과 다른 게 현실이야. 정의감만 갖고 해결이 안 되는 게 현실이란 말야. 내 말 알아듣겠어? 설령 여러분들이 실력행사를 벌여서 교문을 뛰쳐나간다 치자. 그러면 당장 영웅이 될 것 같애? 천만에! 채 열 발자국도 나가지 못해서 모조리 경찰서로 연행되고 말 걸세./ —선생님!/ 다른 학생이 외쳤다./ —글세, 알았다니깐! 여러분의 그 정의감은 뒷날 더 크게 써먹을 때를 위해서 아껴 놓잔 말일세.(13쪽)

정의감에 불타는 대구 고등학생들의 '혁명' 의지를 봉쇄하고 지연시키는 논리는 소박한 '준비론' 그 이상도 이하도 아니다. 이 현실 타협적이고 현실순응적인 주장은 "제발 부탁이다. 28일만 무사히 넘

기자"(18쪽)라는 복지부동한 태도에 근거한 것. 3·15 직전, 거사를 앞둔 마산의 경우에도 다르지 않은데, 이는 학생들을 역사와 혁명의 주체로 인정하지 않고, '보호'와 '성장'이 필요한 대상으로 수용하고 있기 때문이다.

"아껴 놓"고, "힘을 배양"하자며, 어르고 달래는 고등학교 교실의 풍경[4]은 대학생의 그것—"지식인과 학생(대학생: 인용자), 그리고 농민과 노동자들인 것이다. 특히 학생들은 그 향도가 되지 않으면 안 된다……"(86쪽)—과는 현격한 차이를 보인다. 고등학교 교실과 대학의 강의실이라는 공간적 거리, 그것은 '3·15'와 '4·19', 미성장과 성장, 소년·소녀와 성인, 중·고등학생과 대학생, '의거'와 '혁명' 사이의 틈을 보여준다고 하겠다.

'3·15'의 혁명적 조숙함과 미성숙함을 떨쳐내기 위해서는 '4·19'와의 변별되는 지점, 그 경계와 틈을 정밀하여 들여다보아야 한다는 것. 이것이 작가가 김관섭이라는 예외적 인물을 통해 말하고자 하는 바다. 그는 깨어있는 사고와 뛰어난 학업능력을 갖춘 학생으로 그려진다. 그러나 불온한 사상을 지니고 있다는 혐의를 받고 모진 처벌을 받는다. 고등학교까지 그만두게 된 관섭의 인생은 "흡사 가시 돋친 괴물"과 같은 형상이 되어버린다. 관섭이 소중하게 간직하고 있는 '선인장'의 형상은 한 개인의 일그러진 삶과 한국 근대사의 험난한 여정을 동시에 보여준다. "예의 선인장 화분이 책꽂이 위에 얹혀 있다. 그러나 그것은 정상적인 성장을 하지 못한 채, 흡사 가시 돋친 괴물이 육신을 뒤틀며 아가리를 쩍 벌리고 있는 형상이다. 하지만 그는 그놈을 신주단지처럼 모시며 가꾸어 왔다. 선인장이 자라나온 10여 년간

의 성장과정은 바로 자신의 그것이기도 하다."(29쪽)

관섭은 폭압적인 사회현실의 '희생자'로서, 정상적인 사회적 성장을 기대하기 어려운 상황에 직면한다. 치안의 공포 속에 노출되어 사회적 성장이 멈춰버린 관섭이 선택할 수 있는 것—대학생이 되지 못하였으며, 아니 대학생이 될 수 없는—은 '진학進學'이 아니라 문학(소설 창작)이었다. 문학만이 사회 현실의 부조리와 폭력을 견딜 수 있게 해주는 유일한 탈출구라고 믿었던 셈이다. 2년제 문예창작학과에 진학할 생각을 가지고 있으나, 그마저도 "실은 스스로 터득해야 하는 것"이며, 따라서 "소설을 쓰는 일"[5]에 벗어나 있는 진학('대학생-되기')이란 한낱 여기에 지나지 않는다는 것. 이 철저한 '학벌무용론'이 가능하게 된 배경은 한성욱에게 있다.

한성욱 선생이 들려준 많은 이야기들 가운데에서도 가장 감동적이었던 것은 '학벌무용론'이었다./ 복학문제를 두고 한창 고심하고 있던 관섭에게 그의 '학벌무용론'은 일대 복음이나 다름없었다./ 그리하여 며칠 뒤, M고와 H고에서 동시에 편입학통지서가 날아오던 날, 마침내 그는 집을 뛰쳐나오고 말았던 것이다.// (중략) / 3년간의 방황과 좌절, 무전여행, 고아원, 영자누나, 44번지, 중국집, 흑인병사, 밀항, 해양경찰서, 그리고 복학, 졸업……, 아련한 추억들이 주마등처럼 명멸한다./ 그 위로 옥경의 얼굴이 크게 클로즈업된다.(104-105쪽)

한성욱의 '학벌무용론'은 관섭에게 사회적 성장의 가능성을 완전히 포기하게 만드는 계기로 작용하는데, "가정형편상 서울대 국문과를 중퇴"(104쪽)한 한성욱이 진로進路의 교착 상태를 돌파할 수 있는 거울이 되어주었기 때문이다. 그러나 '소설 창작'과 '학벌무용론'(한성욱)이 현실 세계에 대한 저주와 포기를 정당화하는 근거가 될 수 없음은 자명하다. 학교라는 제도 안에서 '진보적 지식인'임을 자처하면서도 소시민적 삶을 유지하고 있는 한성욱의 '학벌무용론'에 대한 지나친 감정몰입은 현실도피에 지나지 않을 수 있다는 것이다. 순수하고 촉망받던 학생 시절을 증언해 줄 수 있는 '옥경'의 얼굴이 '방황'의 시간과 오버랩되는 장면은 관섭의 이러한 내적 갈등을 선명하게 보여준다 하겠다.

서울에서 대학을 다니고 있는 첫사랑 옥경에게, "흥! 그래서 대학생들은 여태 데모 한 번 안한 겁니까? 2. 28 이래 오늘날까지 전국 각지에서 그 많은 고등학생, 심지어 중학생까지 데모를 해왔지만, 어느 대학교가 한 번이라도 데모한 사실이 있습니까?"(310쪽), 라는 냉소는 '대학생' 전체에 대한 야유와 다르지 않다. '소년·소녀와 성인', '중·고등학생과 대학생'이라는 세대의 틈을 비집고 들어오는 질문에는 '혁명의 주체'가 누구인지에 대한 선명한 자의식이 담겨 있다.

자유당 정부의 '권력적 무능력'을 폭로하는 것은 옥경과 같은 대학생이 아니라, 동생 정섭이며, 수남이며, 지욱과 같은 학생이었다는 것. 고등학생도 대학생도 아닌 관섭이 처한 예외적 상태란, 결국 중·고등학생을 동원의 대상이 아니라, 혁명의 주체로 추동하는 데 있었던 것이다. 고등학교 재학시절 '무학'이라는 동인지를 이끌며, 후배들의 정치적 대변인이자 정신적 지주 역할을 자처한 관섭으로서는 예의 그 수순을 밟을 수밖에 없었을 것. 이 지점을 꼼꼼하게 읽는 것은 중요한데, 왜냐하면 '혁명의 주체'를 새롭게 상정하는 작업은 혁명의 의의와 독자적 가치를 발견하는 문제이기 때문이다.

초판본 〈머리말〉에서 밝힌 것처럼, "관섭이 커서 4·19, 5·16으로 이어지"는 성장서사는 한국 현대사의 그것과 다르지 않다. 그러나 1960년대의 혁명사를 성숙/미성숙의 분절 구도 속에서 이해하고자 할 경우, 3·15의 의미는 평가절하될 수밖에 없다. 왜냐하면, 이것은 3·15라는 '꽃'이 '열매'(4·19)를 맺기 전의 미성숙 상태에 머문 것임을 자인하는 모순에 직면하기 때문이다. 3·15를 4·19의 전사前史에서 구출하는 길은 역설적이게도 혁명의 진보를 스스로 부정하는 데 있다는 것이다.

관섭의 '성장' 정지(혹은 거부) 상태가 의미하는 것은, 3·15의 혁명적 성격을 '미숙'에서 '성장'의 과정—소년·소녀에서 성인으로, 중·고등학생과 대학생으로, 의거에서 혁명으로—으로 인식하는 대문자 혁명사史를 전복하는 것. 즉, 혁명의 독립성을 갖춘 '순수한 사건' 그 자체로서의 '3·15'를 조우하는 데 있다는 것이다. 관섭의 '예외 상태'가 상징하는 것은 바로 이 '성장서사'(진보로서의 혁명사)를 깨트리는 데 있으며, 그것은 이 소설이 '열매'가 아닌, 그 붉고 아름다운 '꽃'(3·15)의 의미를 회복하는 데 전력을 다하고 있는 까닭이기도 하다.

신적 폭력의 도래 : 당신의 혁명을 즐겨라

하나의 '혁명'이 아닌, 여러 '혁명'과 마주하기. 4·19의 그것이 아닌, 청년의 그것이 아닌, 대학생의 그것이 아닌, 3·15, 소년·소년, 중·고등학생의 그것, 그 돌발적인 표징과 마주하기. 이것은 '전복적 사건'이 도래하는 그 순간에서만 찾을 수 있다. '법'의 효력을 완전하게 정지시키는 행동action으로서의 혁명, 다시 말해 "청교도혁명이나 프랑스대혁명, 하다못해 동학혁명"에 가까운 그것. 옥경의 회상 속에서 만나게 되는 지도교수 지학준의 강의에서 "이 혁명이 성공했던들, 우리는 근대사를 적어도 반세기는 앞당길 수 있었을 것"(85쪽)이라는 바로 그 순간("동학농민전쟁이나 3·1운동")의 도래를 발견하는 것.

> "제미럴, 차라리 혁명이라도 일어나서 모조리 확 쓸어 버렸으면 좋겠어."/ "혁명도 혁명 나름이야. 청교도혁명이나 프랑스대혁명, 하다못해 동학혁명 정도는 되어야 '혁명'이란 이름을 제대로 붙일 수 있지."/ "민중의, 민중에 의한, 민중을 위한 혁명이어야 한다, 그 말인가?"/ "두말하면 잔소리"/ 두 사람은 한동안 엽차로 목을 축이며 말이 없다가, 이윽고 송치호가 먼저 입을 연다.(69쪽)

한성욱과 송치호 두 교사의 대화는 혁명의 시간이 가까워왔음을 암시한다. 혁명의 조건이 충만했음을, 혹은 해방의 열망에 대한 파토스pathos가 공유되고 있음을 무의식적으로 체감하고 있다. 한 잔의 엽차로 해결될 수 없는 갈증. 해방의 열정에 대한 목마름을 해소시켜 줄 수 있는 것은 무엇인가. 한성욱이 "모두들 신익희나 조병옥이 대권을 잡지 못한 걸 천추의 한으로 절통해 하는데, 말이 좋아 정권교체지, 그 사람이 그 사람이야"(69쪽)라고 말하는 것처럼 그것은 '정권교체'의 수준이 아니다. 랑시에르 식으로 말하자면, 이 장면에서 언급되고 있는 '정권교체'는 '정치'보다 '치안'에 가까운 것이다. 지배질서의 감성적 체계를 승인한 상태에서 이루어지는 내부 분할은 '정치적인 것'처럼 보이지만 '정치', 즉 감각의 재분배를 수행할 수 있는 것이 아니기 때문이다. 이 '정치'를 가능하게 하는 것은 '성인'의 언어가 아니라, '학생(중·고등학생)'의 언어라는 것. 격앙된 어조로 자유당 정권의 분쇄를 외치고 있는 학생들의 언어, 바로 저 말들이라는 것.[6]

> 김관섭일 좀 봐. 그놈 그거, 정상대로라면 서울대 법대나 문리대 중에 지 입맛대로 골라잡고 들어가, 금년에 졸업반으로 올라갈 거 아냐? 그런데 그게 뭐야? 삼 년이나 뒤늦게 그것도 삼류대학, 이름도 없는 초급대학에 들어가려 하다니, 거길 나와 갖고 대관절 뭘하겠다는 거야?/ 그리고 너도 같은 공인이지만, 문학이란 건 그런 게 아냐. 너희들은 '고발'이니 '저항'이니 하고 떠들어 댄다만, 내가 볼 때엔 가소롭기 짝이 없어. 그 따위는 한 시대가 지나가고 나면 소멸되고 말아.(126쪽)

그러나 정의를 향한 신념과 민주주의에 대한 순수한 열망은 여전히 '치기'와 '감정적 태도'로 격하된다. 학생의 언어는 '보호'의 '말' 속에서 발화되지 못한다. 정의와 자유를 향한 혁명적 기대는 끊임없이 지연된다. 기성세대의 논리가 점철되어 있는 공간인 '학교'와 '집', 그 일상의 영역까지 침투한 감시와 통제(보호)의 시선은 "이번 선거에 야당이 압승할 수 있도록 계도하는 일이 더 바람직하다고 생각"하며, "데모는 그 다음"(131쪽)이라는 내면화를 정당화하거나, 종국에는 '거사'의 꿈을 좌초시키기도 한다.

> 마침내 관섭은 못 볼 것을 보고야 만다. 교문통을 빠져나오는 스리쿼터 적재함 바닥에 포로들처럼 한데 엉겨 있다가 벌떡 몸을 솟구치면서 교사 쪽을 향해 뭐라고 절규하는 지욱을, 그리고 이내 머리통을 내리치는 경찰봉을…….
> (221쪽)

거사 계획이 수포로 돌아갔음을 목격하는 장면은 의미심장하다. 이는 '3·15'가 외부의 '매개'를 통한 혁명이 아니었음을 보여주는 것이기 때문이다. 관섭이 쓴 거사 "결의문과 메시지", 지욱의 철저한 계획이 '사건의 도래'를 가능하게 할 수는 없다는 것. 진보적 지식인이라 평가받는 한성욱의 시선이 관찰자의 그것에서 벗어나지 못하고 있다는 것 역시 마찬가지 맥락에서 이해할 수 있다.

그러나 '거사'의 발각이 '혁명'의 지연을 가져왔을지는 모르나, '혁명'의 실패를 가져온 것은 아니었다. '전복의 시간'은 인간의 시간적 장력 안에서 늦추어졌을 뿐, '도래' 불가능성을 의미하는 것은 아니다. 무능력은 폭력을 낳는다. '권력'[7]의 상실이 가까워졌을 때, 권력을 폭력으로 대체하거나, 혹은 권력의 무능력이 선포된다는 사실: 이 역설은 '사건events'의 도래가 임박했음을 암시하는 하나의 징후에 가깝다.

3월 15일, 김관섭은 "난생 처음 투표권을 행사하는 날", 자유당의 협잡선거와 권모술수로 인해 '투표권'을 박탈당한다. 대의제 민주주의의 꽃이라 불리는 '선거'는 본래적 의미를 지속하지 못하고 주권을 침탈하는 '법적 폭력'의 도구가 된다. '법' 자체의 논리로 '법'을 수호하고자 하는 '법적 폭력'(강제력)을 작동시킴으로써, 자유당 정권은 스스로 '권력'의 무능력을 선포한 것이다.

"도둑맞은 번호표를 돌려받읍시다. 강탈당한 주권을 되찾읍시다……!"(284쪽) 강탈당한 주권("번호표")을 회복하고자 하는 마산 시민들이 '마산민주결전의 광장'으로 집결하게 된 것은 야당의 정치 논리나 선동에 의한 것이 아니다. 그것은 지배 권력의 가장 취약한 부분, 그 '대의'의 상실 지점(구멍)에서 분출되어 나오는 자유의지와 해방의 목소리인 것―"불종거리에 모인 1,500여 명의 시민·학생들은 일제히 환호성을 지른다."(303쪽)―이다.

> ―민주주의 만세에……! 만세에……! 만세에……!/ 사거리 쪽에서 만세 삼창이 터지고 있다./ 시위군중들의 위압에 기가 꺾인 경찰들이 마침내 뺑소니를 치고 만 것이다./ ―전우의 시체를 넘고 넘어 앞으로 앞으로/ 낙동강아 잘 있거라, 우리는 전진한다…….(308쪽)

성난 시민들에 의해 치안의 예봉이 정지된 순간: 이 짧은 장면이야말로 '법의 질서'(폭력의 질서)를 전복하는 '신적 폭력'의 순간이 '도래'하는 찰나인 것이다.[8] 지배질서의 안정적인 체계에 '열정élan'이라는 뇌관을 설치함으로써, 온 도시를 "거대한 시한폭탄"(309쪽)으

로 장전하고 있는 마산의 풍경은 한 폭의 장관을 연출한다. 꽃èlan
을 위한 찬가는 밤새 그칠 줄 모르고, '3·15의 마산'은 전설 속 예언
을 현실화한다.

> 무학산과 자산동, 돝섬, 이시미곶으로 대표되는 마산의 지형지세를 두고, 예
> 로부터 구전되어 오는 예언적 전설이 어쩌면 이렇게도 완벽하게 구현된다 말
> 인가. 이시미곶의 땅기운이 돝섬과 무학산의 그것을 누르고 득세하는 날엔
> 마산 천지가 불바다로 변한다는……(26쪽)
>
> 관섭은 돝섬과 이시미곶을 번갈아 바라보면서, 전설의 예언적, 상징적 의미
> 를 현대사와 접목시켜 본다. / 이시미곶이 온갖 음모와 침략과 억압과 수탈을
> 일삼아 온 열강, 또는 민주주의의 탈을 쓰고 온갖 비리와 착취를 자행해 온 독
> 재의 표상이라면, 돝섬은 바로 마산의 역사와 문화를 가꾸어 온 민중의 의지
> 와 힘의 표상이 아니겠는가!(335쪽)

오랜 전설의 '예언'을 실현 가능한 것으로 만든 것은 "마산의 역
사와 문화를 가꾸어 온 민중의 의지와 힘"이라는 것. 김춘복은 시종
일관 전지적 시점으로 이야기를 서술함으로써, 허구와 사실, 이야기
의 안과 바깥을 자유롭게 넘나든다. 작가는 3·15를 취재하고 서사화
하면서 '신적 폭력'에 가까운 형상과 조우하였을 것이다. 신적 개입
에 가까운 방식으로 '3·15'의 기억을 재현하고 숭고한 주검들을 애도
함으로써, 3·15의 역사적 가치와 혁명 주체를 구원하고자 한 것이다.
그러나 김춘복은 '3·15'에 대한 숭고한 '기억'을 재현하는 것이
역설적이게도 새로운 '혁명서사'의 계보학, 즉 '혁명의 신화'를 창출

하는 도그마가 될 수 있다는 사실을 고려하지 못하였다. 무엇이 '신적 폭력'이라고 규정지을 수 없는 것처럼—왜냐하면, '신적 폭력'은 '신화적 폭력'과 달리, '존재'의 질서 속에 배치되어 있는 것이 아니기 때문에—, '혁명'의 성격과 의미를 현재적 관점에서 재현하고 배열하는 것은 불가능하기 때문이다. 역사의 도도한 흐름을 기각시키는 전복적 사건, 그 '신적 폭력'의 '도래venue'[9]는 매개의 개념을 포함하지 않으며, 이는 '김주열'이라는 표징에서도 역시 마찬가지이다.

'김주열'은 돌발적 사건 그 자체이다. "이름은 김광열. 무학초등학교 앞에 사는 외이조모의 권유에 따라, 이번에 마산상고에 응시한 '주열'이라는 동생과 함께 지난 11일 밤, 고향인 전북 남원에서 왔노라고 한다. / 그는 몹시 동생을 걱정한다. 무학초등학교 앞에서 함께 구호를 외치던 도중에 경찰의 최루탄 발사로 헤어지고 말았다는 것이다."(331쪽) 마산상고에 응시한 김주열이 최루탄에 맞아 주검으로 발견되는 장면은 '신적 폭력'[10]의 도래이자, '3·15'의 외부성을 보여주는 '표징'이다.

아이러니컬하게도, 김주열은 '3·15'라는 사건의 질서 속에서는 포착되지 않는다. 그 질서의 외부에서 '여러' 혁명적 '사건'('신적 폭력')으로 도래한 것이기 때문이다. '김주열'이라는 이름이 '3·15'와 '4·19'에 육박하는 무게감과 죄책감을 환기시키는 것은 이 때문이다. '김주열'이라는 사건이, 재현의 의지를 찢어발기고 내려치는 '신적 폭력'으로 매순간 도래하는 순수한 '사건' 그 자체였음을 이해하였다면, '김주열'이라는 메시아적 현현('부활')—김춘복은 3·15가 4·19의 도화선 역할을 하였으며,[11] 그 탄두를 장착한 것이 김주열이라고 본

것—의 일의성은 만들어지지 않았을 것이다.

여러분!/ 김주열 군은 결코 죽지 않았습니다. 그는 분명히 지금 우리와 함께 있는 것입니다./ 여러분 가슴 속에 끓고 있는 붉고 매운 마음, 김주열 군의 이름처럼 '붉을 주朱', '매울 열烈', '붉고 매운 그 마음'은 바로 이 민족을 위기로부터 구해내는 원동력이 될 것입니다. 기폭제가 될 것입니다./ 그렇습니다!/ 김주열 군은 지금 이 순간, 수십만 수백만의 김주열로 다시 부활한 것입니다……(419쪽)

'부활'은 김주열의 '죽음/희생'을 애도함으로써, '김주열'이라는 '사건'을 '존재'의 질서 속에 기입하는 행위, 즉, '신화적 폭력'인 것이다. "신화적 폭력=법의 지배란 끊임없이 인간을 '빚지음=죄있음' 상태로 방치하는"[12] 것이다. 이것은 아래 세대가 위의 세대에 결코 갚을수 없는 '빚=죄Schuld'를 떠안는 것이다. 기억을 재현하고, 그 '희생'에 감사(기념)한다고 해도 그 '빚/죄'는 탕감되지 않는다. 희생을 대가로 생성된 '빚=죄'의 이야기는 '사건'을 신비화시킴으로써, 또 다른 신화myth의 생성과 반복이 될 수 있기 때문이다.

'신적 폭력'은 매개되지 않는 예측 불가능한 '사건'의 도래이다. 지젝은 "신화적 폭력은 '존재'의 질서 속에 있고, 신적 폭력은 '사건'의 질서 속에 있다"고 하면서, "신적 폭력은 어떤 수단도 아니다. 심지어 가해자를 징벌하여 정의의 균형을 다시 세우지도 않는다. 그것은 단지 세상의 불의를 보여주는, 세상이 윤리적으로 '뒤죽박죽' 돼버렸다는 징표일 뿐"[13]이라고 하였다. 이는 '사건'의 질서 속에서 의미 없는 '징표'로 도래하는 신적 폭력이 2·28에도, 3·15에도, 4·19에도, 또 멀리 5·18에서도, 아니 그 어느 순간에서도 예측 불가능한 방식으로 난폭하게 개입해 들어올 수 있음을 의미한다.

우리가 기억해야 할 것은 '3·15'를 '4·19 혁명'의 계보학에서 이탈시키는 '혁명의 서사'가 아니며, '3·15', '김주열'을 신화로 재현하는 '의거의 서사'가 아니라, '혁명'을 신화화하는 모든 개념 자체를 기각하며, 지금 이 순간에도 열정èlan의 화약고로 타오르고 있는 전복적 사건, 즉 '신적 폭력'의 순간을 함께 하는 것이다.

희생과 채무의 혁명 이후

김춘복이 『꽃바람 꽃샘바람』 1부를 출간했을 때—아니, 『꽃바람 꽃샘바람』을 기획했을 때—는 '3·15'에서 '4·19'와 '5·16'에 이르는 대하소설을 구상했던 듯하다. (1부 〈책머리〉와 전체 내용의 전개를 통해 이를 유추해 볼 수 있겠다) 그러나 1부의 기획과 달리, 완성본(②본, ③본)에서는 4·19와 5·16의 내용이 아주 소략하게만 다루어졌다. 1부와 그 후속편을 쓰면서 "2·28이 4월 혁명의 씨앗이라면, 갖은 악천후를 극복하고 그 씨앗을 거뜬하게 가꾸어 꽃을 피워낸 것이 3·15일진대, 그 이후의 상황은 열매를 수확한 일반론 내지 결과론에 불과하다는"(③개정판, 456쪽) 작가적 판단에 이르렀기 때문이다.

이 작품이 '3·15'에서 '4·19'로, '의거'로부터 '혁명'에 도달하는 전개 과정을 중심으로 구성된 것은 자연스러운 결과이다. 이와 같은 논리는 혁명의 전사全史를 '씨앗'(2·28)→'꽃'(3·15)→'열매'(4·19)의 성장 과정으로 이해하는 진화론적 발전사관에 근거하고 있으며, 이것은 개별 혁명사의 심층적 의미 발견이 역사의 전체적인 조화와 진보에 기여한다는 작가적 신념에 바탕하고 있다.

4·19는 결코 과거의 역사 속으로 매몰되어 가는 신화적 한 사건이 아니라, 언젠가는 기필코 쟁취하고야 말 자유와 평등과 통일을 위한, 현재진행형의 민족적 대실천운동인 것이다. (중략) 시가 한 시대를 앞서가는 예언자적·첨병적 임무를 띤 것이라면, 산문은 한 시대를 정리하는 사가적·의무병적 임무를 띤다고 하겠다.(①일월서각'본, 4쪽)

"4·19가 결코 과거의 역사 속으로 매몰되어 가는 신화적 한 사건이 아니라" 기억하고 복원해야 할 역사적 사건이라는 것. 그러나 그것이 "씨팔, 우리도 한번 본때를 보이자, 마산놈들은 어데 죽은 좆가?"(57쪽), "농담이 아니라, 우째 한번 해볼 수 없나? 마산놈들이라고 못 들고 일어날 거 뭐 있노?"(63쪽)에서처럼—작품 중간 중간에서 예의 그 근원이 되는 신화적 문맥이 지역성과 맞닿는 부분—, 지역적 파토스로 기억되거나 신비화('존재의 혁명', '신화적 폭력')되어서는 곤란하다.

작가의 신념이 '역사의 복원'을 가능하게 할 수도 있겠으나, 그것은 어디까지나 '기억'과 '재현'에 의존하고 있다. 지배질서의 자동적 운동motion을 정지시킬 수 있는 문학의 정치성이란, 정치적 현실을 재현하는 데 있는 것만이 아니다. 그것은 오히려 정확한 사실의 재현보다 '사실적'인 것처럼 보이는 것들이 은폐하고 있는 '사실들'을 가시적인 세계로 불러내는 데 있다는 사실을 잊지 말아야 한다.

　　1960년의 '혁명'을 통해 '자유당 정권'이라는 공공의 적을 축출하였으나, 그것은 '군부정권'이라는 새로운 공공의 적의 출현을 예고하고 있었다. 해방의 열정, 그 정의로움에 대한 신념과 자유의지가 '신적 폭력'의 도래를 가능하게 할 수 있다면, 그것은 타자에 '빚(죄)'지지 않는 '견딤'이고 또 '동참'이다. '아들 김주열' 하나 찾자고 이러는 것이 아니라는 권찬주 여사의 말글이 전하는 깊은 울림, 저 울림.

> 나는 지금 내 아들 하나 찾자고 이렇게 돌아다니는 것 아닙니다. 마산시민들한테 이놈의 썩은 정권 무너뜨리자고 호소하고 다니는거라요.(353쪽)

비평의 불화不和와 연대의 (불)가능성

3부

Local
Trouble

판타지로서의 지역문인공동체

'행사'를 '행사하는 사람(들)'

지역은 유동적 기표이다. 지역의 정체성을 확인하고자 하는 모든 시도들이 미끄러짐을 경험할 수밖에 없는 이유는 '저항성', '개방성'이라는 공동체주의의 정박점이 임의적 속성을 지니고 있기 때문이다. 지역에 대한 '기억'을 통해 지역성을 복원하고자 하거나, 지역의 공동체적 특수성을 문화적 개별성으로 환원하고자 하는 시도는 어느 방향을 택한다고 하더라도 지배-종속 구조에서 자유로울 수 없다.

특히, 중앙에 대한 대타적 인식을 지역성의 화두로 삼고 있는 지역문학론이 충실한 돌파구를 찾을 수 없는 것은 '지역과 중앙', '지역과 지역', '지역의 지역'의 실상이 '지역에 대한 관심'으로 포장된 무관심의 정치학적 구도 속에서 견고하게 유지되고 있기 때문이다. 지역에 대한 이해와 관심이 자본주의의 등가 논리 속에 포획되어 다양한 형태의 수사학적 포장으로 출품되는 현실은 더 이상 새로운 이야기가 아니다.

예를 들어, "부산을 두고 생각하면 요산 김정한 선생과 향파 이주홍 선생은 문학의 큰 두 산봉우리이다"[1]라는 오래된 호명 방식이 '문학제'와 '문학관'이라는 시·공간적 기념화 방식, 그리고 지역의 학문공동체, 창작공동체의 혈연구조와 담화 논리 속에서 구조적으로 재생산되고 있음을 확인할 수 있다. 문제의 핵심은 향파와 요산이 부산지역을 대표할 문화적 개별성을 지닌 것인가 하는 점이 아니라, 향파와 요산을 지역문학의 신화적 대상으로 전유하는 방식이라고 하겠다.

물론 이것은 부산지역에 국한되는 문제만은 아니다. 지역의 시인을 호명하고 전유하는 방식이 어떻게 이루어지고 있는가 하는 점은 강희근의 「이형기 傳」을 통해 쉽게 확인할 수 있다.

1./ 그는 이제 진주로 돌아왔다/ 대학을 다니러 서울을 갔고/ 직장에 매여 서울에서, 부산에서/ 다시 서울로 가 살았었지/ 대학이나 직장이 그에게는 그의 시가 들어가 살/ 단칸방이었다/ 단칸방에서 그는 그의 시와 아내와 딸/ 그리고 호구지책 같은 것과 비좁게 살았다/ 그가 언론인이었으나/ 그가 평론가이기도 했으나/ 그가 어찌하다 네 거리 우산살 아래에서도/ 부산의 광복동 단골 실비집 무한 광설의/ 풀밭에서도/ 그는 시인이었다/ 그는 한강 이남에서/ 제일로 큰 신문사의 꼭대기/ 편집국장까지 갔고/ 그는 문인협회의 한 당파로 상임이사라는 것까지 갔고/ 그는 시인협회의 잘 나가는 회장의 장부까지 손에 넣었으나/ 그는 금방 금방 단칸방의 케케한 사진 액자 같은/ 가장으로 시인으로 돌아와/ 곧장 허무와 바둑을 두었다/ 단칸방의 벽에 막혀 어디론가 나가거나, 더 이상/ 개량의 삽을 들 수도 없는/ 인간, 인간들에 대한 연민이거나 사랑에 깊이 들어가/ 한밤에 잠들고/ 새벽에는 깨어나 눈을 부볐지/ 그러다

가 그는 혼자 병들고 혼자 켜놓은 랑겔한스섬 흔들리는/ 등불 비추며/ 절벽
아래로 걸어갔다/ 절벽이라고 쓰고 절벽 아래 돌아서 절벽의 등 뒤로 갔다//
2./ 그는 이제 진주로 돌아왔다/ 가난하게 살던 남강식 스레트집이 아니고/
그의 이름으로 만든 기념사업회/ 그가 코 흘리개로 자란 진주, 진주의 시민들
이 만든 문학제/ 안으로 돌아왔다/ 그의 집은 단칸방이 아니다/ 나라에서 제
일로 번듯이 지은 진주시청, 크고 우람한/ 방/ 여기서 그는 바둑을 두지 않아
도 되리/ 챔피언은 챔피언 벨트 내놓기 위해 있는 거라는/ 가위눌림 같은 것
들/ 하루살이떼 같은 것들 못말리는 것들에게/ 자, 우리 악수합시다/ 나는 이
제 집으로 왔소, 말하면 되리

—강희근, 「이형기 傳」, 전문[2]

이 시는 표면적으로 '지역(진주)-중앙(서울)-지역(진주)'이라는
원점 회귀의 형식을 취하고 있다. "대학", "직장" 때문에 "서울에서,
부산에서/ 다시 서울로 가 살았었"다는 감정적 호소, 이 어쩔 수 없
는 삶의 "호구지책 같은 것"의 이동 경로는 안식처인 "집"(진주)을 찾
아가는 과정이며, 그것은 시-쓰기에 다름 아니라는 것이다. 문제는
지역에서 시인을 기억하는 방식이 "그의 이름으로 만든 기념사업회"
와 "진주의 시민들이 만든 문학제" 등의 기념 '행사'를 통해 완성에
이른다는 점—'집'을 떠난 '아버지의 귀환'을 노래한다는 점—이다.
지역문학의 특수성이란, 지역을 기념하는 방식으로 물질화되거
나, 지역이라는 경계를 관성적으로 유지하고자 하는 욕망 속에서 견
고하게 지속된다. "나라에서 제일로 번듯이 지은 진주시청, 크고 우
람한/ 방/ 여기서 그는 바둑을 두지 않아도" 된다는 사실이 지역과 시

인을 기억하는 방식이다. '전傳'이라는 형식은 '찬讚'이라는 언술 방식을 내포하고 있다는 점에서 시적 대상에 대한 감정이입을 피할 수 없다. 그러나 시적 대상에 대한 지나친 감정이입은 '다함께 찬讚, 찬讚, 찬讚'의 논리를 벗어날 수 없다.

이와 같은 현상은 지역문인공동체의 내부적 결속과 유대, 혹은 지역문학공동체의 해석학적 순환과 담론 구조의 재생산 과정 속에서 반복적으로 재현되고 있다. 지역이 소외와 배제라는 공동체적 희생의식을 바탕으로, 사적 글쓰기로서의 공간을 공적 연대와 대항의 공간으로 배태시키는 자리가 되곤 하는 것은 이 때문이다. '지방주의의 이율배반적 지향성'을 비판하면서 '비판적 지역주의'[3]라는 소통 방식을 제시한 구모룡의 지역문인공동체 비판은 그래서 기억할 만하다.

> 지역문인 단체는 자족적인 상태에 머무르지 않고 일회적인 행사가 아니라 상호소통을 통하여 문학적 장의 생산력을 확대해야 한다. 이러한 일에 매체의 혁신은 대단히 중요한 위치를 점한다. 특히, 지역문학 지평의 확대를 기획의 중심에 두고서 지역문학 현실을 변화시킬 수 있을 것이다.// 지역문인 단체는 두 종류다. 아니 두 부류의 지역문인이 존재한다. 단체를 통하여 자기 정체성을 확인하는 문인이 그 하나라면 다른 하나는 창의적인 활동의 계기를 통해 얻고자 한다. 전자의 경우 단체의 이름으로 시인임을, 소설가임을 확인한다. 후자의 경우 단체가 아니라 소속된 시인, 작가들의 창작활동에 더 큰 관심을 갖는다.[4]

지역문학공동체는 지역 내·외부의 창작공동체와 해석공동체의 상호소통을 통해 생산적이고 창조적인 문학 활동을 가능하게 한다. 그러나 지역문학공동체는 "자족적인 상태"를 넘어서, "상호소통을 통하여 문학적 장의 생산력을 확대해야"함에도 불구하고, "단체를 통하여 자기 정체성을 확인하"거나, "시인임을, 소설가임을 확인"받고자 하는 경우가 있다는 것. 다시 말해, 지역문학공동체가 구성원의 상호인정을 통해서 '시인(작가)임'을 확인받는 데 그치게 될 경우, 그것은 '(시인/작가)-되기'의 주체적 성격과 과정을 스스로 부인하고 마는 것이라는 점이다.

　'지역문학공동체'와 '지역문인공동체'의 경계는 분명하게 나누기 어렵다. 다만, 지역 창작공동체와 해석공동체의 문학적 소통을 통한 '(시인/소설가)-되기'를 스스로 거부하고, '지역'의 문화적 권역을 각자의 이념과 스타일에 맞추어 소유하고자 하는 데만 골몰하는 집단을 **지역문학공동체**와 구분하여 **지역문인공동체**라 명명할 수는 있겠다. 전자의 문학 활동이 '연대'와 '소통'을 중시한다면, 후자의 문학 활동은 '결속'과 '유대' 그 자체에만 의미를 부여하는 경향이 강하다. 모든 공동체는 '결속'과 '유대'를 그 속성으로 하며, 그것이 반드시 부정적인 것은 아니다. 그러나 '결속'은 중심을 결여한 문학적 '연대'를 지향하여야 하며, '유대'를 넘어 (불)가능한 문학적 '소통'을 추구해야만 한다.[5]

지역문인공동체의 발견과 '유대'의 정치

지역의 문인들은 문학 스타일의 바깥, 혹은 비평 담론의 외부에 위치해 있다. 이것은 서울로 표상되는 중앙 문단의 새로움 강박증에서 어느 정도 자율적인 창작 공간을 확보하고 있다는 자위감과 함께 중앙 문단의 비평적 응대로부터 소외될 수밖에 없다는 불합리함을 동시에 내포하고 있다. 지역의 문인들은 '주체의 취약성'[6]을 스스로 인정할 수밖에 없는 상황에 직면해 있으며, 지역공동체의 '결속'과 구성원의 '유대'를 통해 이 '결핍'을 채우고자 하기도 하였다. 이와 같은 지역문단의 '결핍', 혹은 '취약성'은 매우 뿌리깊은 것이다.

> 문화와 문학인이 중앙에만 집결되기 마련인 우리들의 일이라 <u>지방에서 특별한 재정 뒷받침도 없이 오락잡지도 아닌 순문학지를 낸다는 것은 여간 어려운 일이 아니다.</u> (중략) 아무튼 이번 일을 통해서 한 번 더 절실히 느낀 것은 지방—특히 부산과 같이 일반적으로 문화적 관심이 다른데 보다 빈약하다고 일러오는 곳에서 순문학지를 낸다는 것이 여간 힘들지 않는다는 사실이다. 동시에 <문학 부재>라는 반갑지 않은 빈정거림을 내처 받기 전에 <u>문화라든가 문학에 관심과 뜻을 두는 사람들은 한결 정신을 가다듬고 문화내지 문학 운동에 힘을 기울여야 되겠다</u>는 것을 절감하기도 했다.[7] (밑줄 : 인용자)

요산 김정한은 이미 "지방—특히 부산"이라는 권역을 분명하게 인식하고 있었다. 지역에서 "문화라든가 문학에 관심과 뜻을 두는 사람들"의 '결속'이 필요하다는 주장 속에는 "문화와 문학인"이 "중앙에만 집결"되어 있다는 사실 인식이 전제되어 있다. '집중'과 '소외', 그리고 '결속'이라는 논리 구조는 **'지역문인'**이라는 공통감각의 선명성을 보여주는 사례라 하겠다.

특히, "〈문학 부재〉라는 반갑지 않은 빈정거림"이 "순문학지를 낸다는 것"의 어려움 속에서 "절감"한 것이라는 사실은 지역에서 생산되는 많은 작품들이 발표지면을 확보하는 데 어려움을 겪거나, '해석'의 영역에까지 이르지 못하고 '무관심의 문학(들)'로 남겨지는 경우가 적지 않았다는 점을 보여준다 하겠다. 이에 대한 관심과 비평적 도정이 요청된다는 사실, 이것이 지역에서 문학 작품을 생산하는 이들의 '결속'과 지역 문학매체 '출현'을 가능하게 하였다.

> 地方에도 文學誌가 하나쯤은 있어야 되겠다는 말이 文學人 사이에는 勿論, 文化에 關心을 가진 사람들 사이에 있어온지는 벌써 오랜 이야기다./ 정치 경제 문제도 그러하거니와 더욱이 文化의 중앙집중주의는 나라의 문화를 절름바리로 만드는 폐단이 되고 말므로, 지방지의 발행은 당연히 보편화되어야 할 문화 그 자체의 본연성을 생각할 때 더욱 간절히 요청되지 않을 수 없는 문제이다./ 다행히도 부산문필가협회 회원들이 이러한 시대 사회적인 요청을 절감하고 문학인의 사명을 수행하려는 각오 아래서 "문필"의 발간을 계획 추진하게 된 것은 지방문화의 향상과 문화의 보편화를 위하여 의의있는 일이며, (중략) 이로써 중앙과 地方의 문화적 교류와 상호간의 자극 편달의 길이 트인 것이며, 이 일을 계속 수행하므로서 문화의 보편화와 그 질적 향상을 기할 수 있을 것이다.[8]

부산문필가협회의 제1호 기관지『文筆』의「발간사」─요산 김정한이 쓴 것으로 보이는─에는 "文化의 중앙집중주의"가 "나라의 문화를 절름바리로 만드"므로, "지방지의 발행"은 "간절히 요청되"는 문제라는 인식이 명시적으로 드러난다. 지역 문학매체의 출현 기원과 그 의미를 역사적으로 살펴볼 때,『창작과 비평』,『문학과 지성』이라는 거대한 해석공동체에 대한 경외감과 저항[9] 속에서 지역문학공동체의 '연대'와 문학매체 발간이 가능하게 된 현재적 맥락을 이해할 수 있다.

'지역문인'이라는 공통감각은 '지역매체'를 통해 '지역'이라는 특정한 영역의 경험을 재구성한다. 특히, 2000년 전후에는 전문 문예지의 성격을 지닌 매체만이 아니라, **'소집단 문인회'** 형식의 **문학적 '결속'**이 가속화된다. 세기말이라는 공통감각을 표피적으로 체험하면서, 지역 문학사회의 내부는 다시 연고, 스타일, 장르 등에 따라 보다 미시적인 차원에서 분할되고 느슨하게나마 결속되는 양상을 보인다. 감성의 분할을 새롭게 구성하는 것이 정치행위라는 점을 기억한다면, 이것은 '유대'의 정치가 될 것이다. 가시적으로 확인할 수 있는 양상만 정리하면,

첫째, 해운대구, 동래구, 남구, 부산진구, 사하구, 강서구 등 행정 구역의 연고를 바탕으로 형성된 문인공동체, 즉 부산광역시의 행정구역 단위별로 구획·분할되어 구성된 소지역문인공동체가 확대되는 양상이 바로 그것이다. 박태일은 행정 구획이 '지역 정체감' 형성에 가장 중요한 변인으로 작용한다고 언급한 바 있는데, 현재에도 "소지역에서는 발표 매체가 적고, 발표 기회 또한 드물"어서, "작품보다는

문인단체나 동호인을 중심으로 시가 내면화되고 향유되기 쉽다"[10]는 실증적 통찰은 유효하다.

해운대는 아름다운 고장이다. 바다와 산과 함께 어울려 살 수 있는 정다운 고장으로 널리 알려져 있다. 그만한 명성만큼 문화의 수준도 걸맞아야 한다. 더구나 신도시가 열리면서 많은 문인들이 모여들어 신르네상스도 함께 일어나고 있다. 그리하여 지역문화의 발전에 기여하면서 **문인 상호간의 인간적인 결속을 위해 해운대 문인회를 결성한 것**이 어느 덧 일주년이 지났다. 모든 일이 다 그렇겠지만 처음 터를 다진다는 것이 여간 힘든 일이 아니라는 것을 더욱 실감하고 있다. 더구나 이런 일이 체질에 맞지 않을 뿐 아니라 재주도 없으니 곱으로 어려움이 많았다.[11] (밑줄 : 인용자)

이번에 창간되는 『동래문화』는 문화와 예술을 사랑하는 동래인들의 숨결이 배어나는 문화 예술지로서 예향의 본 고장, 동래의 과거, 현재, 미래에 명맥을 이어주는 가교역할을 하리라 믿어 의심치 않습니다.[12] / 去年에 동래문화 창간호를 발간하여 많은 사람들로부터 칭송을 받았습니다. 제2호부터는 문예인들로부터 동래문예로 바꾸자는 건의에 따라 동래문예를 발간하게 되었습니다. (중략) 우리 **문학인들은 극일을 몸소 실천하고 교육시키는 주체**가 되어야 하겠습니다.[13] (밑줄 : 인용자)

인용문은 종합문예지의 성격을 지닌 『해운대문예』, 『동래문예』의 발간사이다. "지역문화의 발전에 기여하면서 문인 상호간의 인간적인 결속을 위해 해운대 문인회를 결성한 것"이라고 결성의 목적을 분명하게 밝히고 있다. '결속'의 공통감각이 문학적 신념과 가치에 의한 것이 아니라는 점에서 문학적 '연대'의 성격보다는 문학이라는 감성적 매체를 공유하는 구성원들의 "인간적인 결속", 즉 지역문인공동체의 형성 과정을 보여준다고 할 것이다. 문학 작품의 생산을 위한 연대와 비평적 소통보다 "지역문화의 발전"과 "극일을 몸소 실천하고 교육시키는" 데 목적을 두고 있다는 점에서 공동체의 '결속'과 구성원의 '유대'를 중요시하는 **지역문인공동체**의 한 전형이라 할 만하다.

지역문인공동체의 '유대'가 모두 부정적인 것이라고 말하는 것은 아니다. "제1회 신시가지 백일장"과 "제1회 해운대 사랑 학생 백일장" 등의 활동은 소지역공동체의 문학적 관심을 확대하고, "지역문화의 발전에 기여"한다는 측면에서 분명 긍정적이라 할 것이다. 그러나 "해운대 지역에 거주를 하거나 직장이 있는 문인"[14]만이 "회원의 자격"을 부여받을 수 있다는 점에서 지역 문학사회의 또 다른 권역 설정과 연고주의를 조장할 수 있다는 비판에서 자유로울 수 없을 것이다. 소지역 향우회의 '유대' 목적—"우리는 情으로 뭉쳤고 鄕土 建設이란 같은 目的"[15]—과 다른 것은 도대체 무엇인가.

둘째, 지역 문학사회 내부의 감성적 분할과 문인공동체의 결속은 문학의 분과 장르별 분화 과정 속에서도 나타난다. 이를 테면, 근대문학의 중심 장르인 시, 소설, 수필, 희곡 등과 같은 개별 장르의 '공통감각을 발명하는 것'이 그것이다. 지역 문학사회의 '작가—되기' 과정이 개별 분과의 "전체가 융화되는 어떤 활동"을 통해서 상호인정될 수 있음을, 그리고 공고해질 수 있음을 시사한다 하겠다. "수필인을 냉대해도, 조금도 흔들림 없이 제 갈 길을 굳건히 걸"[16]어 "수필 전문

동인지를 탄생시"[17]켰다고 선언하고 있는 부산수필문인협회의 '결속'과 길항은 그것의 경향적 알레고리이다.

> 우리 부산문인협회에 등록된 2004년 1월 현재의 회원의 수를 보니 866명으로 돼 있다. 소설 36명, 시 373명, 시조 81명, 아동문학 100명, 평론 23명, 외국문학 7명, 희곡 4명이요, 우리 수필은 242명이 등재돼 있다./ 그런데 다른 분과는 대개가 <u>독립된 문학 단체를 형성</u>하여 기관지 형식의 문학지도 따로 만들면서 활약하고 있으나, 수필 분과는 시 분과 다음 두 번째로 많은 회원을 갖고 있으면서도, 회원 전체가 융화되는 어떤 활동을 보이고 있지 않았었다.[18] (밑줄 : 인용자)

부산수필문인협회의 '결속'과 '유대'는 '장르의 차별화'를 통해 '독립성'을 확보하고자 하는 기획이다. 그러나 부르디외가 언급한 것처럼, '장르의 차별화' 전략은 "장르들의 전체, 다시 말해 문학장의 통합과정"[19]을 가속화시킬 뿐이다. 왜냐하면 시인, 소설가, 수필가, 시조시인, 아동문학가, 평론가, 희곡작가 등은 '부산문인협회'라는 등질의 성향 속에 자리한 "공통적인 대립"일 뿐이기 때문이다. 수필이라는 하나의 장르를 "독립된 문학 단체"로 이끌고자 시도한 '결속'이 '텅 빈 유대감'만을 남겨 놓은 것은 바로 이 때문이다.

셋째, 지역 대학의 문예창작학과와 평생교육원의 문예창작교실 등을 비롯한 다양한 도제 과정에서 동일한 양상을 찾아볼 수 있다. 문예창작학과와 문예창작교실은 근대적으로 변형된 도제 방식이라 하겠다. 자본의 추상적 지배 속에 포획되어 있는 '대학'과 '평생교육원'에서는 개인적인 도제 과정이 불가능하기 때문에 '혈통'과 '기수'라는 포괄적인 '유대감'을 더 강조하게 된다고 볼 수 있다. 예를 들어,

> 부산문예대학 동인들이 그동안 발표한 동인지를 살펴보면 올해로 제15회를 낸
> <청술레>를 필두로 <금샘> <참수필> <수림문학> <시림문학> <오름시> 등
> 이 계속 격조높게 발간되고 있습니다. 앞으로 해를 거듭할수록 동인들의 활동
> 이 더욱 활발해지리라 믿습니다. 이번에 발간되는 <부산문예대학 동문회>의
> 회지는 그동안 산발적인 발표무대를 하나로 연결 지워 **동문들의 문학적 친목**
> **과 유대를 강화**하고 보다 차원 높은 문단활동을 다짐하는 뜻에서 창간을 하게
> 됩니다.[20] (밑줄 : 인용자)

'회지'라는 형식은 "동문들의 문학적 친목과 유대를 강화"하기 위해 만들어졌으며, 문학이라는 감성적 매개를 통해 그 구성원들을 '결속'하는 기능을 한다. 이 역시 연고주의에 바탕하고 있는 소지역 문인공동체와 다르지 않다. 아마추어리즘의 극복, 문단 활동의 지속성이 정실주의로 귀결될 수 있는 위험을 언제든지 내포하고 있다고 볼 수 있다. 1999년에 결성된 부산지역 대학문학회 <지층과 단층>을 아마추어리즘의 극복이나 '기성'과의 정서적 만남으로 이해했던 방식[21]과 크게 다르지 않다고 할 것이다.

지역문인공동체의 '결속'에 참여하는 형태가 행정 구획별 연고, 장르별 분과, 도제 과정 등으로 선명하게 구분되는 것은 아니다. 왜나하면 지역의 문인공동체 구성─지리적 연고, 장르별 분과, 도제 과정에 따른 단체의 참여─은 중첩적으로 이루어지는 경우가 대부분

이기 때문이다. 이것은 지역문인공동체가 창의적인 문학적 에스프리에 의한 혁신적 '연대'가 아니라 "친목과 유대"를 위한 '인간적인 결속'을 목적으로 형성된 것임을 보여주는 것—유명한 비유를 빌리자면 '잃은 것은 문학이요', '얻은 것은 텅빈 유대감'인 것—이다.

이와 같은 사실은 지역 문학사회의 내면 풍경을 이해하는 데 중요한 시사점을 준다. 지역의 '시인(작가)—됨'이 다양한 형태의 문학적 '결속'(지역문인공동체) 과정에서 재창출되지만, 그것은 특정한 문학적 가치와 생산/해석 논리에 의한 것이라기보다 "친목과 유대"에 의한 상상적 관계를 통해 형성·유지된다는 점이다.[22] 이것은 일종의 나르시시즘이다. 지역문학의 가치 발견과 생산에까지 이르지 못한 지역문인공동체의 감성적 '결속'이 자기 위무와 자기애에 다르지 않다는 사실, 슬프지만 이것은 엄밀한 현실이다.

'지역 시 동인', 지역문학공동체에 대한 열망

부산지역 문학사회가 지역문인공동체의 '결속'을 통한 "친목과 유대"의 확대 재생산에만 머문 것은 아니다. 부산지역의 많은 시인과 작가들은 창작 기반의 어려움과 비평적 무관심 속에서도 창작의 열망을 소거하지 않고 고군분투하고 있다. 그들은 스스로 '시인(작가)-되기'에 나서는 한편, 서로의 '시인-됨'을 승인/거부하면서 연대하기도 하였다. 특히, 이것은 동인同人이라는 형식으로 구체화되어 나타났다. 문학동인은 생산적인 창작 활동과 비평적 응전 속에서 '시인(작가)―됨'을 갱신해 나가고자 하는 '연대'라는 점에서 지역문학공동체라 부를 만하다.

그러나 창작 활동을 위한 '연대'를 중시하는 '문학동인' 역시 **지역문학공동체**와 **지역문인공동체**의 경계에 놓여있기는 마찬가지이다. 따라서 '문학동인'은 완결되지 않은 지역문학공동체의 기획이자 가능성이라 하겠다. 이 기획이 문학적 '연대와 소통'의 맥락에 얼마나 부합하는 것인가 하는 점은 면밀히 따져볼 필요성이 있다. 시, 소설, 수필, 희곡, 비평 등 다양한 영역 속에서 확인이 가능할 것이나, 이 자리에서는 부산지역의 '시 동인'을 중심으로 그 가능성과 한계를 점검해 보고자 한다.

'시인'이라는 존재적 명명과 함께 '지역' 시인이라는 태그를 문신처럼 붙이고 사는 지역 시인의 '시인-됨'을 올바르게 이해하기 위해서, 혹은 이를 통해 지역 문학사회와 '소통'하고자 하는 '시적 열망'을 발견하기 위해서, 그리고 이러한 과정을 통해 생산된 시 텍스트에 정당한 해석과 가치평가를 부여하기 위해서는 지역 문학사회를 구성하고 있는 다층적 조건을 고려하고 재인식할 필요가 있다.[23]

부산지역은 1994년 시 전문 계간지『시와 사상』의 창간에 이어 1999년에『신생』이 창간되면서, 그 어느 때보다 활발한 시 창작 활동과 비평이 전개되었다. 그러나『시와 사상』,『신생』등과 같은 시 전문 문예지 외에도 지역 시인들의 문학적 소통을 위한 시 동인의 결성과 동인지 발간이 활발하게 이루어졌다는 점은 가볍게 보아 넘길 사안이 아니다. 부산지역의 시 동인과 동인지의 경우, 1990년 이후에는 일일이 그 실체를 확인하기조차 어려울 정도로 다양한 생산 분포를 가지고 있다.

'동인'이라는 문학공동체의 연대 방식은 '창작'과 '소통'을 중요시한다는 측면에서 문인공동체와는 구별된다. 지역의 문학사회와 느슨하게 결속되어 있으면서도 자발적인 문학 창작 활동을 통해 기존의 관계 속에서 탈주를 꿈꾼다. 특히, 시 작품의 발표가 동인지의 형식으로 구체화되어 나타나기 때문에 발표지면 확보에 대한 결핍과 신경증에서 어느 정도 자유로울 수 있다. 또한 친교적 관계망을 통해 스스로 '시인―되기'에 골몰하고 있는 지역문인공동체와 거리두기/재기가 가능해진다.

시 동인은 지역 문학사회의 교류소통에 참여하면서도 스스로 창작 공간을 확보한다는 차원에서 분명 지역의 문학적 소통을 담당하고 있다고 볼 수 있다. 그러나 부산지역 시 동인과 동인지에 대한 해석과 평가는 유보되어 있는 상태이다.[24] 물론 시 동인과 동인지에 대한 해석과 평가의 부재보다 더욱 심각한 것은 지역문학공동체와 문학매체에 대한 비평적 관심과 연구가 기초적인 작업조차 제대로 이루어지지 못했다는 점이다.

해방 이후부터 1990년대 이전까지 부산지역 시 동인의 동인지는 모두 '44종'[25]으로 알려져 있으나, 대부분 동인지의 실체를 확인하지 못한 것이다. 동인지명과 생산연대가 부정확한 부분이 많고, 목록에 포함되지 않은 시 동인지도 상당하다. 예를 들어, 노고수가 정리해 놓은 자료에는 1954년에 시명詩明 동인의『詩明』동인지가 존재하였다고 밝혀 놓았다. 그러나 1954년에 부산에서 활동한 시 동인은 '시명詩明'이 아니라, 김태홍, 손동인, 안장현이 참여한 '시문詩門' 동인이다. 1954년에 결성된 시문 동인은 1952년 신작품新作品 동인[26]과 함께 한국전쟁기 부산지역 문학사회를 조망해 볼 수 있는 문학사적 실체라 하겠다.

> 손동인 시인을 처음 만난 해는 1950년이었던가? 그러고 보니 30년이란 세월을 두고 허물없이 사귀어 온 사람이다. 만일 손동인 형을 만나지 않았으면 나는 어쩌면 변호사, 검사, 판사가 되었을지도 모른다. 대학 법과에서 기필코 재학중에 고시에 합격할 목표를 세우고 그 방면의 공부에 열중하는 사람을 그만 「문학의 길」로 인도한 분이 손동인 시인이었다. 문예文藝라는 잡지를 통해 문단에 나온 손동인 형과 피난지 부산항에서 함께 지낼 때, 참 꾸준히 문학의 길을 밟도록 권유한 사람, 살매 김태홍 시인을 소개한 분, 그리고 급기야 손동인·안장현·김태홍 세 사람이 동인지 <시문詩門>을 2집까지 내게 된 것도 손형 때문이었다.[27]

1990년 이후 부산지역 문학사회의 스펙트럼이 넓어지면서 다양한 시 동인이 결성되었고 동인지의 발행도 함께 이루어졌다. 1990년대 이전에 창간된 시 동인지의 경우, 지역의 다양한 문학·문화 행사를 주도하는가 하면, 2000년대 이후까지도 활동을 이어가면서 지역 문학사회의 문학적 소통을 가능하게 하였다. 이와 같은 동인 활동은 지역문인공동체의 '결속'과 '유대'를 넘어선 창작 활동이자 창

작 열망의 반영이라는 점에서 지역문학 공동체의 형성과 지향을 잘 보여준다고 할 것이다. 아직 자료 조사가 부족하지만, 우선 소략하게나마 그 외연을 살펴보면 다음과 같다.[28]

1983년 동인지 『지금 여기의 시로』로 출발하여 지속적인 동인 활동을 전개해온 '시와언어동인'(『시와 언어』), 1990년대 초반 부산지역 문학사회의 신세대론을 이끌었던 김기래, 김형술, 서정원 등이 참여한 '전야시동인'(『전야』)은 "언어를 매개로 나눌 수 있는 감동이나 향수를 만끽하고 소외당하는 산업사회의 군상들이 엮어내는 삶의 모습"을 그리고자 하였으며, 동인 활동을 통해 "개성의 두드러짐과 아우러 공동체로서의 결속을 다지"[29]고자 하였다. 기성시인들과 함께 불교사상에 관심을 둔 시인들이 관여하고 있는 '보리수시우회'(『보리수』), 1993년에 부산지역의 여성시인들로 결성된 '평행시동인'(『평행시』), 1990년대 이후 작품 활동을 본격적으로 전개한 '변방시동인'(『변방』), '시와자유동인'(『시와 자유』), '갈매시동인'(1집『무성한 겨울』, 2집『보랏빛 환청』, 3집『바람 끝에 서 있는』, 4집『프로메테우스의 갈대』, 5집『겨울 판화』, 6집『꿈꾸는 저녁이다』), 부산에서 월간『시문학』지로 등단한 시인들의 사화집 성격을 지닌『부산 〈시문학〉 순정조』, 1987년에 결성된 이후 1990년대까지 활동한 '소리 동인'(『소리』), 1994년 창간호를 내고 2000년 이후에도 시작 활동을 전개하고 있는 '시와숲동인'(『시와 숲』),

1990년에 창간호를 내고 강경주, 강남주, 임명수 등의 중견 시인들이 참여한 '신서정시그룹'(『신서정시그룹』), 1992년에 창간호를 내고 1990년대 말까지 활동한 '예감시동인'(1집『예감』, 2집『자유라 불리는 풍경들』, 3집『마침표를 찍을 수 없는』, 4집『우연히 날아든 새』, 5집『아파트, 고양이에 관한』, 6집『낯선 바다로의 여행』) 등이 있다. 특히, 1995년 제1집

『세상은 시인보다 아름답다』를 출간한 이후 활발한 시작 활동을 보이고 있으며, 평단의 주목을 받은 바 있는 '시작업이후동인', 1978년에 창간호를 내고 복간을 거쳐 현재까지도 활발한 시작 활동을 하고 있는 '시로동인회'(『詩路』), 1976년 결성하여 『木馬』 창간호를 낸 후 현재까지도 그 맥을 잇고 있는 '목마시문학동인회'(『木馬』) 등은 주목할 만한 지역문학공동체라 하겠다.

창간호를 내던 무렵의 활기찬 모습은 해를 점차 거듭할수록 조금씩 희석되면서 급기야는 동인들이 한 사람씩 하차하는 아픔을 맛보았다. 한 때는 木馬가 전에 없던 실의와 좌절로 철마가 될뻔한 시간도 있었으나 (중략) 이제 새로운 빛으로 일어서는 『木馬』는 더욱 조신한 자세로 언어를 절제하며 혼신의 마음가짐과 작은 목소리로 동인끼리 서로가 서로를 자극하고 채찍질하며 절차 탁마를 통한 각고의 노력을 게을리하지 않을 것이다.[30]

나뭇잎 하나에 사랑을, 그리움을, 안타까움을, 경이를, 순수한 욕망을 담아 스스로뿐만 아니라 독자에게도 정서 순화를 시키는 시를 읽는다는 것은 기쁨이 되기 때문입니다. 시로 동인지가 13회째 발간되었습니다. (중략) 동인의 의지와 주위의 격려가 합해져 이루어낸 소산입니다. 매 편 산고의 흔적과 희열이 있을 것입니다. 마음에 드는 작품이 있으면 주위 분들과 낭송도 하시며 널리 알려 주십시오.[31]

'목마시동인회'는 1976년에 결성하여 동인지『木馬』창간호를 낸 후, 현재까지 지속적인 활동을 전개하고 있는 부산지역의 대표적인 시 동인인데, 2000년 창간 30집 특집호를 출간하였다. '시로동인회'는 1978년에 동인지『詩路』창간호를 세상에 내놓은 후, 현재까지도 왕성한 창작 활동을 이어나가고 있다. 직장인의 삶을 살면서, 20년간의 활동 공백이 있기도 하였다. 그러나 1999년에 제5집(복간호)을 출간하면서 '시의 길詩路'이라는 동인지명에 어울리는 '전문 문사'의 길을 걸어가고 있다.

"나와 문학적 동행의 길을 나선 시로詩路 동인들의 우정을 가슴에 깊이 새겨두고 싶다"[32]는 임종성의 언급 속에서, 그리고 "새로운 빛으로 타오르는 불꽃"과 "동인의 의지" 속에서 문학적 연대의 충실성을 확인할 수 있다. 지역에서 문학공동체라는 '연대'의 충실성을 유지하는 것이 얼마나 어려운 일인가, 하는 점을 다시 생각하게 한다. 여러 가지 공과가 있겠으나, '목마시동인회'와 '시로동인회'가 지역의 문학적 교류소통을 충실하게 지속해 왔다는 점만은 재평가되어야 할 것이다.

그러나 '문학동인'의 형식을 취하고 있다고 하더라도 지역문학 공동체의 형성이 창조적 작품 생산과 문학적 소통에 기반하고 있지 않을 경우, 언제든지 문인공동체라는 기능집단으로 전락할 수 있다는 것도 부산지역의 시 동인을 통해 확인할 수 있다. 한 시인이 여러 문학동인회에 중복적으로 가담하여 활동한 사실이 그러하다. 예를 들어 김형술 시인은 같은 해에 '예감시동인'의『예감』제1집(하림, 1992), '신서정시그룹동인'의『신서정시그룹』제6집(전망, 1992), '전야시동인'의『전야』제4집(전망, 1992) 등에 동시적으로 가담하고 있다. 이와 같은 현상은 지역 '시 동인'의 성격과 역할이 무엇인가 하는 점에 대한 인식과 성찰의 부재에서 온 것이라 하겠으나, 그것보다 더 큰 문제점은 지역문학공동체의 형성이 동인들의 합의된 문학적 가치와 해석적 가치를 생산하는 방향으로 전개되지 못한 것, 즉 지역 시 동인의 "에꼴 부재"[33]만을 선명하게 확인하는 데 그친 것이라 하겠다.

지역문학공동체의 '에꼴 부재' 자체가 문제가 된다는 의미가 아니다. '에꼴'의 부재는 지역 문학사회의 인적 네트워크 확산에만 함몰되어 있는 지역문인공동체의 결핍과 취약성을 보여주는 에피고넨이다. '에꼴'이라는 공동체 구성원의 공통감각은 '연대'의 충실성을 지속시키는 내적 동력이 되며, 이때의 공통감각은 구성원 서로의 차이를 횡단하는 무관심의 관심이자 "중심을 결여"[34]한 보편성이 된다. '에꼴'은 동인들의 유사한 문학적 경향성을 의미하는 것이 아니라, 동인 활동을 통해 시적 주체의 지속적인 갱신을 가능하게 하는 추진력을 의미한다. 즉, '에꼴'정신이란, 문학공동체의 운동성을 유지시키는 힘이라고 하겠다.

　시 동인의 과잉 생산과 중복적인 참여 과정을 통해서, '지역'의 시인이라는 결핍을 해소하고자 하는 다양한 시도들이 '대리 충족'되고, 이것은 또 다른 결핍을 생산할 수 있다는 사실을 목격할 수 있다. 지역문학공동체가 '연대'와 '소통'보다는 '결속'과 '유대'를 통해 서로의 결핍을 상호 위무하는 데 그치고 만다면, 새로운 형식과 담론 창안은 영원히 가능하지 않을 것이다. 왜냐하면 창작공동체를 표방하고 나온 일부 동인들의 이합집산은 소지역 연고주의나 도제 과정의 혈연 논리를 바탕으로 형성된 지역문인공동체와 다를 바 없음은 물론이거니와, 지역문학에 대한 비평적 무관심을 내면화한다는 측면에서 더욱 문제적이기 때문이다.

　　첫술에 배부를 수는 없겠으나, 이 일을 위해 회원 한 사람 한 사람이 지닌 바 각오는 남다르다. 뜻이 옳고 일이 도리에 마땅하다면 쉬 휘둘리지는 않을 것이다./ 지역문학은 문학제도의 가장 구체적이면서도 실천적인 현실이다. 문학은 지역문학이라는 터 위에 살아 있을 때, 그 창작과 향수뿐 아니라, 평가까지도 생생한 현실로 거듭날 수 있다. 그럼에도 불구하고 지역문학에 대한 관심과 대접이 제대로 이루어졌다고 할 수 없다. 다른 무엇을 탓하기 앞서 지역문학인들 스스로 지닌 바 게으름에 그 까닭이 있었다.[35]

　'소통'의 부재란 '관심'의 부재이거나, 비평적 '게으름'에 다름 아니다. "지역문학은 문학제도의 가장 구체적이면서 실천적인 현실"이기 때문이다. 지역문학의 비평적 부재에 대한 철저한 인식과 정당한 평가는 지역의 다양한 문학적 실천을 섬세하게 이해하고자 하는 관심에서 비롯된다고 하겠다. 지역문학에 대한 관심으로 포장된 '무관심의 비평적 응대'가 '지역'의 문학 텍스트를 해석학적 공백으로 유도하는 현상, 이에 대한 비평가의 책무는 지역문학공동체의 연대와 소통에 성실하게 응답하는 것일 것이다.

지역문인공동체에서 지역문학공동체로

'시인―되기'. 지역에서 시인이 된다는 것, 그리고 지역에서 시인으로 살아간다는 것은 두 가지 문제적인 상황을 마주하게 된다. 그것은 '지역' 시인이라는 태그와 바코드를 스스로 뜯어내야 한다는 것, 동시에 '지역'이라는 다층적인 관계망 속에서 지속적인 시인 ―되기'를 감행하여야 한다는 것이다. 현실과의 치열한 고투 속에서 건져 올린 날-언어의 감각을 통해 스스로 '시인―되기'에 나서는 것. 이것이야말로 시적 존재의 인식과 사명이다.

다시 말해, '시인―되기becoming'는 '생성生成'의 과정이다. '생성'은 무에서 유를 창조하는 것이 아니라, 대상과 대상 사이의 관계 속에서 이루어지는 변화를 의미한다. 이른바 '시인―되기'란 시적 주체 형성의 과정이며, 지역이라는 상상적 공동체의 포섭 속에서 '다른' 시적 주체로의 전회를 꿈꾸는 도정이다. 지역의 시인은 지속적으로 '시인-되기'를 감행해야 하며, 이와 같은 지속적인 '-되기'는 지역문학공동체의 연대와 문학적 소통 속에서 가능해진다.

지역문학공동체는 지역문인공동체와 구분된다. 지역문인공동체는 정서적 '유대'와 '결속'을 통해 '문인'이라는 사실 자체를 확인하려하거나, 확인받고자 한다. 그리고 지역의 문학 자산을 사유화함으로써 '문인'으로서의 위상을 공고히 하고자 한다. 지역에서 '문학—한다'는 것은 '문인'으로 '행사'하기 위해서가 아니다. 지역의 문학 자산을 이용해 '행사'—즉, '행사'를 통해 '행사'하려는—하려는 시인/작가/비평가/연구자는 모두 지역문인공동체의 계원에 불과하며, 지역문학사회의 적들이다.

　지역문학공동체는 창작, 교육 활동, 연구, 비평 등을 통해 상호 '소통'하면서 존재한다. 그럼에도 불구하고, 지역 문학사회에서 '동상이몽'하거나, '한 자리'하려는 사람들이 있다면 비판받아 마땅할 것이다. 지역문학공동체는 '관심'으로 포장된 '무관심의 비평적 응대' 속에서도 시적 주체되기를 포기하지 않는 문학적 실천을 지향하여야 한다. 이것만이 지역의 문학을 해석학적 악순환에서 구출하는 방법이 될 것이다.

LOCAL
TROUBLE

불화의 공동체 : 지역학문공동체와 침묵의 공모

우리를 향한 불온한 의제

'지역'을 사유할 때 발생할 수밖에 없는 문제. 우리와 우리 외부의 우리. 우리 외부의 우리에 대한 적대를 통해 구성된 우리의 정체성은 다수의 억압에 저항하는 소수자의 해방 의지에 의해 기성 사회 질서에 대한 도전적 신념으로 채택되곤 한다. 그러나 우리라는 존재는 우리라는 동일성의 표상으로만 존속하는 것이 아닌, 우리였던, 우리를 꿈꾸는, 우리일 수밖에 없는, 혹은 우리이기를 거부하는 '우리'의 교호작용·interaction 속에서 그 존재 조건을 생성·변화시켜 나간다. '우리'라는 상상적 관계는 우리와 우리 외부의 우리라는 관계망 속에서 다양한 촉매반응을 일으킨다. 적대가 연대로, 연대가 적대로 손쉽게 변화되는 양상을 목격한 바 있다면, 그것은 바로 '우리'라는 아이덴티티가 함축하고 있는 타자성—이른바, '지역성'이라 말할 수 있는—을 체감한 탓일 테다.

하나의 비유 : '부산'과 '양산', '부산'과 '김해'를 횡단하는 광역버스는 시내버스인가, 시외버스인가? 이 뜬금없는 질문에 답하기 위해

서 '지역'을 경유하는 버스에 오르지 않을 수 없다. 부산·양산·김해의 지리적 감각은 각기 다른 운송시스템과 경제적 비용을 통해 인지된다. 우리는 지역의 경계를 자유롭게 넘나들고 있는 것처럼 보이지만, '승차'와 '하차'라는 순환적 메커니즘 속에서 오히려 그 경계와 차이를 더욱 분명하게 인식한다. 매일같이 이 버스에 탑승하는 승객이 느끼는 불편함이란—그 실존적 주변성과 정체성이란—,[1] '우리'의 내/외부(시내/시외)를 구분하는 저 운송체계의 작동방식, 즉 '우리'의 정체성을 매번 확정짓고 편리하게 수송해주는 광역버스의 탈경계적 공모에 있다. 시외와 시내, 도주와 귀환의 여정을 반복하는 광역버스의 안락함 속에서 주체의 정체성은 재구성된다. 이것은 '지역(성)'이라는 물질성, 혹은 그 곤혹스러움을 전유하는 반反지역적 사유와 실천 행위—'지역학'이라고 부를 수 있는 그것과 다르지 않다.

'지역'은 일종의 에크리튀르écriture이다. '지역'은 '논論·문文'이라는 비평적·학술적 언어를 통해 고양된다. '지역'은 하나의 학문으로 의식화되며, 우리의 정체성을 체현하고자 하는 정치적 무의식에 의해 전유되고 반복 재생산된다. 이는 차이와 저항의 순환을 창출함으로써 우리의 아이덴티티를 재구성한다. 이 과정에서 지역은 홍보와 설명의 대상이 되며, '논·문'이라는 담론 형식을 통해 명료한 실체로 창출된다. 그것은 '지역성'이라는 이데올로기에 흡착되어, 지역적 특수성의 보편화를 가속화하는 담론 효과를 발생시킨다. 지역을 역사적으로 탐색하는 작업은 대부분 지역사회의 역사적 현장을 복원하거나, 텍스트의 가치(위상)를 재발견하는 데 목적을 두고 있다. 이 경우, 지역학은 대상('지역')에 대한 지극한 관심과 사랑이 전제된다. 이는 지역을 사회적 '소외'와 '억압'의 공간 표상으로 이해하며, 지역학을 피해자에 대한 절박한 구원의 실천으로 인식한다.

지역을 '우리 외부의 우리'에 대한 대항결사체로 이해하는 방식이 지역의 주변성이 내포한 불합리성을 수용하고 내면화한다는 것은 잘 알려진 사실이다. 지역의 역사적 경험을 한국 사회의 보편적 특질이나 양태로 환원하고자 하는 태도, 즉 차이의 감각을 보편화하고자 하는 '로컬리티'의 기획은 무수히 많은 '차이(들)'을 동질화할 수밖에 없다. 차이의 신념은 평등의 관념으로 상치되며, 지역의 다양한 텍스트는 손쉽게 이해와 관용의 대상이 된다. '사랑'과 '관용'의 대상으로서의 '지역'—지역을 소수자 담론으로 전개하고 있는 여러 시도들을 포함하여—, 이 지긋지긋한 악연이 지속되는 것이다. '우리 외부의 우리'에 대한 비판에는 엄격하면서도 '우리' 스스로에 대한 비판은 너그럽지 못한 학문적 풍토—언급 자체를 회피하거나, 혹은 묵살하는데 익숙한—와 객관적인 비판보다 추문과 풍문이 더 만연한 '지역-혈맹주의'가 여전히 살아 있다. 아니, 오히려 지역의 연구자들은 이와 같은 구조를 스스로 내면화하거나 재생산하는데 헌신하며, 또 하나의 지역적 정체성을 발명하고 고양시키는 데 일조하고 있기까지 하다.

이처럼, 지역을 생산적 대화의 장場으로 가꾸지 못한 책임은 '우리' 스스로에게 있다. 사랑과 관용, 연루와 공모의 순환 고리를 잘라내지 못하는 인간적 나약함과 취약성을 돌파할 수 있는 길은 오직 하나이다. 국가와 자본에 의해 호명당하고 있는 현실(지역)을 애도하는 것이 아니라, 그것을 전유하면서 소비하고자 하는 지역(학) 연구자의 욕망과 지역학문공동체의 연루 구조와 공모 관계를 분쇄하는 것.

이 불온한 글이 지향하고 있는 것은 그것 하나이다.

'성장'과 '고착'의 보고서 : '지역'은 만원이다

지금, '지역'이 학술·비평적 언어로 제출되는 양상을 비유하자면, '콩나물시루처럼 꽉 찬' 만원버스에 탑승한 형국이라는 표현이 적당할 것 같다. 지역 내부에서 '지역(문제)'에 관심을 둔 연구자가 증가하였으나―이 글에서는 문학 영역으로 그 논의를 제한하지만―, 많은 '논·문'이 '지역(학)'의 외적 부피만 팽창시켜온 성장 논리와 과잉생산의 부실함을 보여주고 있다. 지역적 특수성을 개별적이면서 보편적인 가치로 전환하고자 하는 호소, 그 동어반복적 수사修辭는 '지역'의 인플레이션 상태를 부추기는 결과를 양산하였다. 그 이면에는 '지역'이라는 키워드를 유행하는 지적 담론으로 소비하거나, 또 전유하고자 하는 욕망과 역학 구도가 존재한다. 긴 호흡의 연구와 비평을 필요로 하는 지역학이 인고의 시간을 견뎌내지 못하고 손쉽게 담론의 공간에서 전유·순환되고 있는 것. 즉, '지역학'은 일종의 '패션fashion'으로 소비될 뿐―'이해', 성찰', '생산'의 대상이 아닌, '전유', '성장', '소비'의 대상으로 화化하고 있는 것―, 지역에 대한 '확장적 자기 이해'로 나아가지 못하는 답보 상태에 빠져 있는 것이다.

지역(학)이라는 상표brand, 즉 '지역'이라는 '이름'만 성장하는 불균형 상태에 도달하게 된 것이다. 이것은 모두 '성찰'보다는 '성장'을, '이해'보다는 '전유'를 중요시하거나, '생산'보다는 '소비'에 익숙한

지역학문공동체의 연구 풍토에 기반하고 있다. '지역학'이 포화 상태에 이르렀다는 사실을 증명이나 하듯이,

지역문학 연구의 일차 문헌을 바람직스럽게 간수, 갈무리하지 않은 까닭에 지역문학 연구가 잘못에 떨어지고 겉핥기에 머물 수밖에 없다는 점은 앞에서 밝힌 바와 같다. (중략) 지역문학 연구 주체 가운데서 가장 앞서 일을 끌고 나가며 전공자를 길러내야 할 곳이 지역대학에 마련된 국어국문학과나 관련 연구기관이다. 그럼에도 그 속을 들여다보면 관심이 너무나 미미한 쪽이다. 개인으로 보아도 연구 전통을 앞서 열어 나가고자 하는 자각이 없을 뿐 아니라, 적극성도 실험성도 찾아볼 수 없다. 그러니 제 능력은 돌보지 않고 대학에 오래 몸담고 있다는 까닭만으로 한몫 보려는 질 낮은 호사가들이 오래도록 지역 문화마당에 버젓이 나돌아도 내버려둘 수밖에 없었다.[2]

"개인이건 단체건 수에서, 질에서 수준이 떨어지"며, "그 점은 지역문학 연구를 떠맡을 연구 주체 쪽"에 책임이 있다는 비판이 제출된 바 있다. 이미 이른 시기에 '지역(학)'에 대한 관심이 포화 상태에 이르렀음을 유추할 수 있는 부분이다. 이른바, 지역은 '만원' 滿員, full house이라는 것. 나는 '만원'이라는 수사를 지역학문공동체의 소박함과 폐쇄성을 보여주는 알레고리로 이해한다. '집'house은 소지역을 형성하는 집합 단위이며, 그 내부에는 혈연적 공동체로 구성된 '우리'가 존재하고 있다. 지역 내부의 담론 생산이 과밀 상태 full house에 이르렀다는 것, 이것은 '우리'라는 소박하면서도 폐쇄적인 존재 조건을 통해 '지역'을 사유하고 있는 학술·비평적 장의 밀

도full house를 함축하고 있는 것으로 이해할 수 있지 않을까. 부피가 '가득 차버린full' '지역'은 상징적 배타수역의 경계로 더욱 철저하게 재구축된다. 또, 지역의 내부에서도 '지역(학)'은 소통되지 못하고 단절되며, 공유되지 못하고 표류하며, 비판과 성찰의 대상에서도 제외된다.

이제 지역은 하나의 유행이 되었다. 때때로, '지역(학)'이 '문화(콘텐츠)'라는 매개적 중개자를 통해 하나의 인기 있는 상품처럼 유통되는 것처럼 보이지만, 종국에는 자본에 바탕한 추상적 지배질서의 포획틀에서 도주하지 못하고 고착화된다. 지역을 하나의 담론과 상품으로 소모하고자 하는 '지역=패션'의 등식 구조로부터의 도주를 감행하기 위해서 '논·문'의 생산만이 아니라, 이에 대한 비판적 대화가 필요하다. 즉, '지역학'이란 담론의 확장과 재구축 과정 속에서 지속적으로 탈구축을 감행할 수밖에 없는 '운동'인 셈인데, 그 '운동'을 건강하게 유지시킬 수 있는 유일한 방법이 지역학문공동체의 생산적 대화이기 때문이다.

그러나 앞에서 언급한 것처럼, 강력한 혈연구조로 결속되어 있는 지역학문공동체에서 자기반성과 상호비판을 기대하기란 쉽지 않다. 비판의 자유가 허용되지 않는 절대적인 합의체로서, '이름만 성장하는', 혹은 '이름으로만 성장하는' 지역학문공동체의 느슨한 결속구조는 연대의 가능성을 소거한다. 지역학문공동체의 구성 주체는 적대도 연대도 아닌 적당한 입장과 침묵에 익숙하며, 이것은 나르시스적 글쓰기와 '대상a'에 대한 신화적 발화만 반복하는 처참함으로 나타나기도 한다. 예컨대, 부산의 '요산', 마산의 '노산', 통영·

거제의 '청마'를 다룬 여러 글에서 이와 같은 '사수 의지'를 확인할 수 있으며, 이에 대한 비판적 '논論·문文'은 대체적으로 무대응으로 갈음되고 만다.

이와 같은 학문적 풍토 속에서 '요산'이 하나의 논쟁적 텍스트로 교통하는 맥락은 의미심장하다. 최근에 발표된 황국명의 「요산문학 연구의 윤리적 전회와 그 비판」은 요산문학 연구에 대한 입장 '차이'를 '무응답'과 '침묵'으로 일관하지 않고 학술·비평적 논쟁의 장으로 견인한 사례이다.[3] 황국명은 박태일, 이순욱, 구명옥, 전성욱 등 요산문학 연구의 비판적 입장이 "요산문학에 대한 전체적 이해"의 결여에 바탕하고 있다고 하면서, "심리적 해석과 실증주의 독법"이 지닌 문제점을 비판하였다. 이 논문의 논리적 정합성에 대해서는 이 자리에서 다룰 문제가 아니므로 대략 해야 하겠으나, 「요산문학 연구의 윤리적 전회와 그 비판」이라는 논문을 통해 요산문학 해석의 다양성과 입장 차이를 견주는 계기가 되었다는 점은 분명히 확인할 수 있다. 이처럼, 연구 대상에 대한 견해 차이가 '논·문'이라는 형식을 통해 마주서게 되었을 때―침묵과 풍문이 아닌 각자의 입장과 발화 방식을 통해―, '부산-요산'이라는 공고한 도식은 신화적 제의(풍문과 사수 의지, 혹은 욕망)를 넘어서 풍성한 해석의 장에 도달할 수 있는 가능성을 보여줄 수 있다.

지역학문공동체의 무응답은 '지역(학)'에 대한 입장과 연구 윤리를 보여주는 중요한 현상이다. 인문학, 특히 지역학이 '좋음/싫음'의 문제가 아니라, '옳음/그름'의 문제에 대한 도전적인 글쓰기라면, 지역학 연구자는 각자의 신념에 부합하는 연구 '논·문'을 통해 생산적으로 대화하여야 한다. 이것이 지역학문공동체에 속한 연대의식과 책무를 수행하는 최소한의 입장이고 태도이기 때문이다. 지역을 허구적 가치중립성의 공간으로, 혹은 연구재정과 연구공간을 보장받을 수 있는 대상으로 소비하지 않기 위해서는 여러 갈등을 회피하지 말고 정면으로 맞서야 한다. 물론 지역이라는 삶의 장소가 '무연고적 삶'의 방식을 선택할 수 없게 강요하고, 다양한 삶의 관계망 속에서 우리를 연루시킨다는 사실을 모르지 않으며, 또 이 연루 고리를 야멸차게 끊어내는 것이 현실적으로 쉽지 않다는 것을 알지 못하는 것도 아니다. 그러나 '우리 모두'가 이 연루 구조에서 자유롭지 못한 상황에 처해 있기에, 역설적이게도 그 고민은 사적 의지나 신념으로 해소할 수 있는 것이 아니라 '우리 모두'가 '함께' 나누고 돌파해 나가야 할 의제임이 더욱 분명해진다.

진정한 의미의 연대란 바로 이 불화와 고민을 나누는 것이 아닐까. 즉, 연대의 가능성으로서의 지역학이란, 지역(학)을 소비/소모하는 '연합'의 풍문이 아니라—흔히, "put up a 'full up' notice"을 해소하는 경제적 방법이 아니라—, 지역(학) '논·문'을 통해 생산적으로 '대화'하는 것이며, 이 대화에 적극적으로 참여하고 개입하는 것이 아닐까. 종국에는 그것이 '대화적 소통'이라는 낙관적 가능성을 넘어서, 만원으로 몸살을 앓고 있는 '지역'의 '대화 가능성의 조건과 한계'[4]까지 되묻는 자리—버틀러 식으로 말해서, '영원한 의미 논쟁이 가능한 장'—가 될 것이기 때문이다.

관찰자적 시선과 침묵의 공모

　지역, 혹은 '로컬local'이라 기입되는 용어는 갈등과 투쟁의 정치성을 잘 보여준다. 마찬가지로, '지역 정체성'이라고 가볍게 해석하기 어려운 '로컬 아이덴티티'의 소수성과 혼종성이란, 연구 주체의 신념과 연구 대상의 '상태'를 잘 보여주는 용어이다. '로컬 아이덴티티'를 구성하는 이 혼종성과 복잡성이 내포한 공간의 생리는 갈등과 쟁투이다. '지역'이 하나의 학술적 아젠다로서 제출되기는 쉬우나, 그 본질을 해명하기 어려운 까닭은 바로 이 문제problem 설정의 비결정성에 있다. 지역, 더 포괄적으로 '로컬'이란 명확한 해답answer keys을 제시하고 있는 해석학적 텍스트가 아니기 때문이다. 지역은 우리 삶의 '문제와 갈등'을 보여주는 '불화trouble'의 표상이다. 따라서 '지역-문제-틀'은 언제나 'problem'이 아닌 'trouble'한 상황으로 제기되어야 한다.

　지역적 정체성에 비평적·학술적 호흡을 불어넣어 일련의 '로컬 아이덴티티'를 창출하는 과정은 '불화trouble'의 연속일 수밖에 없다. 지역의 정체성이 비평적·학술적 담론을 결정하는 것이 아니라, 그 반대로 비평적·학술적 담론이 '로컬 아이덴티티'를 재구성한다. 앞에서 '지역'이 일종의 에크리튀르이며, '논·문'이라는 학술적·비평적 언어를 통해 고양된다고 말한 까닭은 이 때문이다. 소외와 억압의 공간을 관심과 이해, 사랑과 관용의 공간으로 승화시키고자 하는 모든 시도가 결렬되고 마는 까닭은 지역이 여전히 '불화의 장소local trouble'로 존재하고 있기 때문이다. 지역의 정체성을 구성하는 수많은 존재 조건과 입장들이 교착하면서 '로컬 아이덴티티'는 의미의 유보와 대체를 지속한다. 그러나 역설적이게도 이 혼란과 갈등의 지속성이 '로컬 아이덴티티'의 긍정성, 즉 비평적 역능을 가능하게 하는 존재 조건이기도 하다. 비평적 역능의 창안이 가능하기 위해서는 '로컬 아이덴티티'를 구성하는 다양한 존재 조건과 입장에 대한 반성적 성찰이 담보되어야 하는 것이다.

'지역'이 '논·문'이라는 학술적·비평적 언어를 통해 고양되어 하나의 '로컬 아이덴티티'를 부여받게 되는 데는 여러 가지 배경이 있겠지만, 특히 학술·비평적 소통(생산적 대화)과 관계가 있다. 소통의 부재, 즉 생산적 대화(비평과 논쟁)의 실종과 지역학문공동체의 나르시시즘적 구조가 밀접한 관계가 있다고 보는 것은 이 때문이다. '논쟁'은 연구자의 신념과 연구 대상 사이의 결절 지점을 보여주는 중요한 사건이다. 그러나 지역에서 학문적 논쟁은 찾아보기 어렵다.(또 비평의 날 刀 은 언제나 시인이나 소설가만을 향해 있다) 지역의 학문공동체에서 논쟁이 실종되었다는 사실을 어떻게 이해하여야 할까. 논쟁이라는 것은 '논·문'이라는 언술 방식만이 아니라, 다양한 발화 형식으로 이루어질 수 있다. 다만, 학문적 논쟁의 형식은 '논·문'이라는 학술·비평적 언어를 통해 주장의 논리성을 확보해 나가는 것이 효과적일 수 있다. 지역에서 학술·비평적 논쟁이 실종되었다는 사실은 '로컬 아이덴티티'의 자기반성적 언어가 상실되었음을 의미한다. 다시 말해, 지역학문공동체에서 논쟁이 실종되었다는 것은 지역학 담론의 양적 팽창이 실질적인 자기 갱신의 언어를 잃어버리게 된 징후라는 것이다.

그러나 그것보다 더 중요한 점은 논쟁의 장이 형성된다고 하더라도 지역학문공동체의 구성원 대부분이 관찰자적 입장에서 침묵하고 있다는 점이다. 부산지역의 경우, 박태일과 고故 고현철의 '짜깁기 연구' 논쟁이 대표적인 예이다. 제주작가회의에서 발표한 박태일의 「지역문학의 현실과 과제」라는 글에서 촉발된 이 논쟁은《국제신문》의 지면을 통해 반론을 주고받은 지역학문공동체의 대표적인 학술 논쟁이라 할 만하다. 이 논쟁의 대부분은 '지역(학)'을 학문의 대상으로 삼는 연구자의 윤리적 태도에 입각해 있다. 다만, 이 논쟁이 박태일의 「짜깁기 연구와 학문적 자폐—고현철의 김대봉론」으로 어정쩡하게 마무리된 데는 지역학문공동체의 침묵과 방관이 일조하였음을 생각하지 않을 수 없다.

1. <짜깁기 연구와 학문적 자폐-고현철의 김대봉론>을 올립니다. 고현철 교수의 <박태일 교수에게 답하는 글>에 대한 저의 답변입니다. 늦게 올려서 죄송합니다. 그간의 사정은 본문 각주 8)에 처리되어 있습니다. 고현철 교수의 답변도 천천히 기다리겠습니다./ 2. 이 '자유게시판' 자리에서는 각주 처리가 되지 않는 관계로, '자료실'에 각주 처리가 된 <짜깁기 연구와 학문적 자폐 - 고현철의 김대봉론>의 원문 파일을 올려두겠습니다. 원문 파일을 많이 이용해 주시기 바랍니다./ 3. 200자 원고지 600여장 분량으로 원문이 다소 길어졌습니다. 양해바랍니다. 천천히 그러나 꼼꼼하게 읽어주셔서 지역 대학공동체의 발전과 지역문학 연구의 쇄신을 북돋워주시기 바랍니다.

2003. 8. 31 관심이 있을 독자들에게 박태일 드림[5]

위와 같이, 박태일과 고현철의 '짜깁기 연구' 논쟁은 신문 지면에서 지속될 수 없을 만큼 논의의 범위가 확대되었다. 그럼에도 불구하고, 논쟁의 결말은 박태일이 「짜깁기 연구와 학문적 자폐―고현철의 김대봉론」이라는 '논·문'을 '부산대학교 국어국문학과 홈페이지 자유게시판'(이하: 국문과 자게)에 올리면서 어정쩡하게 마무리되었다. 논쟁의 과정에서 '국문과 자게'는 뜨겁게 달구어졌으며, '학자의 양심과 글쓰기의 윤리'를 중심으로 여러 학생들이 글을 나누었다. 이 논쟁이 (박태일과 고현철의 입장은 차치하고서라도) "지역 대학공동체의 발전과 지역문학 연구의 쇄신" 계기가 된 것만은 사실이다. 그러나 문제가 되는 것은 이 논쟁이 지역의 한 국립대학의 특수한 상황으로 치부되거나, 박태일과 고현철 등 논쟁 당사자만의 갈등과 이슈로 축소되었다는 점이다. 이와 같은 현상 인식에 대해서는 심각한 우려를 금할 길이 없다. '짜깁기 연구' 논쟁이 개별 집단의 지적 헤게모니 투쟁으로 투사되거나, 연구자 간의 사적 투쟁으로 환원될 수 있다는 사실, 이것은 고현철이 《국제신문》에 반박문을 수록할 때도, 박태일이 '국문과 자게'에 이와 같은 글을 올릴 때도 예상치 못했던 결말이 아닐까.

나는 이와 같은 상황을 연출한 책임이 어느 정도 논쟁 당사자들에게 있다고 판단한다. 각자의 입장에 대한 정합성은 제쳐두고서라도 고현철이 '저널'한 방식으로 (재)반박문을 제출한 것, 그리고 박태일이 부산대학교 국어국문학과 게시판에 글을 게시하면서 (재)반박의 입장을 표명한 것은 적합한 방법이 아니었다는 것이다. '짜깁기 연구' 논쟁의 발단이 된 박태일의 글 「지역문학의 현실과 과제」에 대한 고현철의 반박문이 '저널'한 방식으로 제출된 것은 논쟁의 생산성을 담보하기 어려운 한계, 즉 '학자의 양심과 글쓰기의 윤리'라는 주제를 감당할 수 없는 특징—《국제신문》에서 「짜깁기 연구」 정면 비판 파문 예고」라는 선정적인 글로 이미 보도가 되었으므로—을 처음부터 내장하고 있었기 때문이다. 아쉽지만, 고현철의 반론은 개별 '논論·문文'의 형식이나 후속 연구를 통해 이루어지는 것이 좋지 않았을까. 저널의 통속성과 지면의 한계를 고려하였다면 말이다. 또, 박태일이 '국문과 자게'에 글을 올림으로써—독자 투고란과 '국문과 자게'에 글을 올릴 수밖에 없는 이유를 설명하고 있지만—, 자칫 이 문제가 당사자 간의 문제나 특수한 집단의 이해관계 문제로 비춰질 수 있는 오해 소지를 남겼다는 사실 역시 아쉬운 일이다. 「짜깁기 연구와 학문적 자폐」라는 글은 국립 부산대학교 국어국문학과('국문과 자게')와는 무관한 방식, 철저하게 '탈-연루적'인 방식으로 발표되었어야 하지 않을까. 그래야 '부산대학교'라는 끈질긴 사적·집단적 연루 고리에서 박태일 스스로 놓여날 수 있지 않았을까. 물론, 박태일이 「짜깁기 연구와 학문적 자폐」를 저서 『한국 지역문학의 논리』에 수록하면서, 이 논쟁을 추문에서 구출한 것을 인정하면서도 말이다.

무엇보다 중요한 점은 '국문과 자게'에서 활발하게 의견 교환이 이루어진 것에 비해, 지역학문공동체의 반응은 차갑도록 조용했다는 것이다. 지역문학을 공부하고 있던 연구자만이 아니라, 지역의 문학평론가들 역시 침묵으로 일관하였다. '미래파 논쟁'과 같은 한국문학의 거대 담론에는 적극적인 입장들을 제출했던 그들의 태도를 생각한다면 납득이 가지 않을 정도이다. 그 이유는 사실 간단하다. 앞에서도 언급한 것처럼, 이 논쟁이 당사자 간의 갈등이나 부산대학교 국어국문학과라는 특정 집단의 문제로 축소되었기 때문이다.

논쟁에 참여한다는 것은 통속 저널의 흥미 요소를 창출하는 데 일조하는 것과는 다르다. 이 논쟁의 목적은 마이너리티 담론으로서의 '지역(학)'을 소비하는 데 그치는 것이 아니라, 생산적인 논쟁을 통해 '로컬 아이덴티티'의 역능을 창안하는 데 있기 때문이다. 논쟁의 주체는 박태일과 고현철 두 명이 아니라, '우리' 모두라는 사실을 모르지 않았을 것이지만 지역학문공동체는 '침묵의 침전沈澱'을 선택하였다. '말한다는 것'과 '침묵한다는 것'은 양자 어느 쪽이 더 윤리적이고 비-윤리적인 태도냐의 문제가 아니다. 때로는 '침묵'이야말로 '폭력의 순간'을 견디는 방식, 즉 증언의 불가능성을 초과하여 역사적 진실에 다가갈 수 있는 윤리적 태도일 수 있다. 다만, 이와 같은 입장이 문제시되는 것은, 이 '침묵'이 사적 관계를 망치고 싶지 않다는 인간적 나약함, 혹은 '남의 문제'에 개입해서 피해보고 싶지 않다는 개인주의적 사고에 근거해 있기 때문이다. 속되게 말해서, 한 다리 건너면 아는 사람인 지역에서 첨예한 논쟁에 개입하는 것은 쉽지 않다는 것. 그러나 학술 논쟁의 장에서는 '나의 주장만이 옳다'는 신념보다 더 위험한 것이 사적 관계망 속에 연루되어 있는 '침묵의 공모共謀'가 아니겠는가. '침묵'을 강요하는 논리에 투항한 글쓰기, 이 소모적인 글쓰기가 지속되는 까닭은 지역을 하나의 대항결사체로 이해하거나, 지역을 하나의 지적 상품으로 소비하는 '지역학문공동체'의 무감각한 태도 때문이 아닐까. '침묵'에 대해 말하는 것은 손쉽게 지역학문공동체의 윤리를 이야기하기 위한 것이 아니다. 학문의 '윤리'는 실천을 통해 가시화될 수 있는 것이지, 말로 소비되는 것이 아니기 때문이다. 시, 소설, 비평을 쓰면서 손쉽게 윤리를 이야기하기 보다는, 바로 이 현장에 개입하여 목소리를 내고 입장을 켜켜이 쌓는 것이야말로 윤리적 태도이지 않을까. '우리'는 '우리 외부의 우리'만을 겨냥함으로써, 지역에 대한 '침묵의 공모'를 무화시키는 데 전력을 다하고 있었던 것은 아니었을까.

하나의 보유: 물론, '저널'한 방식으로 이루어지는 논쟁이 모두 부정적 결과를 양산한다는 뜻은 아니다. 예를 들어, 구모룡은 박태일의 서평 「세상을 녹이는 납물의 언어」(『현대시』3월호, 2003)에 대한 반론, 정확히 말해서는 허만하 시를 둘러싼 해석의 입장 차이를 「허만하 시에 대한 오해: 박태일의 평문을 읽고」(《국제신문》, 2003.2.26.)라는 글을 통해 제기하였다. 이에 대한 논박이 여러 차례 있었으며, 이 과정에서 "논쟁을 관전하는 독자들에게는 재미없는 논쟁장으로 비칠 선으로까지 나아갔"으므로, "독자들의 관심이 집중되는 생산적인 논쟁을 위해"서 "지금이라도 허만하 시인의 특정 시를 대상으로 그의 언어가 왜 납물의 언어인지 몸의 언어인지를 따지는 본격적인 논쟁을 시작해야 한다"는 남송우(「생산적인 논쟁을 위하여」,《국제신문》, 2003.4.9.)의 중재적 개입이 있었다. 이후, 구모룡의 「맑고 투명한 물의 시」(《국제신문》, 2003.4.23.)와 박태일의 「논점을 회피하지 말았으면」(《국제신문》,2003.5.15.)이 각각 게재가 되었고 '허만하 시'의 해석적 차이를 둘러싼 논쟁은 일단락되었다. 남송우의 이 중재적 개입이 허만하 시를 읽는 해석의 결, 그 다양성과 생산성을 보여줄 수 있었다는 점에서 시의 적절했다 말할 수 있겠다. 구모룡의 마지막 글에

서 "허만하의 시를 통하여 한 시인의 맑고 투명한 지각의 세계와 만"
날 수 있는 가능성과 다양성을 확인할 수 있었으며, 박태일의 마지
막 글에서 "내 서평은 시인의 방법론에 따라서, 시인에게 실제적인
도움이 되도록 쓴 글이"며, "장차 시인의 손으로 크게 손질된 세 번째
시집을 싣고 있는『허만하 전집』을 기대한다"는 생산적 맥락을 이해
할 수 있었다. 각각의 입장이야 어찌되었던 이 논쟁은 허만하 시의
해석적 지평을 확장하는 데 일조하였음이 분명하다. 한 시인의 작품
을 둘러싼 해석적 차이, 이 해석학적 간극이 손쉽게 화해할 수 있는
입장 차이가 아님을 확인할 수 있었다는 점에서 이 논쟁은 의미 있는
사건으로 기억될 수 있겠다. 비평적 논쟁이란 이 간극의 거리를 좁
히고자 하는 것이 아니라, 이 화해할 수 없는 간극의 '불화'를 견디며
그 의미를 발견하는 과정이 아니겠는가.

비판의 부재와 이중적 잣대

이 장에서, 황국명의 「부산지역 문예지의 지형학적 연구-문학
운동론적 관점에서」(이하「부산지역」)[6]라는 논문을 대하는 지역학문
공동체의 입장과 태도를 통해 '침묵의 침전'이라는 논리를 더 밀고
나가고자 한다. 황국명의 「부산지역」이라는 '논論·문文'은 부산지역
에서 생산된 '문예지'를 '문화 형식'의 일종으로 이해하고, 통시적 관
점에서 문화 생산의 의미와 그 전략을 고찰한 것이다. 지역문학 연
구에서 매체가 차지하고 있는 중요성을 생각한다면, 그가 말한 것처럼

"지역문예지는 지역문학연구의 주요 관심사가 아닐 수 없다."(2쪽) 특히, 이 글은 1950년대부터 1990년대까지 통사적인 흐름에서 부산지역 문예지의 "태동과 성장"의 과정을 이해하고자 하였다. 토대 연구의 성격을 지닌 이 글에서 가장 중요한 것은 무엇보다 지역 문학장의 구체적 실체를 보여주는 문학매체—황국명의 '논·문'에서는 동인지, 기관지, 무크지, 전문지 등을 포괄하고 있는 '문예지'라는 용어로 지칭되는—의 발굴과 실증적 검토 작업이다. 이것은 단순한 기억의 재현과 보존이 아니라, 지역 문학장을 구성하고 있던 문학사적 '사실fact'과 조우하는 길이자, 지역 문학사를 넘어 한국 문학사의 전체 궤를 조망할 수 있는 방법론적 참신함을 보여주는 것이라 하겠다.

그러나 황국명의 논고를 꼼꼼하게 읽어 보면, 연구 주제의 참신함에 비해 그 결과가 성근 부분이 있다는 사실을 확인할 수 있다. 이를테면, 이 '논·문' 전체의 질적 가치를 담보할 수 있는 중요한 부분의 결락 말이다. 이 글은 크게 두 부분으로 구성되어 있다. 50년대부터 90년대까지 부산지역 문예지의 특징을 압축적으로 개관하고 있는 'II. 부산지역 문예지의 태동과 성장'이 한 부분이라면, 부산지역 문예지가 배치된 지정학적 위치와 문학운동사적 맥락을 분석한 'III. 부산지역 문예지의 지리적 상상력과 문화전략'이 두 번째 부분이다. 짐작할 수 있는 것처럼 후자의 분석틀을 제공하는 기초 조사가 전자에서 이루어져야 하며, 실제 이 논문에서도 II장에 많은 지면을 할애하고 있다. 그러나 예상 밖으로 II장의 자료 조사가 헐겁다는 느낌을 지울 수가 없는데,

동인지, 기관지, 무크지, 전문지 등을 모두 본고의 대상으로 삼는다. 그러나 50년대 이후 현재에까지 부산지역 문예지는 적지 않기 때문에, 개개 문예지의 내용물을 자세하게 검토하는 일은 앞으로 뒤따라야 할 과제이다. 이하의 문예지 리스트는 선행 연구와 필자가 만든 설문지를 통해 보완된 것이다. 선행 연구로 박정상, 「부산경남의 신문잡지 출판고-1945.8.15에서 1950.6.25.까지」, 『전망』 1집, 1984, 「동란기 부산경남 지방의 신문잡지 출판고」, 『전망』 2집, 1985, 김중하, 「해방공간의 부산문학」, 『부산시사』 4권, 1991, 남송우, 「부산 출판문화의 현황과 과제」, 『지역시대의 문화논리』 211-229쪽, 부산문인협회 편, 『부산문학사』, 1997에서 크게 도움을 얻었다. 응답지와 함께 자료를 챙겨주신 분들을 밝혀 감사의 뜻을 보이고자 한다.[7]

그것은 위에서 확인할 수 있는 것처럼, 부산지역 문예지의 "현황과 특성을 문학운동론적 관점에서 규명하"(4쪽)기 위한 준거지표가 되는 1차 자료 리스트에 모호한 점이 많기 때문이다. 예를 들자면, 1950년대 부산지역의 대표적인 시문학 동인인 '시문 동인'의 『詩門』(1955)을 '5-60년대 문예지'의 목록에서 누락하고 있다는 사실이다. '시문 동인'은 김태홍, 손동인, 안장현이 결성한 부산지역의 시문학 동인으로, 시인 안장현이 부산지역에서 순문예지 『한글문학』을 창간하고 발행하는 내적 동력으로 작동하였다. 안장현의 『한글문학』이 '서울'과 '부산', '부산'과 '경남'의 문단 사회를 매개하는 중요한 역할을 하였다는 점—특히, 진주지역의 문학매체 『영문』과 설창수로 표상되는 부산·경남 문단의 상호교류를 가능하게 하였다는 점—을 고려할 때, '시문 동인'의 누락은 부산·경남지역의 문학운동사 기술의 방향을 설정하는 데 있어 심각한 문제를 내장하고 있는 것이라 하겠다. 황국명은 "해방 직후의 부산지역 문예지는 부산문학의 독자적인 전개를 위한 중요한 잠재력이었고, 보다 역동적인 모습으로 드러나게 되는 것은 50년대 이후로 보인다"(5쪽)고 하면서, 부산지역 문예지의 발생론적 시기를 '195-60년대'로 보고 있는데, 이 부분은 최근의 연구 성과에 의하면 다시 검토되어야 할 부분이 되었다. '195-60년대 문예지'의 성격과 문학사적 의미를 이해하기 위해서는 한국전쟁기 부산지역 피난 문단의 형성 과정을 이해하는 것이 첫 번째이며, 해방공간과 1950년대 부산지역 문학 매체를 이해하는 단서가 '부산·경남 문학'이라는 포괄적 시선 속에서 이해 가능한 것임을 문학 매체를 통해 확인하는 작업이 필요했다.[8] 황국명도 "해방기에 부산과 경남의 문단 분화가 뚜렷하지 않았다고 본다면, 해당 시기에 매체 투쟁을 펼쳤던 경남지역 문예지를 포함하여 부산경남 문예지를 통합적으로 정리하고 평가하기 위한 학계의 공동연구가 요망된다"(5쪽)고 하여 그 필요성을 밝혀 놓았다. 그러나 "5-60년대의 부산의 문학 현실은 소수의 헌신적인 문인들에 의해 가까스로 유지된 듯하다"(5쪽)라고 언급한 황국명의 추측에서 확인할 수 있는 것처럼, 이에 대한 정밀한 자료 조사와 고증은 이루어지지 못했다. 부산지역 문학장이 형성되던 시기(1950년대)의 매체 목록이 대부분 2차 문헌에 의존하고 있거나, 구술조사에 바탕하고 있다는 점—지역문학의 구술조사가 필수적이다. 구술 주체 하나하나가 지역문학 현장의 실체를 증언하고 있기 때문이다. 그러나 구술조사는 현장 방문과 인터뷰, 그리고 그 타당성과 신뢰성 여부를 확인하기 위한 꼼꼼한 작업이 병행되어야 한다—도 문제적이지만, 그나마 2차 문헌에 의해 정리한 〈도표〉의 내용 중에서 누락되거나 정확하지 않은 부분이 많다는 사실은 보완되어야 할 부분이다. 황국명도 언급하고 있는 것처럼, 이것은 연구자 개인이 감당하기에는 여러 가지 어려움이 많다. "50년대 이후 현재에까지 부산지역 문예지는 적지 않기 때문에, 개개 문예지의 내용물을 자세하게 검토하는 일은 앞으로 뒤따라야 할 과제"(4쪽)이므로, 부산지역 문예지의 '태동'과 '성장'의 역사를 보다 섬세하게 이해하기 위해서는 "부산경남 문예지를 통합적으로 정리하고 평가하기 위한 학계의 공동 연구"(4쪽)가 절실하다.

하나의 사례: 김대성은 「제도 혹은 정상화와 지역문학의 역학-'피난 문단'과 '무크지 시대'의 상관성을 중심으로」라는 논문에서 1980년대 부산 "지역문학의 역량이 분출할 수 있는 내적인 기반"이 1950년대 후반 지역문단에서 이미 형성되었다는 황국명의 논리와 문헌 조사 결과를 전폭적으로 수용하고 있다.[9] 몇 차례의 "재인용" 각주에서도 확인할 수 있는 것처럼, 연구자 스스로도 1차 문헌을 '검토하지 못하였음/검토하기 어려웠음'을 고백하고 있기도 하다. 1950년대 '피난 문단'과 1980년대 '무크지 시대'를 맞세우는 '정상화'의 논리는 한편으로 흥미롭지만, 그것이 '중앙문단'이라는 대타적 관계망 속에서 '지역문학'을 이해하고자 하는 선행 연구에서 한 걸음 더 나아간 것인가 하는 점은 여전히 의문이다. 1차 텍스트에 대한 조사와 확인이 중요한 까닭은 단순히 부산지역 문학의 실체fact를 확인하는 원전비평의 문제를 넘어서, '중앙문단'과의 관계망 속에서 '부산 문학'을 이해하고자 하는 기존의 연구 성과를 극복할 수 있는 실마리가

될 수 있음을 기억해야 하겠다.

그러나 부산지역 문학 현장의 목소리를 경험적으로 대면하기 어렵다는 사실, 혹은 연구 대상의 곤혹스러움과 한계점을 확인하는 것보다 더 중요한 것은 「부산지역」에 대한 평가의 부재와 지역학문공동체의 침묵에 있다. 이 논문이 발표된 지 6-7년이 지났지만—선행 연구에 대한 기계적 인용을 제외한다면—, 이에 대한 해석과 평가는 전무한 상태이다. 지역문학을 연구 대상으로 삼는 일부 논문에서 선행 연구의 형식으로 일부 언급되거나, 아예 비슷한 연구 주제에서도 배제가 되었다. 선행 논문에 대한 섬세한 검토는 '지역학문공동체'가 공동 작업을 수행하고 있다는 최소한의 믿음을 공유하는 실천적 방법이다. 비슷한 연구 주제를 취하는 '논·문'들이 「부산지역」을 검토와 비판의 대상에서 제외하거나 소박하게 언급하는 차원—이른바, 각주에서 제목만을 확인할 수 있는 선행 검토문—에 그친다는 사실은 지역학문공동체의 '침묵의 중량'이 가볍지 않음을 보여주는 징후가 아닐까. 우리는 모두 이와 같은 '침묵'의 연루 구조에 동조하고 있음을 기억해야 하지 않을까. '침묵'은 단순하게 말하지 않는 것이 아니라, '입장'의 포기와 유보를 통해 자기 스스로 '개입'을 포기하는 행위이다. 어렵게 말하지 않더라도 '윤리'라는 것은 스스로 정의를 선언하는 데 그치는 것이 아니라, 자신의 '입장'을 개진하는 실천적 이성임을 안다. '입장'의 표명이란, 갈등과 저항의 은폐에 맞서는 '결단'이자 정치적 목소리의 발현이기 때문에. 이 '침묵'은 불화의 공동체로서의 '지역'의 존재 조건을 스스로 부정하는 데 바쳐질 수 있다.

지역학문공동체의 관찰자적 시선이 전도되어 나타나는 장소,

즉 지역의 문단 구조에서 이러한 점을 찾아 볼 수 있다. 지역문단에서는 지역학문공동체의 관찰자적 입장, 그 엄정성과 객관성이 손쉽게 비평이라는 이름의 주관성으로 둔갑한다. 지역에서 활동하고 있는 문학평론가들의 고백/고뇌—"문단에 얼굴을 내민 지도 십 년이다 되어 간다. '문학평론가'란 그럴싸한 명함으로 글쟁이들 틈바구니에서 여러 해를 지내는 동안, 나는 얼마나 떳떳했는가 물어보고 싶어진다. 물론 내가 쓴 평론들을 두고 하는 말이다. 작품이 그리 썩 좋지 않아도 청탁자의 낯을 봐서 속에도 없는 말을 내뱉기도 했고, 정말 주옥 같은 작품을 찾아내고는 만만치 않은 분량의 글을 신나게 써댔던 적도 있다"[10]—중 일부는 이를 짐작하게 한다.

> 지역시인들의 작품에 대해 객관적 거리를 두지 못한 필자의 태도에 대해서만큼은 솔직히 시인할 수밖에 없다. 결국 필자는 비평의 엄정함과 객관성을 누구보다도 강조하면서도 정작 지역문학에 대해서만은 관대한 이중적 태도를 보였던 것이 사실이기 때문이다. 지역작가와 비평가들이 맺고 있는 주례사 비평의 인연은 상당히 깊은 것으로 보여진다. 이는 학연과 지연에 얽힌 우리 사회의 인적 구조 때문이기도 하지만, 지역시인들에 대한 평가가 본격적인 비평의 대상이 되지 못하고 대부분 서평이나 시집해설에 머무르고 있는 점이 더 큰 요인으로 작용하는 듯하다. (중략) 결국 이러한 외적 환경이 암묵적으로 비평가를 억압하는 상황에서 자의식을 갖춘 비평을 한다는 것은 결코 말처럼 쉬운 일이 아니다.[11]

지역의 문단에서, 혹은 지역의 문학 텍스트를 대상으로 이루어지는 문학비평이 '관대한 태도'와 '이중적 잣대'에서 자유롭기 어렵다는 것. 이 어려움에 대해서는 인간적인 동의를 표하지만, 이 역시 사적 관계망 속에서 지역(학)을 인식하고 있는 한계를 벗어나지 못하고 있다는 점에서는 '침묵의 공모'와 다르지 않다는 판단이다. "비평의 엄정함과 객관성을 누구보다도 강조하면서도 정작 지역문학에 대해서만은 관대한 이중적 태도를 보였던 것이 사실"이라는 고백과 고뇌가 진솔한 것만은 분명하다. 그러나 이와 같은 사태가 "외적 환경이 암묵적으로 비평가를 억압하는 상황" 때문이라는 특수성의 논리는 '이중 잣대'에 대한 자기 방어 기제에 불과하지 않을까. 이른바, '타락한 중심을 향한 반역'이 주변부의 문학적 주체들을 호명하는데 만족하거나 재배치시키는 데 머무르지 않았는지 심각하게 되돌아보아야 하는 것은 이 때문이다. 내부 식민지론을 이야기하는 것이 아니라, '침묵의 공모'를 가능하게 하는 학문적 엄정성과 객관성이 손쉽게 지역의 문학 텍스트에 대한 비평적 인정人情으로 전도될 수밖에 없는 이율배반적 상황에 대한 '견딤'의 방식을 이야기 하는 것이다. 침묵해야 때와 발언해야 할 때를 구분할 수 있는 능력, 아니 의지와 신념을 다시 재장전하는 것. 이것이 지역, 더 넓은 의미에서 '로컬'을 '불화의 장소 local trouble'로 사유하는 하나의 방법이 되지 않겠는가.

불화의 장소 : 다시 지역에 서다

다시, 불온한 글쓰기의 출발점으로 되돌아왔다. 우리가 타도의 대상으로 삼아야 할 것은 '중앙'이 아니라, '중앙'이라는 대타적 관념이다. '타락한 중심'을 비판하면서 '주변부'의 정체성을 스스로 내면화하는 소박함, 혹은 그것에 초연한 척 하면서 동시에 갈급해하는 마음이며, 또 모든 갈등의 원인과 책임을 '중앙'이라는 지배적 추상으로 전가하고자 하는 태도이다. 그렇다면, 사수되어야 하는 것은 '주변(성)'과 그 신화가 만든 허상이 아니라, 주변성을 감각하고 항시 되돌아보아야 하는 비평적 입장이 아닐까.

지금 이 순간에도 느낄 수 있는 것처럼, 지역은 사적 관계와 공적 관계가 복잡하게 뒤섞여 있는 특수성의 자리로 환기된다. 특수성은 정치적 상황과 입장의 전도를 의미하며, 따라서 특수성의 논리를 주장하는 것은 정치적 결정을 동반할 수밖에 없다. '결정'은 '결단'을 필요로 하며, 침묵의 카르텔에 균열을 주거나 혹은 역설적이게도 그 반대가 될 수도 있다. 침묵의 역사가 증언의 (불)가능성을 의미한다는 사실을 모르지 않기에, 침묵 역시 하나의 입장일 수 있음을 이해한다. 문제는 '침묵/비-침묵'의 문제가 아니라, 침묵의 입장과 지속적으로 대화하면서, 우리는 각자의 침묵을 다시 사유하는 '탈-연루'와 '탈-공모'의 기회로 삼아야 한다는 것이다. 지역(학) 연구야 말로 '탈-연루', '탈-공모'하지 않는다면 그 연구 방향의 진정성이 상실될 수 있으며, 언제든지 '지역'이라는 키워드를 자본(관제 용역)의 소비상품으로 화할 수 있기 때문이다.

나는 이 글에서 학문제도와 문학권력의 문제를 말하고자 한 것이 아니다. 학문적 논쟁이 실종되고 풍문과 추문이 횡행하는 지역학 문공동체, 이 불화로 가득한 장소를 정면으로 마주하는 것만이 '지역'이라는 곤혹스러움을 돌파할 수 있는 유일한 가능성임을 말하고 싶었을 뿐이다. 이와 같은 냉소야 말로 오랜 세월을 묵묵하게, 그리고 오롯이 지역문학 연구에 바쳐온 성실한 연구자(들)과 비평가(들)에게 줄 수 있는 애정 어린 선물이 아니겠는가.

LOCAL
TROUBLE

로컬 트러블 : 지역. 세대. 불화. 비평

연탄재 함부로 발로 차지 마라
너는 누구에게 한번이라도 따뜻한 사람이었느냐
—안도현

착한 수필가로부터

하나의 에프소드로부터 이야기를 시작하고자 한다. 이미 시간
이 꽤 지난 일이다. 부산의 진보적 문학운동단체에서 실무를 맡아서
일하던 시절, 제16회 요산문학제 개최 협조 관계로 다른 문학향유단
체의 한 수필가를 만난 적이 있다. 소녀 같은 감성을 가진 분이었고,
노년의 삶을 '수필'이라는 진솔한 문학 양식을 통해 채워나가고 있는
분이었다. 그녀는 자신을 소개하면서, 사람들의 '착한 마음'을 담는
그릇이 수필이고, 그 순수한 언어 결정체인 '문학'을 많이 나누는 행
사가 되었으면 좋겠다고 말했다.

듣고 있자면, 참 따뜻하고 좋은 말이긴 한데, 이 착한 수필가의
세상 속에는 불평등하고 억압받는 존재에 대한 사유가 결여되어 있
는 것 같아서, 한 마디 하지 않을 수 없었다. '문학은 정치이자 이념이
아닌가요? 그게 오히려 요산 정신에 더 가까운 것 같은데요?'라고 농
치듯 말하자, 놀란 표정으로 나를 바라봤다. 이름도 잘 모르는 나이
어린 평론가의 삐대한 도발로 생각했던 것일까? 젊은 사람이 그렇게

세상을 삐딱하게 바라보면 안 된다는 계도적 메시지가 돌아왔다. 문학은 '정치'나 '이념'과는 무관한 순수한 것이라고 말이다.

문학의 속성은 다양하고, 또 작가적 지향 역시 다채롭다. 그러므로 '순수한 것'을 향한 갈망과 열정 자체가 비난받을 이유는 없다. 다만 문학을 통해 '순수한 것을 지향한다'는 말과 '문학 자체가 순수하다'는 말은 전혀 다른 문제이기 때문에, 이를 함께 이해하려는 노력이 병행되어야 한다. 순수라는 용법을 혼용하여 사용하는 이들에게 문학은 '저 먼 해원을 향해 흔드는 손수건'과 같다. 그러므로 이들에게 문학이란 세속적 삶을 초월한 유토피아적 지향에 다름 아니다. 하지만 문학은 속세의 고단함을 넘어서는 구원의 디딤돌이 아니다. 이와 같은 초월 의지는 자칫 문학을 성직자의 그것으로 환원시킬 수 있다는 점에 유의하여야 한다.

김진석의 '포월론'은 이러한 문제를 사유하는 데 도움을 준다. '초월'이 아니라 '포월'의 미학. 문학은 순수의 세계로 도약하는 문화적 발판이 아니며, 또한 문학은 그런 순수한 세계 자체도 아니라는 것. '초월'적 비상이 아니라, '포월'의 뜀박질이 중요한 이유는 문학이 속세의 삶을 넘어서는 숭고한 결정체가 아니기 때문이다. 그럼에도 불구하고 문학을 '순수한 것'이라 주장하거나 믿고 싶은 이유는 무엇일까? 그것은 이들이 문학의 공간을 갈등과 불화로 얼룩진 속악한 현실 세계와는 구분되는 '숭고한 세계'로 이해하고 있기 때문이다. 그래서 이들에게 문학은 탈현실적인 것인 동시에, 탈정치적일 수밖에 없다.

문학의 순수성을 주장하는 이들에게서 탈정치적 포즈가 공통적으로 발견된다는 사실은 어렵지 않게 이해할 수 있다. 문학의 순수한 가치를 옹호하는 이들이 추구하거나 주장하는 것은, 속세의 잡다한 문제들과의 냉정한 결별이다. 이는 현실의 모순과 부조리에 눈을 감고 순수의 영지로 야반도주하고자 하는 '탈정치적 욕망'에 다름 아니다. 하지만 문학은 이와 같이 추악하고 골치 아픈 세상사와 단절함으로써 구축되는 '유토피아적 공간'이 아니다. 문학이 언어를 통해 세상과의 교유를 끊고 자기 세계 속에 주체를 유폐시키는 행위/양식이라면, 문학 같은 건 굳이 존재할 이유가 없다.

물론 이 '착한 수필가' 삽화는 개인의 문학적 취향이나 나이브한 문학 창작 태도를 조롱하기 위한 것이 아니다. 이 이야기는 문학을 아름답고 순수한 것으로 이해하는 방식이 얼마나 비현실적이며 탈정치적인 '자기애'에 가까운 것인지를 보여주는 문화적 증례이다. 이 에피소드를 통해, 우리는 문학이라는 것이 결국 골방에서 혼자 창작하고 작은 에꼴에서 자기 성취나 뽐내는 나르시시즘의 산물이 아니라는 것을 알 수 있다. 즉, 문학은 내성적 언어를 통해 사적 취향을 향유하는 문예의 마당이 아니라, 특정한 가치나 신념을 생산하고 분배하기 위해 교전交戰하는 쟁투의 장인 것이다.

교전 공간 : 순수한 천사주의에 대한 포기

문학은 제도적 구성물이다. 문학은 서로 다른 정치경제학적 입장과 문화적 가치를 바탕으로 (재)생산된 산물이다. 그러므로 문학은 순수한 언어적 형상을 창안하는 아름다운 조형의 과정이 아니라,

각자의 입장과 관점이 충돌하고 갈등하는 특수한 장場의 생산물이다. 즉, 문학 텍스트와 문학적 실천을 생산해내는 문학장은 초월의 여정을 안착시키는 도피의 공간이 아니라, 이전투구하는 문화판의 논리와 권력의 벡터 속에서 생산되는 전장의 공간이다.

문학은 작가, 작품, 독자의 의사소통 과정을 이해하는 차원을 넘어서, 특수한 제도를 구성하는 다양한 요소의 길항 관계 속에 놓여 있다. 굳이 하버마스나 부르디외를 언급하지 않더라도, 문학을 비롯한 예술의 규칙과 공론장의 인정/생산 시스템이 독특한 장場의 지시/상징 관계망 속에서 구성된다는 사실은 쉽게 이해할 수 있다. 작가나 비평가로서의 입문 과정, 작품 발표 및 출판, 그리고 가치 평가와 논쟁에 이르는 여정은 문학장의 규칙을 구성하는 다양한 제도적 기반 위에서 수행되고 구축된다.

우리는 레이먼드 윌리엄스나 테리 이글턴을 따로 경유하지 않더라도 '위대한 문학적 전통'이 특정한 에꼴의 해석 태도와 가치 평가 작업을 통해 구축되어 왔음을 잘 알고 있다. 그러므로 문학장의 문제를 살피면서, 우리가 중요하게 다루어야 하는 것은 작품 자체에 대한 관심, 해석, 평가만이 아니다. 하지만 텍스트에 대한 관심과 달리, 문학장에 대한 관심과 비평은 순수한 문학주의('천사주의')에 대한 낭만과 망상을 포기하게 하는 힘겨운 비평적 실천을 동반하는 것이다. 실제로, 문학장에서 발생하는 사건을 맨얼굴로 대면하는 일은 예상외로 큰 감정 소모를 요구하는 피곤한 행위이다.

순수한 형태에 대한 순수한 관심이라는 천사주의를 포기하는 것은, 이 사회

적 세계의 논리를 이해하기 위해 지불해야 하는 대가이다. 이 사회적 세계는 그의 기능적인 역사 법칙들의 사회적 연금술을 통하여, 특수한 정열들과 이해들의 가혹한 충돌로부터 그 세계의 숭고한 본질을 끌어낼게 된다. 또한 인간의 시도가 이루어낸 가장 높은 차원의 정복에 대해 덜 초인간적이기 때문에 더 편안한, 결국 더 진실된 모습을 제공한다.[1]

위에서 인용한 부르디외의 표현을 빌리자면, "순수한 형태에 대한 순수한 관심이라는 천사주의를 포기"하는 것은 상당한 "대가"를 "지불"해야 하는 감정 노동인 셈이다. 이 경우 비평은 시나 소설 텍스트에 표현된 인간의 본질과 삶의 진실을 탐구하는 데 그치지 않고, 작가와 작품에 대한 기존 가치 평가의 옳고 그름, 그리고 그것이 어떻게 특정 에꼴의 인적·물적 네트워크를 통해 공고해졌는지를 탐문하는 메타적인 접근을 요구한다. 이를테면, 1980년대의 '문학과지성' 비판이나, 1990년대의 '문학권력' 비판, 최근 신경숙 표절 사태를 통해 촉발된 메이저 문예지와 출판사의 공모 관계 비판 등에서 알 수 있듯, '작가/비평가의 관계, 작가/문예지의 관계, 비평가/문예지의 관계, 작가/출판사의 관계, 비평가/출판사의 관계, 문예지/출판사의 관계'를 탐문하는 작업은 문학 작품 자체에 대한 온건한 해석주의를 뛰어넘어 급진적인 논쟁을 촉발하는 비평 행위이다.

물론 이 글의 목적은 기존의 비평적 사건(들)을 재평가하는 데 있지 않다. 또 당시의 논쟁이 동반한 피로감과 비평적 한계를 지적하기 위한 것 역시 아니다. 오히려 그보다는 주체가 놓여 있는 위치에 따라서 '위대한 가치'나 '절대적 권위'에 도전하는 물음을 조형하는 것이 건강한 비평이고, 또 이를 통해 보다 합리적이고 공정한 문화적 의사소통망을 구축해나가는 것이 문학장에 대한 관심임을 말하기 위함이다. 하지만 앞서 이야기한 바와 같이, 이는 스스로 '천사주의'를 포기하는 일, 다시 말해 스스로 어느 정도의 피로를 감수해야 하는 일이다. 특히, 문학장을 구성하고 있는 인적 네트워크가 근접/중첩되어 있는 '지역'에서는, 이러한 관심과 개입은 더욱 피로한 일이 아닐 수 없다. 이른바 『신생』 관련사건'(이하 '신생사건')을 다루고 있는 한 평문에서 이와 같은 '곤혹스러움'과 '피로감'을 확인할 수 있다. ('신생사건'은 뒤에서 다시 상세하게 논의할 예정이므로 대략하고, 우선은 저자의 부담감과 머뭇거림의 의미에 대해서만 다루도록 한다.)

> **이 글을 쓰기까지 고민이 많았다.** 시 전문 계간지 <신생>의 편집위원에 위촉되었던 두 평론가-김대성, 김만석-가 최근 해촉 통보를 받은 일에 대해 생각을 밝힌다는 것이 부담이 되었다. (중략) 또한 침묵하고 있는 <신생>, 권리침해의 부당함에 대한 회원의 요구를 공론화할 수 없는 일이라고 판단한 <부산작가회의>의 입장 또한 쉽게 이해되지 못했다. 그래서 기회가 되면 글이라도 써서 알려야겠다고 생각을 했다. 그러나 쉽게 그러하지 못했다. 첫 문장처럼, 글을 쓰는 것이 고민이 되고 부담이 되었기 때문이다. (송교성, 「'로컬데모'와 공론장」, 『글빨(인터넷)』에서)

위에서 인용한 송교성의 글은 상당한 "고민"과 "부담" 속에서 '신생사건'을 다루고 있는 것처럼 보인다. 이 머뭇거림과 주저함이 나름대로 진솔하게 다가오는 이유는, 지역의 문학장, 혹은 문화판이 수도

권에 비해 협소한 인적 네트워크를 통해 운영되고 있다는 사실을 너무나도 잘 보여주기 때문이다. 지역의 문학장에 개입한다는 것은, 상징적 좌표 속에서만 존재하고 있는 추상적 대상('타락한 중심' 혹은 '중심부 권력')과의 교전이 아니라, 자기 자신과 관계 맺고 있는 모든 인적·물적 기반을 걸고 수행하는 첨예하면서도 실제적인 적대 행위이다. 그 과정에서 심리적 부담감을 느끼는 것은 너무나도 자연스러운 일이다. 하지만 이를 단순히 사적인 측면이나 인간관계의 문제로만 환원하여 이해해서는 안 된다. 신경숙 사태를 경유해 볼 수 있겠다.

『오늘의 문예비평』에 발표한 「비평의 시좌: 신경숙 사태를 보는 다른 곳」에서 밝혔듯, 신경숙 사태의 핵심은 작가의 작품 표절 여부가 아니다. 신경숙 사태는 창비 진영의 평론가들이 한국 사회의 가부장주의 시스템과 여성 불평등 문제를 담고 있는 『엄마를 부탁해』를 비판하거나 성찰할 수 없는 상태, 즉 '비평적 시좌'를 결여하고 있는 좌표에 위치해 있다는 것이 핵심이다. 즉, 『창작과비평』이나 『문학동네』가 신경숙 작가에게 엄중한 비평을 가하지 못한 것은 비평의 시좌가 상실되었기 때문이라는 것이다. 아마, 지역에서 활동하는 비평가 중에서—작년 문학계의 가장 큰 이슈였던—, 신경숙 사태에 피로감을 느낀 이는 거의 없을 것이다. 지역을 거점으로 활동하고 있는 작가와 비평가에게 '신경숙 사태'는 오히려 한국 문학장에 활발하게 개입할 수 있는 거대한 추문과 다르지 않다.

그렇다면, 우리가 관심을 기울여야 하는 것은, '신경숙'이나 '창비'만이 아니다. 유명 작가와 메이저 출판사의 공모 관계를 비판하는 것은 너무나 손쉬운 비평 행위이다. 비판의 밀도나 비평의 수준을 지적하고자 하는 것이 아니라, 비평의 시좌를 확보하는 것이 '비평의 첫 걸음'임을 강조하기 위해 하는 말이다. 송교성의 평문에서 발견할 수 있는 "고민"과 "부담"이란 바로 비평적 시좌에 대한 상실 우려와 염려가 아니겠는가. 그렇다면 '신생사건'이란 무엇인가? 아무래도 이 사건 대한 적극적 사유와 개입 없이 문학장의 존재 양상과 지역을 거점으로 하고 있는 『오늘의 문예비평』의 비평적 로케이션을 논할 수 없을 듯하다. 그래서 다시 '신생사건'이다.

삐대한 것들의 제거 : 신생사건, 지역 문학장의 세대간 분열/분화 징후

한국 문학장의 지각 변동이 심상치 않다. 『창작과비평』의 백낙청 평론가가 불명예 퇴진하였고, 편집진 역시 크게 바뀌었다. 『실천문학』 편집진 역시 경영진이 실천문학의 정신을 망각하고 자본의 논리를 문예지에 입안시키고 있다며 전원 사퇴서를 제출하였다. 또 우수문예지 지원 사업이 축소/폐지됨에 따라, 장애인의 소외된 목소리를 담아 오던 『솟대문학』이 100호를 끝으로 폐간되었다. 이와 같이 작년과 올해는 한국의 문학장이 심각하게 요동치며 균열하는 '변동의 시기'이다. 필자가 편집위원으로 있는 『오늘의 문예비평』 역시 이에 응답하는 좌담회 개최 및 특집 구성을 통해 문학장의 변동 양상에 적극 대응하고자 하였다. 그러면서도 다루지 못했거나, 다룰 여력이 없어 미루어 두고 있던 '비평적 사건'이 하나 있었는데, 그것이 바로 '신생사건'이다.

　이 사건은 작년 여름으로 돌아간다. 어느 날 집에 오니, 한 통의 메일이 도착해 있다. 「부산작가회의 회원님들께 호소합니다」라는 제목의 글이 그것이다. 김대성/김만석 평론가가 부산작가회의 회원 전체에게 보낸 이 전자서신은 본인들이 편집위원으로 몸담고 있던 시 전문계간지『신생』으로부터 편집위원 사퇴 권유("지난 7월 1일 〈신생〉의 발행인(서정원)으로부터 '편집위원 일을 그만 두었으면 한다'는 의견을 전달 받았습니다")를 받은 사실의 부당함을 공표하는 것이었다. 아직『신생』측의 공식적인 입장이 제출되지 않아, (만약 그런 것이 존재한다면) 사건의 전말을 정확하게 이해하기는 어렵지만, 이 일은 분명 지역 문학장의 균열을 가시화하는 징후임에 틀림없다. 이 글에서 김대성/김만석이 쓴 "사태"라는 용어를 추인하지 않고, '사건'이라는 용어를 사용하는 까닭은, 이 사건을『신생』이라는 특정 문예지의 내부 스캔들로 소비하지 않기 위해서이다. 이 사건은 우발적인 차원에서 융기되었다고 하더라도, 지역문단의 현재와 미래를 진단해 볼 수 있는 중요한 '사건event'이다. 본격적인 논의에 앞서, '신생사건'에 대한 접근 방식이 시전문계간지『신생』의 문화사적 가치나, 김대성/김만석 평론가 개인을 공격하거나 깎아내리는 추문으로 변질되어서는 안된다는 점을 먼저 밝혀둔다. 김만석 평론가가『신생』과『POST』를 중심으로, 또 김대성 평론가가『신생』과 '생활의 곳간'을 중심으로, 지역의 문학장과 문화 생태계 혁신에 기여해 왔다는 점은 폄하될 수 없다.

　주지하다시피, 문예지를 생산하는 과정에는 수많은 갈등과 충돌이 발생한다. 하지만 이러한 감정 소모와 육체적 피로감이 (지역)

문화의 공공적 가치를 구현하는 과정에서 발생한 것이라면, 이를 타고 넘으며 내파하는 과정 역시 필요하다. 즉, 그러한 갈등을 '함께 지고 갈 수 있어야 한다'는 것이다. 아니, 최소한 그러한 시도만큼은 멈추지 말아야 한다. 특정 개인이 정해놓은 기준에 부합하지 않는다고 참여 구성원을 배제하거나 퇴출시키려는 시도는 분명 독선적인 태도일 뿐 아니라, 공공성의 가치에도 위반되는 비민주적인 행위임이 분명하다. 문예지는 특정 개인의 것이 아니며, 편집인, 발행인, 편집주간 등 공공의 책무를 대의 수행하는 이들의 권력적 소유물도 아니다. 또 문예지는 특정 문단 인맥이나 계파, 그리고 지역 거점대학의 학벌 인맥을 충원하는 커뮤니티 역시 아니다.

　지역에서 문예지를 만든다는 것은 명예자본이나 경제자본의 획득과는 무관한 일이다. 이는 구성원 개인의 노력과 희생을 요구하는 일이고, 또 인간적 갈등과 피로감을 동반하는 행위이다. 그러므로 지역의 문예지 생산에 참여하는 일은 언제든지 만료될 수 있으며, 또 그것을 그만 두는 일 역시 그리 안타깝고 서글픈 일이 아니다. 문예지의 기획과 편집 과정에 이견이 있을 수 있고, 그것이 상호 결별로도 얼마든지 이어질 수 있다. 하지만 그 결별의 과정은 상호 존중과 배려에 입각한 것이어야 한다. 지금껏 잡지를 만들어오는데 미약한 힘이라도 보탠 존재라면—시전문계간지『신생』이 공공의 자산이라고 할 때—, 개개인의 성과와 잘잘못을 떠나 누구에게나 아름답고 명예로운 퇴장이 보장되어야 한다. 김대성/김만석의 문제 제기는 이들이 편집위원 직에 연연했기 때문이 아니다. 충분한 토의와 논의를 통한 결별 선언이라면 수용하지 못할 이유도 없(었)을 것이다. 하지만『신생』은 그렇지 못했다. 『신생』의 퇴출 통보는 일방적이었고, 두 편집위원이 수용하기에는 권위적인 대목이 있었다. 김대성/김만석이 '신생 사건'을 지역 내부에 토착화된 선배 세대의 '권위주의'와 연결시킨 것도 이 때문이다. 다시 첫 번째 편지를 보도록 하자.

김대성/김만석은 각각 2010년부터 시전문계간지 <신생>의 편집위원으로 일을 해왔습니다.(김대성은 2008년부터 편집장 역임 이후 편집위원) 역사와 전통이 있는 매체의 일원으로 그간 맡은 바 역할에 충실하고자 했고 이룬 성과도 적지 않다고 생각합니다. 그런데 지난 7월 1일 <신생>의 발행인(서정원)으로부터 '편집위원 일을 그만 두었으면 한다'는 의견을 전달 받았습니다. 내부 회의를 통해 그렇게 결정했다는 것입니다. 김대성/김만석은 두 사람을 제외한 상태에서 결정된 이 사안에 아연실색할 수밖에 없었으며 어째서 이런 방식으로 의견을 전달하는지 의아함을 감출 수 없었습니다. 그만두었으면 한다는 결정의 이유는 '마음이 맞지 않는다'는 것이었는데, 설사 그렇다 해도 엄연히 편집위원 일을 해오고 있는 두 사람을 제외한 상태에서 이루어진 이 논의가 공식화된 의견으로 둔갑하여 일방적으로 통보될 수 있다는 사실에 참담함을 금치 못했습니다.('<신생> 사태'를 알리는 첫 번째 메일, 2015.7.14.─이하 「편지1」)

이 글의 내용을 사실 그대로 받아들이지 않는다고 하더라도, 여기에서 (김대성/김만석이 주장하는) 『신생』 편집진의 귀책 사유를 발견하는 것은 그리 어렵지 않다. 이른바, 절차상의 문제가 있다는 것. 특정 집단의 구성원이 '나고 드는 문제'를 다룰 때, 공적인 '과정과 절차'는 무엇보다 중요하다. 특히, 공통의 문화적 가치를 지향하는 커뮤니티에 속한 구성원과의 만남/결별이라면, 그 과정은 더욱 투명해야 한다. 문예지는 그 자체가 공론장의 작은 무대이자 의사소통의 공간이다. 그래서 절차상의 문제는 무엇보다 중요하다. 왜냐하면 이는 민주적/비민주적 의사소통의 합리성을 결정하는 핵심 단초가 되기 때문이다. 하지만 『신생』 편집진은 김대성/김만석에게 이러한 절차상의 논의 과정을 충분히 제공하지 않았고(혹은 못했고), 이와 같은 과정상의 하자 속에서 '신생사건'은 융기하고 가시화되었다. 물론 절차상의 하자를 감당하고서라도 김대성/김만석과의 결별을 선언하고 싶어 했던 『신생』 편집진의 내부 사정이 있(었)는지는 모르겠다. 하지만 나는 이러한 『신생』의 내밀한 사정에 대해서는 관심이 없다. 또 그것이 중요한 문제라고도 생각하지 않는다. 왜냐하면 그런 접근 방식은 '신생사건'을 '뒷담화 소재'로 씹어대는 방식이기 때문이다.

김대성/김만석이 주장하고 있는 『신생』 편집진과 두 평론가의 공시적 결별 사유는 "마음이 맞지 않는다"는 것("결정")이다. 이에 대한 구체적 사유를 김만석은 일간지 칼럼을 통해 보완 설명했다.[2] 이를테면 부산말로 '삐대한 것들'의 제거. 그의 말처럼, 싸가지가 없는 것이든, 삐대한 것이든, 그것이 특정 개인을 공공의 커뮤니티에서 퇴출해야 하는 이유나 근거가 될 수는 없다. 문예지는 수많은 갈등과 충돌 속에서 자기 (재)정립의 계기를 모색하는 '공론장'의 양태인 까닭이다. 「편지1」의 사실 설명이 틀림없다고 가정한다면—선배 세대의 '어르고 달래는 말'을 통해 일종의 '편집위원 권고 사퇴'를 "통보"하는 행위—, 이는 상대방을 파트너로 인정하지 않는 권위적 태도임이 분명하다. 그러나 '신생사건'의 대강을 김대성/김만석의 메일(편지)을 통해서만 추론해낼 수는 없다. 그래서 『신생』의 입장과 태도는 이 사건을 올바르게 이해하는 중요한 단서가 된다. 하지만 『신생』 편집진은 이와 관련한 어떤 입장도 내놓고 있지 않다. '신생사건' 이후에 발행된 「신생」 64호의 서문에서도, 황선열의 근작 「지역문화운동을 다시 생각한다」(『작가와사회』 62호, 2016년 봄호)에서도 '신생사건'에 대한 입장은 발견하기 어렵다. 『신생』 64호의 서문은 "내부적 사정"으로 갑작스레 퇴출된 "두 사람"의 "노고"에 "감사"(김경복, 「이번 호를 내면서」)를 표하는 방식으로 강퇴 절차가 마무리되고 있을 뿐이다.

『신생』의 편집진을 맡고 있는 개개인의 인간애와 사람됨이야 더 보탤 것이 있겠냐만은, 이는 『신생』 편집진 개개인의 인성과 도덕성 문제가 아니다. 이 순간에 그런 따뜻한 수사(서문)를 전한다고 해서, 과연 그 온기가 김대성/김만석에게 제대로 전달될 수 있을까? 오히려 그 서문과 소통 강조("지역 문예지 『신생』은 그동안 편집인과 발행인과의 상호 소통을 통하여 지역 문예운동을 펼쳐왔다")가 '신생사건'의 추인 과정처럼 보이거나,[3] 선배 세대의 권위주의를 오롯이 (재)표상하는 징후로 독해되지는 않겠는가? 여기에 어떤 구체적인 응답을 되돌려주지 않는 한 『신생』 편집진은 이와 같은 절차상의 하자에 대한 근본 비판을 지속적으로 감내할 수밖에 없을 듯하다. 그러나 '신생사건'이 지역 문학장의 변동 양상을 살피는데 중요한 이유는, 『신생』의 '이미지 타락'이나 '세대간 갈등'과 '분열'의 징후를 보여주기 때문만은 아니다. 여기에는 보다 심각한 문제가 내장되어 있다.

지역의 타자화 : 로컬데모, 추상적 대상과의 안전한 교전交戰

『신생』은 64호에서 김대성/김만석의 이름을 편집위원 명단에서 삭제한다. 양자의 최종적인 동의 없이 공공의 매체에서 편집위원의 이름을 삭제한 것이라면, 이는 비판받아 마땅하다. 복잡한 내부 사정을 고려하여야 한다고 하더라도, 이와 같은 사건은 지역 문예지의 '운동성'을 후퇴시키고, 세대간에 닫힌 참호를 구축하며, 문학장 내부의 자기 계보를 강화하는 결과를 초래할 수 있다. 이미 지난 일이 되어버렸지만, 김대성/김만석은 오히려 이 부분을 자세히 알리고 설파하는 동시에,『신생』편집진의 잘못을 지속적으로 따져 묻고, 다시 이를 내파 內波 하는 활동을 강화할 필요가 있었다. 사적으로야 피로하고 감내하기 힘든 시간이 되었을 테지만—물론 이런 시도는 그들이 말하는 것처럼, "개인적인 차원의 화해"(「<부산작가회의> 회원님들께 올리는 두 번째 글」)가 아니기 때문에—, 김대성/김만석이『신생』편집진과의 만남을 통해 '신생사건'의 경과와 잘못된 점을 정확히 따져 묻는 과정은 반드시 필요했다.

하지만 아쉽게도, '신생사건'이 기록되는 제 흐름 속에서, 또 사후적 재구성 과정에서도, 그런 과정/노력은 발견할 수 없다. 물론 (김대성/김만석 본인들의 주장을 고려한다면) 두 평론가는 '피해자'의 처지에 놓여 있기 때문에, 공적 테이블의 바깥에서 '가해자'를 만나는 것이 불가능하다고 주장할 수 있다. 혹은, 두어 차례 만나자는『신생』측의 제안은 모두 사적인 관계망을 통해 문제를 무마하고자 한 시도일 뿐이라고 평가절하할 수도 있을 테다. 하지만 핵심은, 김대성/김만석과 『신생』편집진의 물리적 만남 여부가 아니다. 정작 중요한 것은, 이 지점에서 김대성/김만석이 『신생』과의 상호 교전이 아니라, 우회적인 '교전 전략(로컬데모를 통한 "공론화")'을 채택하였다는 데 있다. 이와 같은 교전 전략 수정에 따라, '신생사건'은 전혀 다른 국면으로 전개된다. 두 번째 메일과 이를 해설(로컬데모 사이트 참조)해 놓은 글을 함께 인용해 본다.

> 회원님들께 메일을 보내고 며칠 후 (중략) 수백 명의 회원님들께 메일을 보냈음에도 앞서 응답해주신 몇몇 분들을 제외하고는 **아직 충분한 응답을 듣지 못한 실정**입니다. (중략) 말을 하는 것은 작가의 소명이고, 그것을 포기한 문학 집단이나 공동체란 자기 주체성을 상실한 것이기 때문입니다. (「<부산작가회의> 회원님들께 올리는 두 번째 글」, 2015.7.21. 부산작가회의 홈페이지—이하 「편지2」) / 그럼에도 '신생 사태'를 부산작가회의라는 공적 기구를 통해 공론화하는 것은 요원해보였습니다. 이사회가 소집될 기미는 보이지 않았고 사무국에서도 아무런 응답이 없었기 때문입니다. (중략) 그 침묵 속에 잠정적인 동료가 있었고, 그 침묵으로부터만 어떤 응답이 도착할 것이기 때문입니다. **회원들의 응답을 기다리는 것은 '말 하지 않음'이라는 묵살을 위한 침묵과 '말 할 수 없음'이라는 구조적으로 강요된 침묵의 거리를 가늠하는 시간이기도 했습니다.** (「<신생> 사태」를 알리는 두 번째 메일」, 2015.7.21.—이하 「편지2」, 로컬데모 블로그 '빨간색' 문장)

'신생사건'을 알리는 김대성/김만석의 두 번째 편지는 수신자를 깜짝 놀라게 한다. 정중한 어법을 빌려쓰고 있긴 했지만, 수백 명의 회원으로부터 "충분한 응답"을 듣지 못했음을 따져 묻고 있(었)기 때문이다. 이는 로컬데모의 블로그에 기록되어 있는 두 번째 편지의 발송 의도와 정황 해설(로컬데모 블로그의 빨간색 문장)을 보면 명확해진다. 이 해설의 내용대로라면, 부산작가회의 대부분의 구성원들은 이미 『신생』 편집진의 "폭력"적 "권리"의 "남용"과 "침해"에 의도적으로 "침묵"하거나, 이와 같은 사건에 개입하지 못하는 "구조적으로 강요된 침묵"을 내면화하는 억압된 존재로 호명되고 있었다. 불과 일주일 만이다. 사건의 진위를 파악하거나, 누군가와 '신생사건'에 대한 이야기를 나누어 볼 틈도 없는 짧은 시간이다. 김대성/김만석이 단 일주일 만에 "요원"할 것 같다고 단정해버린 공적 기구나 그 구성원의 개입을 통한 "공론화"라는 것은, 그리도 일방적인 단체 메일 한 통을 통해 생성 가능한 것이었을까? 백 번을 양보하고, 「편지1」의 내용을 쫓아, 그들의 입장을 모두 지지한다고 하더라도, 이 정도 사안에 어찌 그리 쉽게 "응답"할 수 있었을까? 김대성/김만석은 어쩌면 '수취인불명'의 편지를 보냈는지도 모른다. 어쨌든, 정확한 사태 파악과 비평적 시좌를 구축할 틈을 놓쳐버린 사이, (부산작가회의를 굳이 거론하고 싶지 않지만, '나'의 의지와 무관하게 특정 문학운동단체에 속해 있는) '나'(혹은 "회원")는 이미 지역의 권위주의와 싸울 용기가 없는 '방조자'로, 혹은 가해 행위를 묵인하고 있는 '침묵의 공모자'로 호명돼 있었다. 김대성/김만석은 「편지2」에서 자신들을 작가회의 구성원들의 "동료"라고 썼지만, 과연 그러한 '수사적 총탄'이 동료라고 부르는 이에게 손쉽게 격발될 수 있는 것인지에 대해서는 심각한 의문이 든다.

　　김대성/김만석은 의도하지 않았다고 하더라도, 이와 같은 주장에는 '침묵=동조', 혹은 '침묵=묵살'이라는 등가 관계가 성립될 수 있는 여지가 존재하고 있다. 그러므로 "200명이 넘"는 부산작가회의 회원이 이 사건을 "침묵"으로 응대했다는 사후 해설은 다소 과장된 기록이다. 일방적으로 '응답'을 요구한 다음, 그 질문에 답하지 않는다고 해서, 이를 "묵살을 위한 침묵"이나 "강요된 침묵"으로 규정하는 방식은 옳지 못하다. 즉, 양자가 말하는 "침묵"이 부산문단의 권위적 시스템을 승인하는 '공모'의 카르텔이라는 주장으로 확정될 수는 없다. 일반 의사소통의 규칙을 따른다고 하더라도, 침묵은 동의가 아니라 비동의인 경우가 대부분이다. '신생사건'이 피해갈 수 없는 비평적 분기소로 돌출하는 것은 이 지점이다. 『신생』의 일방적인 결별 선언에 어떤 '꼰대적인 결정'이 있지 않았는지, 혹은 그것이 기성세대의 권위적인 문예지 경영 방식은 아닌지, 김대성/김만석은 『신생』 편집진에게 따져 물을 수 있다. 하지만 그렇다고 해서 '신생사건'이 부산지역 문학장의 '토착적 권위주의'나 '선배 세대들의 꼰대 의식'을 보여주는 대표적 증례인 것은 아니다. '신생사건'이 문학장의 기성/후속 세대의 분열을 가시화하는 '징후'인 것은 분명하지만, 이를 지역 문학장의 타락한 도덕률("부산 문단에서 자행된 이 부끄럽고 참혹한 사태가 남의 집 싸움이 아니라 권력을 남용하여 비도덕적이고 비상식적인 폭력", 「편지2」)과 지역 문학장 전체의 낙후성("불모不毛", 「편지2」)으로 환원되는 것은 아닌 까닭이다.

즉, 『신생』의 세대간 분열 양상이 곧장 부산 문단의 '타락'이나 '침묵'의 공모로 직결될 수 있는 것은 아니라는 점이다. 정말, 김대성/김만석 평론가의 문제 제기가 지역 문학장과 문화판의 혁신을 기대한 것이라면, 과연 이러한 문제 제기의 방식을 취했어야 하는가, 하는 부분에 대해 의문이 드는 것은 이 지점이다. 사실, 이 메일(편지)을 받았을 때, 대부분의 작가와 비평가들은 어떤 회신도 할 수 없었을 것이다. 이는 두 평론가에 대한 심정적 동의 여부를 떠난 문제이다. 『신생』의 바깥에 존재하고 있던 이들이, 기실 『신생』 내부 문제를 당장 파악할 수 없는 상황에서 어떻게 쉽게 그들이 '기대하는 답'을 돌려줄 수 있겠는가. 김대성/김만석이 『신생』에 내재해 있다는 권위주의의 내파를 시도하지 않은 채, 혹은 그 과정을 생략한 채―그 힘겨운 과정을 감당하지 않은 채, 최소한 그것이 드러나지 않은 채―, 부산작가회의 구성원에게 (본인들이 원하는) 이미 정해져 있는 '일반 도덕률의 응답지'를 배부한 것은 그래서 정당하지 않다. 응답이 즉각 나올 수 없는 방식의 질문지를 보내놓고, 그에 응답하지 않는 이들을 '공모자'로 귀결시키는 방식이기 때문이다. 『신생』 편집진이 잘했다는 말이 아니다. 『신생』이라는 매체 운영 과정 속에서 불거진 '갈등'과 '소통 불능'의 문제, 다시 말해 『신생』 편집진의 "권리"의 "박탈" 과정상의 문제를 비판적으로 성찰해야 하겠지만, 이를 지역 문학장 전체의 모순과 부조리로 확대 해석하는 데는 동의할 수 없다는 뜻이다.

그렇다면 김대성/김만석은 왜 『신생』이 아니라, '작가회의'의 전체 회원을 방청객으로 초청한 것일까? 또 김대성/김만석은 왜 '신생 사건'이 아니라 '로컬데모'로의 전회를 택한 것일까? (로컬데모가 단순한 '매개'나 '연대'라고 말하는 것은 곤란하다.) 이는 김대성/김만석이 『신생』이라는 구체적 대상이 아니라, 지역에 토착화되어 있는 '권위주의'라는 추상적인 대상과 싸우는 전략을 택했기 때문이다. '권위주의'라는 추상적 대상과의 교전은 절대로 지지 않는 적敵과의 싸움이다. 어쩌면, 김대성/김만석이 두 번째 메일(편지)을 부산작가회의 회원에게 보냈을 때—이러한 설명 과정이 너무 짧다는 것을 함께 성찰해 보아야 한다—, 이미 '로컬데모'의 출발은 예정되어 있었는지도 모르겠다. 「편지2」의 다음 문장을 보자. "저희들이 중단한다면 비정상적임에도 불구하고 아무런 문제가 없는 것처럼 여기는 기구들과 개별자들의 권리를 침해당함에도 그 누구도 문제제기 하지 않는 비정상적인 부산 문단의 풍조가 더욱 공고하게 될 것이기 때문입니다." 이와 같은 문제 제기는 너무나 정당하다. 다만 이 과정에는 정서적·윤리적 비약이 존재한다. 그래서일까? 이러한 호소와 각오("두 사람의 이미지에도 부정적인 영향을 미칠 것", 「편지1」)에는 너무나도 많은 도덕적 판단이 개입되어 있다. 심정적으로는, 김대성/김만석 평론가의 입장이 이해되지 않는 것도 아니다. 하지만 현재의『신생』편집진들이 엄정한 성찰을 통해 자기 갱신해야 하는 것과 별도로, 김대성/김만석이 '신생사건'을 내파하고자 하는 노력 역시 병행되었어야 한다.

하지만 다음의 문장에서 보듯, '신생사건'은 '로컬데모'로 확장되거나 도약한다. "이에 우리는 〈신생〉 사태로 촉발된 권력 독점, 공적 기구의 사유화, 폐쇄적이고 억압적인 위계 구조에서 발생하는 문제가 공론화 되지 못하고 사적인 방식으로 은폐되어 권리 침해 및 상징적 폭력이 만연화되어온 지역문화예술계의 사각지대에 대한 논의를 시작하고자 한다."(「언론사 보도 협조문」, 2015. 8. 4.-로컬데모 블로그) 여기에서 알 수 있듯, 로컬데모의 결성/연대 계기는 '신생사건'이었으나, 그것이 궁극적으로 향한 것은 더 넓고 깊은 지역문화예술계의

권위주의 타파이다. 지역 문학장의 권위주의를 철폐하자는 데 동의
하지 않을 작가와 비평가가 어디 있겠는가? 지역의 토착적 권위주의
는 분명 존재한다. 지역 거점대학의 학연에 기반한 인맥 발굴, 또 사
적 친소관계와 계파에 따른 인적 네트워크 및 조직화. 이런 것이 존
재하지 않는다고 말하면 웃음거리가 될 뿐이다. 그래서 '신생사건'은
지역 문학장의 제 양상을 성찰하게 하는 비평적 분기점이 될 수 있
다. 하지만 그렇다고 해서 '신생사건' 자체를 지나치게 과장하거나,
확대 해석해서는 안된다. 갈등과 직접 마주하는 방식이 아니라, 갈등
의 대상 자체를 타자화함으로써 자기 자신을 '피해자'에서 '정의로운
투사'로 재정립하는 방식은 낯 뜨거운 주체 구성 방식이다. '신생사건'
은 손쉽게 '로컬데모'로 도약하거나 전화될 수 있는 이슈가 아니다.
여전히 충분한 토의와 논쟁이 요구되는 일이다. 왜냐하면 '신생사건'
이 손쉽게 '로컬데모'로 도움닫기 하는 순간, 그 속에서 맺어온 수많
은 '인간의 시간과 공간'은 사라지고, '지역의 문화 민주주의'라는 숭
고한 대의만이 대리 표상되기 때문이다. 논쟁 과정에서 선취해야 하
는 교전의 대의는 후자에게 있는 것이 분명하지만, 이를 전면화할 경
우 오히려 김대성/김만석이 그리도 중요하게 다루고자 했던 문학장
(혹은 문화판)의 폭력적인 의사소통 구조에 대한 성찰은 역으로 추상
화되고 희석화될 수밖에 없다는 것이 필자의 주장이다. 이는 지역
언론사에 대한 김대성/김만석의 시니컬한 입장에서도 잘 드러난다.

부산의 대표적인 두 언론사의 문화부 기자들 또한 이미 '신생 사태'에 대해 알
고 있었고 그렇지 않아도 연락할 참이었다는 반가운 응답을 주기도 했습니다

만 '신생 사태'에 관해서든 이 간담회에 관해서든 지역 언론사를 통한 그 어떤한 기사도 보도되지 않았습니다. 조금 기이하게 여겨지지 않습니까? (중략) '갈피를 잡기 어렵다'는 모호하고 궁색한 답변 밖에 없었습니다. 사건의 전개와 내용이 베일이 싸여 있는 것도 아닌데 갈피를 잡기 어렵다니요. 취재와 보도권이야 기자 고유의 권한이니 더 따져물을 수는 없는 노릇입니다만 '갈피를 잡기 힘들다'는 답변은 무척이나 궁색한 것이 아닐 수 없었습니다. (「언론사 보도 협조문」, 2015.8.4.-로컬데모 블로그)

위의 인용문에서 다소 '과잉'된 피해의식이 포착된다. 이제 김대성/김만석에게는 지역 언론조차도 문학장과의 부도덕한 공모 관계를 절단하지 못하는 "궁색"한 집단이 되어버렸다. 언론 취재 결과 "갈피를 잡기 어렵다"는 주장은 충분히 나올 수 있는 말이다. '신생사건'의 근본 원인에 절차상 문제가 있었던 것은 사실이다. 하지만 그렇다고 해서 부산 혹은 지역의 문화판 전체가 '권위주의적인 공모 구조'에 얼룩져 있는 곳으로 재현/표상되는 것은 곤란하다. 이는 마치 지역의 문화판을 '개조의 대상'으로 보는 '하방 학자(서울에서 지역으로 내려온 교수/연구자)'의 논리를 추수하는 것처럼 보인다. '하방 학자들'은 지역이 끊임없이 자신들을 타자화시킨다고 말하는데, 사실은 그들이야말로 지역이 무슨 대단한 기득권이나 지니고 있는 집단이나 영토처럼 역타자화하는 경우가 대부분이다. 김대성/김만석이 의도한 것이 아니라고 하더라도, '로컬데모'로의 도약은 '지역'을 '타자화'함으로써, 자신들의 지적·도적적 정체성과 문화적 위상을 새롭게 설정하는 결과를 양산할 수밖에 없다. 그렇기 때문에, '신생사건'에서 '로컬

데모'로 가는 과정에는 엄정한 자기 성찰과 자기 갱신이 동반되었어
야 한다. 하지만 김대성/김만석이 '피해자(신생사건)'에서 '투사(로컬
데모)'로 자기 정체성을 탈바꿈하는 과정에는, 정작 자기 성찰과 자
기 갱신의 노력이 담겨 있지 못하다. 이를 잘 보여주는 증례가 양순
주의 응답에 대한 감정적 반응이다.

　'신생사건'이 '로컬데모'로 도움닫기 하는 과정에 대한 양순주의
비판("지금 이 지점에서, 실상 그들에게도 처음의 문제제기가 여전히 유효
한 것인지 되묻고 싶다", 「하나의 사건과 여러 겹의 시선」, 문화다 사이트 참
조)은 시의적절한 것이었다고 본다. 다만, 이 과정 전체를 "함께 일
하는 편집진으로서 주고받았던 언쟁과 질책, 독려의 말들, 선후배로
서 보여주었던 애정과 관심, 격려의 시간들은 모조리 사라져 있다"
고 하여, 이를 『신생』 편집진 내부의 인간관계 문제로 역환원시키거
나, 오독할 수 있는 빌미를 제공한 것은 아쉬운 대목이다. 개인과 개
인의 관계 역량 속에서 '신생사건'의 주요 논쟁점을 새롭게 발굴해야
한다는 양순주의 지적은 틀린 것이 아니지만, 김만석의 말처럼 이러
한 주장은 공적 이슈를 사적인 것으로 둔갑시킬 수 있기에 공적 토
론의 아젠다가 될 수 없다. 하지만 다소 무리한 지적이 있었다고 하
더라도, 양순주의 이러한 시선은 지금까지 김대성/김만석이 그렇게
도 요구해 왔던 지역 문학장의 건강한 "응답" 방식중 하나라고는 분
명 말할 수 있다. 하지만 김만석 평론가는 비평적 용어가 아닌 격양
된 어조("허위사실을 유포하는 방식으로 진술해야만 하는 황당한 저의가
궁금할 따름이다", 「양순주의 「하나의 사건과 여러 겹의 시선」(웹진 ≪문화
다≫)에 대한 응답」, 로컬데모 사이트 참조)로 이를 질책하였다. "허위사

실"의 "유포"라는 말이 통상 상대의 입을 막는 법률적 용어라는 사실을 모르지 않을 것이다. 이런 방식의 응대는 수차례 지역문학사회의 응답을 요구해 온 비평가들의 태도가 아니라는 생각이다.

지금까지 살펴본 바와 같이, 『신생』의 갈등 양상을 문예지 내부 요인이나 인간관계에서 찾는 것은 무의미하다. '신생사건'은 기성세대와 후속 세대의 분열과 분화 징후이다. 다만, '신생 사건'과 '로컬데모'를 하나로 매끄럽게 연계해서 해석하는 것은 무리가 있다. 이 과정에는 상당한 정서적·도덕적 비약이 존재하기 때문이다. 김대성/김만석 평론가는 '지지 않는 싸움'(로컬데모로의 도약)이 아니라, '질 수밖에 없는 싸움'(신생사건의 내파)을 선택했어야 한다. 그것이야말로, 지금 '로컬데모'가 추구하는 당사자주의 문화운동의 실천적 가치를 증명하는 것이었을 테다. 물론 지는 싸움은 아프고 처절하며 무력하다. 하지만 '문학/비평' 혹은 '문화/비평'은 그러한 처절한 무력함에서 새로운 삶의 가능성과 희망을 모색하는 문화적 실천 행위가 아닌가. '신생사건'에서 '로컬데모'로의 도약과 연대가 추상적 대상과의 대결이 아닌, 지역 문학장의 권위주의를 타파하는 구체적이고 건강한 '당사자주의 문화운동'으로 비상하기를 기대한다. 또한 '신생사건' 역시 지역 문학장의 타락한 권위주의를 응징하거나 저주하고 단죄하는 문단적 추문이 아니라, 좀 더 다른 방식으로 기억되기를 바란다. 왜냐하면 2015년의 '신생사건'은 우리 자신이 배치되어 있는 '비평적 시좌'를 (재)갱신하는 자기 성찰적인 '사건'으로 기억되고, 또 기록되어야 하기 때문이다. 지금, 부산의 문학장이 움직이고 있다.

LOCAL TROUBLE

지역 문학관과 공간의 문화정치[**]

문학관으로 가는 길

'지역'이라는 이름의 발견. 지역이 이름Brand의 개별성을 얻고
자 할 때, 지역은 로고타이프 생산에 집중한다. 어떤 형식의 디자인
을 통해 브랜드 가치를 극대화할 것인가—이것이 지역을 키워드로
삼고 있는 문화산업 전략의 핵심이다. 브랜드의 창안은 지역의 사
회·문화적 정체성을 가시적인 형태로 보여줄 수 있는 '심벌'의 탄생
을 예고한다. 그러나 지역을 상징할 만한 로고logo의 창출이 소비 가
치의 지속성을 담보해 주는 것은 아니다.

[**]

이 글은 「'말'하는 '입'으로서의 문학관」이라는 제목으로, 『오늘의 문예비평』(2011년 봄
호)에 발표한 평문이다. 2010년 하반기에 청탁을 받아 작성했을 당시와 현재의 상황
은 크게 다르다. 원고를 수정할 수도 있지만 비평의 현장성을 살리기 위해 그대로 수
록한다. 다만, 당시와 사정이 크게 달라져 보충 설명이 필요한 부분은 미주에 보완 기
술을 하였다.

　지역이라는 브랜드의 가치는 로고의 창출 자체보다 그 이미지를 기획하고 관리함으로써 재생산된다. 이것은 스토리텔링을 통해 창안되는 지역의 언어·문화적 정체성—'지역'이라는 이름의 이미지를 현재적으로 재구성하기 위한 '장치로서의 서사'를 통해 만들어진 사실적 로고타이프—, 다시 말해 소비의 지속성을 가능하게 할 이름의 물질성과 현재성을 획득하게 한다.

　그 이름의 개별성과 특수성은 스토리텔링이라는 공정을 통해 과거의 기억을 재현하고 현재적 가치를 생산할 콘텐츠가 된다. 브랜드의 실물(콘텐츠)이 표방하는 사실성과 역사성은 서사적으로 재구성된 기획물이며, 이 견고한 재현의 물질성을 유지시키는 힘은 브랜드의 '차이'를 강조하는 스토리텔링에 있다. 즉, 콘텐츠는 '지역'의 역사적 경험과 문화적 자산을 합리적인 가공을 통해 자본 창출의 대상으로 전환시키는 사물화의 전략이라 하겠다. 그러나 역설적이게도 '차이의 서사'를 강조함으로써 만들어진 콘텐츠에서 '내용적 차이'를 발견하기란 쉽지 않다. 명품 브랜드의 소비 가치가 상품의 견실함에 있는 것이 아니라는 사실을 증명이나 하듯이, 내용의 충실성을 결여한 콘텐츠는 지역의 역사적 경험과 문화적 자산을 지역마케팅의 요소로 '활용'할 뿐—지역의 역사와 문화란, 도시개발산업의 대상으로서의 전유 대상일 뿐—이다.

　지역의 브랜드 창출과 문화콘텐츠 개발을 매개하는 스토리텔링은 지역의 이름을 홍보하고 판매하는 데 목적을 둔다. 문화의 가치란, '문화콘텐츠'로서의 개발 유용성 여부에 의해 결정되며, 이때 스토리텔링은 도시문화산업의 경영전략으로 작동한다. 지역이 스스로를 발명하는 이 생산 공정은 경제자본과 문화자본의 구조 속에 문화를 포획하며, 그러므로 브랜드의 가치를 부여받는 지역의 '이름(들)'은 자본의 논리에서 자유로울 수 없다.

> 좋은 문학작품은 그대로 훌륭한 문학콘텐츠가 될 수 있으며, 나아가 그 문학작품과 관련된 문학공간도 지역의 문화와 산업을 진작시키는 중요한 매개적 기능을 담당하면서 궁극적으로 상당한 이익을 창출하는 콘텐츠가 될 수 있다. (중략) 문학관은 이러한 활동의 거점이 되는 공간이다. 해당 지역과 관련된 작가와 작품을 대상으로 각종 자료들을 집대성하고 보관하고 전시하는 역할을 수행하고 있기 때문이다. 또한 1988년 지방자치법이 제정된 이후부터는, 문예교실을 운영하고 문학 관련 행사를 개최하는 등의 문화 복지 기능을 담당하는 문학관이 건립되기 시작했다.[1]

문학이 "상당한 이익을 창출하는 콘텐츠가 될 수 있"으며, "문학관은 이러한 활동의 거점이 되는 공간"이라는 순진함, 지역 문화콘텐츠의 집적 공간인 문학관을 바라보는 일반적인 시각이라 하겠다. 그러나 아쉽게도 문제는 콘텐츠의 효용성이 아니다. 지역의 문화콘텐츠(학/산업)에 대한 접근 회로를 경제자본의 시각에서만 찾는 것―문화콘텐츠(학/산업)에 대한 '상업적' 논리를 비판하는 입장을 포함하는[2]―, 이와 같은 환원주의는 지역의 문화 현상, 혹은 문화 현실에 대한 이해와 비평의 부재에 바탕한 것이다.

문학관, 적어도 부산지역의 문학관이라는 문화콘텐츠는 경제적 '이윤' 창출의 대상이 아니다. 부산의 문학관이 위치한 사회지리적 조건은 향토적 이미지를 브랜드화함으로써 관광 문화의 거점—이를 테면, '김유정 문학촌'과 '이효석 문학관'처럼 지역 관광의 구심점이 되는—을 마련하는 콘텐츠(기능)가 거의 없다. 문학관의 재정 자립도도 낮고, 지방자치단체의 행·재정적 지원이 열악하며, 지원이 일부 이루어진다고 하더라도 문학관 운영의 효율성을 높일 수 있는 정도는 아니다.

그럼에도 불구하고, 부산의 문학관은 여전히 성업 중이다. 공간의 서사는 서사의 공간 속에서 재구성되며, 경제적 효용 가치를 넘어 지역의 표상 공간으로서 존속한다. 경제적 효용성에 대한 미달과 초과, 이 경계의 외부에서 '지역'과 '문학관'의 존재 조건/방식은 다시 사유되어야 한다.

입구에서 : 문학관의 존재 조건/방식

문학관 탐방은 지역의 존재 조건/방식을 다시 묻는 것으로부터 출발하여야 한다. 문학관 담론의 핵심이 지역을 경유하고 있다는 사실—문학관이라는 문화콘텐츠가 지역 문화산업의 중핵 역할을 하고, 지역의 문화적 정체성을 응집하는 기능을 한다는 차원에서—에서 확인할 수 있듯이, 지역이라는 사회지정학적 조건이 내포한 불합리함을 지극히 현실적인 방식으로 돌파하고자 하는 지역의 브랜드화와 문화콘텐츠(학/산업)은 지역의 역사적 경험과 문화적 자산을 실용주의적 패러다임으로 손쉽게 재배치시킨다.

두 사례 : 강원 지역은 '향토'의 재발견을 통해 타 지역과는 차별되는 관광 인프라를 만들었으며, 전남 담양 지역은 '전통'의 재발견을 통해 기존의 관광 자원을 극대화하였다. 강원도 일대는 '향수와 서정'('메밀꽃'과 '동백꽃')이라는 브랜드를 창출함으로써, 삭막한 도시 정서에 대한 치유 공간으로 재구성되었다. '춘천과 봉평'은 인간 본원적 감수성이 향토적 감성과 교우하는 장소로 스토리텔링되었으며, '김유정 문학촌'과 '이효석 문학관'은 감성적 문화답사 코스의 거점 공간으로서 자리하게 되었다. 전남 담양은 '담양=가사문학'라는 브랜드를 창출함으로써, 한국 가사문학의 산실이자 호남 문화의 향유 공간이 되었다. 호남의 가사문학은 누정樓亭 문화에 바탕하고 있고, 누정은 아름다운 원림園林에 위치하고 있어서—식영정, 환벽당, 소쇄원, 송강정, 면앙정 등의 누정이 그것—, 그 자체로 중요한 관광 자원이 된다. 이 관광 자원을 현대적 감각으로 스토리텔링함으로써, 이윤 창출 가치를 극대화하고자 한 거점 공간이 '가사문학관'이다. 가사문학관은 가사문학의 창작 공간인 누정과 원림, 문화적 자산과 천혜의 자연 조건을 매개하는 구심 공간이 되며, '전남 담양'은 자연 속에 인간과 문학을 위치시킴으로써, '갈등과 경쟁'의 삶을 벗어난 '여유'로운 경관이자 장소가 된다.

그러나 문학콘텐츠(학/산업)의 성공 사례로 꼽고 있는 김유정 문학촌과 이효석 문학관, 가사문학관 등의 문학관은 브랜드 가치에 비해 콘텐츠가 빈약하다는 지적에서 자유롭지 못하다. 이들 문학관은 지역축제와 기념행사와 연계될 때, 혹은 일회적인 여행 상품의 코스로 기획될 때, 일시적인 '구경'의 대상이 됨으로써 존속 가치가 유지된다. 문학관의 콘텐츠 부실과 획일적인 스토리텔링에 내재한 폭력성은 문학관의 존재 조건/방식과 관련되는 문제이다.

> 누정이라는 건축공간을 경치 좋은 곳에 지어진 여흥을 위한 단순한 휴식의 공간으로 이 지역에서 창작된 한시를 비롯한 가사문학은 누정문학이라는 별도의 문학 장르로서 인정받고 있음에도 불구하고 수많은 답사객들로부터 외면받고 있는 것이다. 지난 2000년도에 이러한 문제점을 극복하기 위한 가사문학관이 담양에 설립되었으나 그 결과는 오히려 누정문학의 가치를 퇴락시키는 결과를 가져오고 말았다. 첫 해에 지역적 관심을 받으며 개장하였으나 점차로 관람객의 수가 줄어 현재는 적자운영의 실정이다.[3]

가사문학관은 지역의 브랜드 홍보를 목적으로 '가사문학'이라는 개별 장르를 특성화하였다. 그러나 특성화 전략은 지역의 다양한 문학적 전통을 담아내지 못함으로써—문제 제기의 허술함과 대안의 부실함에도 불구하고—, 문학관의 건립이 오히려 "누정문학의 가치를 퇴락시키는 결과를 가져오고 말았다"는 비판에 직면하게 된다. 응집성 있게 지역을 재현하다 보니 오히려 지역의 다양성을 위축시키는 모순적 상황에 놓이게 된 것이다. 이는 지역 문학관의 존재 조건/방식을 직핍하게 보여준다.

지방자치단체가 문학관을 통해 지역을 홍보하고, 관광 상품화하고자 하는 의도는 문학관 설립과 지원을 위한 전제 조건으로 작용한다. 그러나 이러한 지자체의 기대는 보기 좋게 배반당하고 만다. 다행인지, 불행인지—'향토'와 '도시', '전통'과 '현재'의 경계에 위치한 혼종적 지역인—, 부산·경남과 같은 대·중소도시는 문학관의 브랜드 가치와 문화콘텐츠가 지자체의 실질적인 관광 수입원으로 작동하는 경우는 찾아보기 어렵다. 문학관을 통해 직·간접적인 지역 이미지 홍보 효과가 있을 것이나, 그 역시도 미미한 수준이다.

물론, 문학관의 설립과 운영의 목적을 경제자본의 가치 창출에만 두는 것은 문학관의 역할과 기능을 지나치게 협소하게 이해하는 방식이다. 지역 문학관은 '학술·연구 기능, 교육·학습 기능, 문화 체험·홍보 기능' 등[4]을 통해 지역 문학사회와 시민사회의 수평적 통합을 모색하기도 한다. 특히, 지역 주민을 대상으로 한 '작은 도서관', '문학 콘서트' 등의 문화 프로그램은 지역 문학관의 순기능을 보여주는 사례라고 평가된다. 대·중소도시의 원도심에 위치한 부산·경남 문학관에서도 "지역문학의 실천 방안"으로 지역문화의 소통 회로를 다양화하고자 하는 행사가 계획·실현되고 있다. 그러나 지역 주민의 복지 향상을 위한 매개로 문학(관)을 전유하는 문화행정적 발상은 문학관 운영의 기능주의적 한계를 그대로 노정하고 있다는 점에서 신중하게 검토되어야 한다.

그렇다면, 부산지역의 문학관 탐방은 어떤 관점에서 이루어져야 할까.

문학관 개관이 주로 2000년을 넘어서면서 급격하게 증가하고 있는 데는 여러 가지 이유가 있겠지만 무엇보다도 해당 지역 문인들과 지자체들 간의 서로 다른 목적성이 문학관이라는 동일한 공간을 통해 표출된 것으로 보인다. 지역문인들은 지역문학 활성화의 전초기지로서의 문학관의 가치에 주목하고 있으며, 문학관광 사업으로서의 부가가치에 주목하고 있다. 전자는 새로운 세대들에게 문학 정신의 계승과 문학의 활성화와 진작이라는 측면에서 후자는 지역 출신의 유명 문인과 지역 홍보를 연계시킬 수 있는 문화상품으로서 문학관 설립에 적극성을 내보이고 있다.[5]

'지자체와 문인'은 문학관의 설립과 운영에 대한 문제를 넘어서, 문학관이 지역의 문화적 정체성을 표방할 수 있는 브랜드와 콘텐츠라는 데 모두 동의한다. 전자의 경우, "새로운 세대들에게 문학 정신의 계승과 문학의 활성화와 진작이라는 측면"을 활용하고자 하며, 후자는 "유명 문인과 지역 홍보를 연계시킬 수 있는 문화상품으로서 문학관"을 활용하고자 한다. 문학관이 '활용'의 대상이라는 점에서는 차이가 존재하지 않는 것처럼 보인다. 그러나—비록 간헐적인 문제 제기에 그친 것이지는 하지만—, 문학관이라는 존재 조건을 재인식하는 데 있어서, "문인들과 지자체들 간의 서로 다른 목적성이 문학관이라는 동일한 공간을 통해 표출된 것"이라는 입장 차이는 중요한 맥락을 담고 있다.

앞서 살펴본 바와 같이, 부산지역의 문학관은 "문학관광 사업으로서의 부가가치"보다, 지역의 (작고)문인에 대한 '기념' 사업을 통해 지역의 "새로운 세대들에게 문학 정신의 계승과 문학의 활성화"를 위한 "지역문학 활성화의 전초기지"적 성격이 더 강하다. 부산지역의 문학관은 테마형(추리 문학관)과 작가형(이주홍문학관, 요산문학관)으로 분류할 수 있을 것인데[6], 전자는 '문학적 취향/장르'에, 후자는 '지역 사회'와 '지역/중앙 문단'이 맺고 있는 역학 관계를 중심으로 이해되어야 한다. 이것은 문학관이 경제자본과 상징자본의 획득과 투쟁을 위한 복합적 목적 공간이라는 전제에서 출발한다.

> 문학 기념관을 통해 지역의 문화 정체성을 구축하려는 논의는 기본적으로 문화적 향유가 중앙에 집중된 현상을 비판하면서 지역 문화의 활성화를 제기하고 있으며, 이를 위한 거점으로서 '상징적 공간화'(기념관)의 필요를 제기하고 있고, 이를 위한 방법론으로서 지역 문화 자산의 관광 산업화와 디지털 콘텐츠화 등을 중요하게 제기하고 있다. 또 문학 기념관에 관한 논의는 중앙에 종속된 지역의 문화 정체성을 활성화한다는 '차이의 정치학'을 실천하고자 하지만, 동시에 기념을 둘러싼 지역들 사이의 경쟁을 내포하는 딜레마 또한 함축하고 있다. 그런 점에서 문학 기념관을 통해 지역의 문화 정체성을 구축하려는 시도들은 기념의 정치와 지역의 문화 정체성을 둘러싼 복합적인 문제를 고스란히 반복하고 있다고 할 것이다.[7]

지역의 문학관이 "상징적 공간화(기념관)의 필요"에 의해 만들어졌으며, "지역의 문화 정체성을 둘러싼 복합적인 문제를 고스란히 반복하고 있다"는 권명아의 정치한 분석은 중요한 시사점을 준다. '차이의 정치학'을 실천함으로써, 중앙의 호명으로부터 도주하고자 하는 문학관 논의가 "지역들 사이의 경쟁을 내포하는 딜레마"에 빠져있으며, 국민국가의 '주변적' 지역 정체성을 마케팅 전략으로 역이용하고 있다는 주장 역시 타당하다. 하지만 지역 문학관(들)이 지역의 문학 사회/시민사회와 관계하고 있는 특징과 내재적 차이에 대해서는 상세하게 살피지 못하였다.

　　지역 문학관 담론을 형성하는 내적 논리와 담론 효과, 그 견고
한 물질성을 구성하는 공간의 스토리텔링에 대한 본격적인 분석(부
산·경남 지역 문학관 탐방)이 근거리에서부터 시작되어야 하는 것은
이 때문이다.

전시관에서 : '스토리—이야기하는' 문학과 '텔링—말하는' 입으로서의 문학관

　　문학관은 '향토'와 '도시', '전통'과 '현재'의 경계 속에서 '중심'(현
대의 서울)과의 거리두기를 통해 형성·유지된다. 현대 도시사회에서
는 '경험'할 수 없는 자연 경관과 문화적 가치에 대한 동경이, 혹은 그
'거리' 감각이 타지他地로의 '여행'을 가능하게 하는 것이다.[8] 문학관
의 존재 조건이 여행지로서의 '지역'으로 설정되는 순간, 경제적·문
화적 부가가치 생산의 구심점으로서의 지역 문학관은 스스로를 주
변부적 삶/공간의 위치에 배치시키는 존재 방식을 선택하게 된다.
　　지역의 문학관이 중심과 주변의 구도를 자율적인 형식으로 반
복 재생산한다는 사실은 중요하다. 이것은 지역의 자연적·문화적 유
산을 하나의 물질성으로 환원하고자 하는 태도에 기인하기 때문이
다. 지역의 문화적 정체성은 지역 문학관이 표상하는 이미지를 통해
수렴되고 확산됨으로써 중앙에 대한 변별 내용—차이의 서사를 구
성하기 위해 내부적 차이와 경쟁하면서, 내부적 차이를 묵살할 수 있
는 존재 방식—과 상징적 로고타이프(브랜드)를 창출한다. 그렇다면,

부산지역 문학관의 로고타이프는 무엇인가. 시인 안장현이 "부산을 두고 생각하면 요산 김정한 선생과 향파 이주홍 선생은 큰 두 산봉우리이다"[9]라고 언급한 것처럼—테마형 문학관의 성격을 지닌 추리문학관을 제외하고 나면—, '향파 이주홍'과 '요산 김정한'이 될 것이다.

이 두 이름은 부산지역의 문학적 전통을 표상하는 지역문학의 브랜드이며, '이주홍문학관'과 '요산문학관'은 부산지역의 문화적 정체성을 상징하는 표상 공간이다. 두 문학관은 부산·경남 지역의 다른 문학관과 마찬가지로 관광(지)의 콘텐츠를 거의 가지고 있지 못하다. 그럼에도 불구하고, 이주홍문학관과 요산문학관은 '기억'과 '복원'을 통해 '기념'하고 '보존'해야 할 지역의 이름(들)에 대한 스토리텔링이며, 지역문단의 동시대성을 가능하게 하는 근원이자 현재적 가치로 존속하고 있다. 이주홍문학관과 요산문학관은 부산문학의 상징적 이름을 '기억'하고 '추모'하기 위한 기념 공간이다. 이 '기념 문학관'은 역사적 사실과 문학적 감성을 교호시킴으로써 기억의 물질성을 강화한다. '부산문학=향파와 요산'이라는 브랜드는 문학관을 통해 응집성 있게 재현되며, 과거의 숭고함과 현재의 경외감을 만들어내는 장소가 된다.

향파와 요산, 개별적이고 특수한 대상을 공통성과 보편성의 대상으로 수용하게 하는 문학적 주술 행위는 문학관이라는 마법의 성을 찾은 관람객에 주는 스토리텔러의 선물이다. 기억의 전시는 일정한 배열 순서와 방식에 의해 배치된다. 관람객의 동선은 전시물과 함께 연속적인 배열 구조에 놓여 있고—전시물의 연속성은 하나의 서사 속에서 만들어지고 이 서사를 (재)배치하는 주체는 스토리텔러이다—, 스토리텔러가 구성한 서사 속에 관람객의 의식은 재배치된다. 사실과 허구 사이의 긴장감은 '관람'의 과정을 통해 해소된다. 아니, 해소되는 것 같은 오인 메커니즘에 빠진다. 관람은 '구경'의 다른 이름이며, 대상에 대한 인식적 사유보다는 시각적 즐거움에 탐닉하는 방식이다. 구경을 재촉하는 문학관이 비틀어진 도시 스펙터클의 일종이 되어버린 까닭이 여기에 있다. 문학관은 구경의 대상일 뿐, '이해'와 '경험'의 대상이 아니다. 관람객은 종속적인 관계에서 구경의 대상을 '수용'하고 '체험'할 수 있을 뿐이다.

문학관이 선사하는 '구경'과 '체험'의 효용성이란—문학관의 실용성을 강조하는 사람들이 주장하는 것처럼—, 콘텐츠의 밀도를 증명하는 사례가 아니다. 관람객의 유형을 통계학적 방법으로 분류하고, 각각의 유형을 고려한 문학관 운영 프로그램을 개발해야 한다는 연구는 마찬가지 이유에서 문학관의 존재 조건/방식을 이해하는 데 큰 도움을 주지 못한다.[10] 지역 주민을 대상으로 비상시적으로 실시되는 문화 행사(프로그램)의 의미를 과대 포장하는 것은 관람객—시민으로서의 지역 주민, 지역 주민으로서의 시민—, 즉 수용자에 대

한 민주적 문화론을 소박하게 적용한 방식에서 크게 벗어나지 못한다. 이처럼, 수용자 중심주의와 제한적인 통계 결과에 함몰되어 문학관의 '활용' 가능성과 존속 가치를 과잉 해석하고 있는 기능론자들의 입장에는 목소리만 존재하고 구체적인 내용은 결여되어 있다. 이것은 '기념'의 당위와 이름만 창성하고 실질적인 콘텐츠는 텅 비어 있는 지역 문학관의 실상과 너무도 닮아 있다. 문학관에 대한 인식이 지역의 역사적 경험과 문화적 자산을 '활용'하는 기능주의적 문화론에 머무르는 한, 지속 가능한 문화콘텐츠의 개발은 이루어지기 어려울 것이다.

다시, 1층의 데스크를 지나 전시실로 올라간다. 이주홍문학관과 요산문학관은 모두 2층의 전시실에 유품 및 자료를 전시하고 있으며, 작고문인의 집필실을 재현하고 있다. 문학관을 관람의 대상으로 유지시키는 미장센, 즉 인물의 흉상, 의상, 소품(안경, 필기구, 도장 등), 연구노트, 친필 원고, 친필 엽서 등은 19세기 파리의 디오라마박물관이나 밀랍박물관처럼 문학관을 구경의 장소로 만든다. 두 문학관의 서사 구조 속에 박물博物 형식이 존재한다는 사실은 이야기의 사실성과 역사성을 환기시키는 중요한 장치가 된다. 전시실 벽면의 '생애 연보'와 '작품 연보'는 향파와 요산의 삶과 문학 활동을 기록하고 있으며, 전시실 입구와 출구의 경계에서 더욱 핍진하게 구경과 수용을 재촉한다. 특히, 요산문학관의 경우,

생전에 보시던 서적을 비롯, 오갔던 편지나 육필원고처럼 요산을 연구하려 한다면 꼭 한번 꼼꼼히 살필 필요가 있는 물건 뿐 아니라, 주판, 필기구, 가방,

돋보기에 이르기까지 요산 선생의 체취가 아직도 남아 있는 듯한 유품들을 전시해놓고 있었다. 또한 요산 선생의 생애를 좀 더 쉽게 이해하기 위해서 어린 학생들을 위한 만화벽화도 전시관에 큼지막하게 그려져 있어서 학습장으로서의 효과도 기대할만했다. (중략) 그리 높지도 낮지도 않은 요산문학관 건물은 그러하기에 오히려 낮은 자리에서 민중들의 터진 상처와 함께 했던 요산의 문학 태도와 다르지 않아 보였다.[11]

건물의 외관이 "그리 높지도 낮지도 않은 요산문학관 건물은 그러하기에 오히려 낮은 자리에서 민중들의 터진 상처와 함께 했던 요산의 문학 태도와 다르지 않아 보"인다는 매끄러운 묘사 속에서 '저항의 순결성'과 문학 정신을 집약하는 요산문학관의 상징성을 읽을 수 있다. 일제강점기에서부터 현재에 이르기까지, 부조리한 사회를 고발하고 권력에 저항하는 요산 김정한의 삶은 '저항의 파토스'를 공유하는 공간으로 그려지며, 전시실 가장 안쪽의 "어린 학생들을 위한 만화벽화"(출생배경→유년시절→학창시절→일본에 저항한 요산→문학 공부에 몰두함→현실의 안타까움을 글로 표현함→가난한 삶을 그려낸 「사하촌」→독립국가가 되지 못한 서러움)는 한눈에 요산의 인간적 고귀성에 대한 공감과 이해에 도달할 수 있는 스토리와 드라마를 제공한다. 이처럼 부산문단의 정신적 지주이자 리얼리즘 문학의 대표 작가인 요산에 대한 스토리텔링은 '저항'과 '수난'의 연대기를 현재화함으로써 구체화되며, '사람답게 살아라'는 요산 김정한의 전언은 인간 해방의 저항 정신을 간직한 상징적 공간을 구성한다.

요산문학관은 '저항의 파토스'와 '저항과 수난'을 스토리텔링하며, 그것은 부산지역의 사회문화적 정체성을 '저항의 담론'으로 재구성한다. 이미지에서 이야기로—, 다시 이야기에서 이미지로—, 크리스티앙 살몽은 스토리텔링이 '이야기를 만들어 정신을 포맷하는 장치'[12]라고 하였는데, 이처럼 '지역/공간'의 스토리텔링은 '차이의 서사'를 통해 주체의 기억을 관리한다. 문학관은 완결된 이야기 구조 속에서 일정한 질서를 부여받게 되며, 스토리텔링은 수용자의 내적 규율 기제로 작동한다. 문학관의 콘텐츠를 만드는 스토리텔링은 단순한 마케팅 기법이 아니라, 문학관의 표상 체계를 형성하는 스토리(이데올로기)인 것이다.

이주홍문학관과 요산문학관 탐방이 관람(구경)으로 끝나는 것은 아니다. 문학관은 말ᄅ한다. 문학관이라는 신체성에 각인된 이야기의 무늬를 독해함으로써, 지역 문학사회의 욕망과 정치적 배치도를 읽어낼 수 있기 때문이다. 문학관은 지역의 역사적 경험과 문화적 자산을 박제화함으로써 사물화된 대상을 기념하고 '추모'하는 공간인 것만은 아니다. 문학관은 '오래된 현실'을 복원하고 보존하는 공간이 아니라, 서사적 층위에서 '새로운 현실'의 '이야기'를 만들고 소통할 수 있는 말ᄅ하는 입口으로서 발화하기도 한다. 문학관은 고인故人의 기억과 산 자의 욕망이 뒤엉켜있는 세속적 공간이자, 상징투쟁의 장場이다. 우발적인 것이기는 하지만, 문학관은 지역 문학사회에 내재한 모순적 균열점을 응시함으로써, 스토리텔링이라는 기획된 생산 공정에 구멍을 내는 '말ᄅ하는 입口'으로서의 잠재성을 내재하고 있다. 물론, 진실의 언어가 농담 속에서만 가능한 것처럼, 우리는 단지 심해를 유영하는 고래처럼 잠시 수면 위로 떠오른 추문을 통해서만 그 사실을 만날 수 있을 뿐이다.

　　요산문학관과 이주홍문학관이 상징자본을 소유하기 위한 문화 정치의 표징 공간으로 존속되거나, 혹은 소거될 상황에 놓여 있다는 사실을 통해 그 증상의 일부를 읽을 수 있다. 전시실 밖으로 나와서 '요산문학관'의 입구에 서면, "요산 정신의 계승을 위하여 신생 탄생 100주년에 세우다"라는 상징적 조형물(흉상)과 마주하게 되며—사진에서 확인할 수 있는 것처럼, '사람답게 살아라'는 요산의 전언이 새겨진 벽면과 탄생 100주년 기념 흉상(뒷면)의 기념 문구는 정확하게 마주보고 있다—, 그 자리에서 우리는 요산문학관과 요산기념사업회를 둘러싼 몇 가지 추문과 대면하게 된다.

> 요산기념사업회의 주도로 생가를 복원한 데 이어 문학관을 개관하고, 탄생 100주년을 기념하여 문학관 뜰에 흉상도 건립했다. 그러나 전집의 간행 과정에서 요산기념사업회 측이 보여준 문학예술에 대한 몰이해도 간단하게 짚고 넘어가야겠다. 편집위원들이 최종 교열하여 출판을 의뢰한 내용인데도 아무런 협의 없이 단행본 책자의 겉표지에서 편집위원들의 이름을 삭제하고, 뒤늦게 케이스를 만들어 이를 대체한 것은 상식 밖의 일이다. (중략) 앞으로 시설이나 상징적인 조형물의 건립 못지않게 전집의 간행으로 촉발될 수 있는 후속 일거리가 여럿 남아 있다. 이것은 문학행정의 전문성이기도 하다. 우선, 요산문학관 홈페이지와 2층 전시실 한 벽면에 기술되어 있는 '생애연보'의 내용을 전집 발간과 연동하여 새롭게 재구성할 필요가 있다. 자전 기록이 작품을 압도하는 일을 방지하고, 절필과 문단복귀 담론으로 구축된 작가상 속에서 실존적 개인으로서 '인간' 김정한을 발견할 수 있는 계기를 마련할 수

있는 까닭이다.[13]

요산기념사업회가 『김정한 전집』(작가마을, 2008)의 발간 과정
에서 편집위원과 "아무런 협의 없이 단행본 책자의 겉표지에서 편
집위원들의 이름을 삭제"한 사실이다. 차후, 편집위원들의 문제 제
기로 인해 "케이스를 만들어 이를 대체"하였으나, 요산문학관의 홍
보물에 여전히 「김정한 전집」(2008년-요산기념 사업회 작가마을)"이
라고 전집을 소개하고 있는 것으로 보아—케이스 제작 이후의 사진
이 수록되어 있음에도 불구하고—, 처음부터 편집위원을 배제하고
요산기념사업회를 전면화하고자 하는 의도를 숨기지 않았다는 사
실을 확인할 수 있다. 문제는 이것이 서막에 지나지 않았다는 것이
다. 2009년 10월 부산작가회의와 요산기념사업회는 '요산문학제' 주
관 단체 여부를 두고 공방을 주고받는다. 표면적으로는 '기념'과 예
산 운영의 주체에 대한 문제 제기였으나, 그 속내는 지역의 문화 정
체성을 가장 잘 드러내주는 상징자본을 독점하기 위한 상징 투쟁이
었다고 할 것이다. '요산'이라는 '이름'을 사수하기 위한 지역문인 단
체와 기념사업회 측의 갈등이 최고조에 도달한 이 사건은—사건의
경위와 진위, 그 잘잘못은 차치하고서라도—, 결국 부산작가회의와
요산기념사업회가 결별함으로써 일단락되었으나 양쪽 모두에게 큰
상처를 안겼다.[14]

이제, 요산은 그가 몸담았던 지역문학 단체는 물론이고, 전집
발간을 위해 문헌 연구와 편찬 작업을 도맡은 연구자(편집위원)에게
조차, 쉬 허락되지 않는 이름이 되었다. 대상에 대한 지나친 애정은

나르시시즘에 불과하다는 사실, 그 사랑이 진실한 것이라고 말하더라도 대상에 대한 온전한 이해가 동반되지 못한 것이라면—그것이 불가능하다는 사실을 잘 알기에—, 묵살과 폭력에 다를 바 없다는 점을 잊지 말아야 한다. 지역의 문학관이 반드시 지역문화의 거점 공간이 되어야 하는 것도 아니며, 더욱이 지역문단의 참호나, 지역 사회의 문화정치적 요새가 되어서는 더더욱 안 되기 때문이다.

출구에서, 아니 미로에서

이주홍문학관과 요산문학관은 부산시 동래구와 금정구에 위치해 있어 원도심 문화 공간의 재창조 가능성을 지니고 있다. 온천장과 범어사를 연결하는 워킹로드의 출발/도착점으로서 문학관의 가치는 재발견될 수 있을 것이며, 중심으로부터 거리두기를 통해 형성된 '여행지'가 아닌, 도심의 근접 공간에 위치한 '거주지'로서의 문화 공간으로 재탄생할 수도 있을 것이다. 그러나 지역 문학관의 설립과 운영, 문인과 시민의 참여 가치를 경제자본과 문화자본의 창출에만 두는 것은 위험한 일이다.

요산문학관은 지역문단과 문화정치의 최전선에서 줄타기를 하고 있다. 요산에 대한 공평무사한 평가와 해석이 이루어지를 기대하는 연구자의 기대는 여지없이 배반 당하고 있다. "1946년 한동안 붓을 꺾었다가 다시 작품 활동을 시작해 「모래톱 이야기」, 「제3병동」, 「수라도」, 「인간단지」, 「슬픈해후」 등 주옥같은 작품을 남기셨으니다"(요산문학관 홍보물, 7쪽)라는 '절필絶筆' 담론의 반복과 생산이 견고하게 유지되고 있기 때문이다. 요컨대, 요산의 '절필' 문제는 요산이라는 한 개인에 대한 윤리적 비판이나 브랜드 가치의 훼손이 아니다. 오히려 그것은 '실존적 개인으로서 인간 김정한'을 발견하는 과정이다. 문학관이 요산에 대한 폭넓은 시각을 지닌 연구와 비평에 너그럽지 못할 때—작가에 대한 비판적 연구와 비평은 소통의 현상학이기에—, 문학은 문학관으로부터 소외되고 문학관은 문학으로부터 단절되는 아노미 상태에 빠질 수밖에 없다.

그러나 요산문학관이 자본과 문학, 해석과 정치를 매개하는 상징 투쟁의 공간으로 존속하고 있는 반면, 이주홍문학관은 지역 문인과 지자체의 무관심과 소외 속에서 '폐관'이라는 웃지 못할 상황에 직면해 있다.

1만여 점의 원고와 편지, 고인이 사용하던 만년필 등의 유품 전시실은 물론 세미나실 등도 갖춘 이 문학관에는 1주일 평균 200여 명의 시민들이 찾는 등 한국 근·현대 문학의 산 역사를 보여주는 대표적인 공간으로 자리매김했다. 하지만 이주홍문학관은 그동안 발생한 직원의 횡령과 운영비 부담 누적 때문에 부채가 급증, 현재 심각한 경영 위기에 직면해 있는 상태다. 더욱이 지난 2007년 주민들을 위한 작은 도서관을 건립하기 위해 문학관 부지 등을 담보로 인근 부지를 매입했으나 결국 도서관 건립이 무산되면서 매입비에 대한 이자 부담이 현재 눈덩이처럼 불어났다. (중략) 이주홍문학관이 문을 닫을 경우 이곳에서 보관 중인 모든 자료는 합천군이 19억 원을 들여 올해 말 용주면에 개관하는 이주홍 아동문학관으로 이전, 부산의 소중한 문화유산인 향파의

유물들은 부산을 떠나게 된다.[15]

지역주민을 위한 복합 문화 공간인 "작은 도서관 건립"이 무산됨으로써, "모든 자료"가 경남 합천군의 '이주홍 아동문학관'으로 이전하게 될 상황에 처했다는 것이다. 새삼 언급하지 않더라도 향파 이주홍이 부산지역 문학사회에서 차지하는 위상은 적지 않다. 그럼에도 불구하고, 향파 이주홍에 대한 대접은 부산지역의 토박이 문인인 '요산 김정한'과는 사뭇 대조적이다. 과연, 이주홍문학관은 부산을 떠날 것인가. 이주홍문학관의 행방은 지금 미궁 속에 빠져 있다.

이 와중에도, 새 문학관('부산문학관')에 대한 논의가 한창이다. 지역의 브랜드 창출과 문화콘텐츠 생산이라는 공정은 지금 이 시간에도 이루어지고 있는 것이다. 지역의 문학관이 도시문화산업의 대상으로 '활용' 가능성을 부여받는 순간, 지자체의 관심과 재정 지원도 활발해질 것이다. 그러나 도시개발 전략의 순기능 창출보다 중요한 것은 문학관의 존재 조건을 반성적으로 사유하는 것이다. 문학과 자본의 이중주, 그 경계에서 우리가 잊지 말아야 할 것은 다시 문학(들)이기 때문이다.

에필로그 : 지역/문학의 분투와 분열

4부.

Local
Trouble

시/삶의 곤혹 : 시적 실천의 양상과 자기 분열

문학과 실천 : 5·7문학회 30주년의 의미

1985년 5월 7일. 호헌 철폐를 주장하는 부산의 진보적 문학인들이 동광동 화국반점에 모였다. 군사정부의 어용집단이 되어가고 있던 지역 문인단체와 결별하고, 유린된 헌정 질서와 사회적 가치를 회복하기 위한 만남이었다. 하지만 이 만남은 단순한 문인 모임이 아니라, "부산지역에서 처음"으로 "진보적 문인단체"[1]가 융기하는 문학사적 사건이었다. 5·7문학협의회(이하 5·7문학회)는 이렇게 탄생하였다.

요산 김정한은 "230여 명을 자랑하는 부산문인협회 회원들"이 있었지만, 전두환 정부의 "4·13 조치에 반대 서명한 부산문인"은 "5·7문협에 가입한 문인들뿐"(『문학과 실천』 발간사)이라고 말하였다. 하지만 5·7문학회의 출현을 두고, '진보/보수'라는 속악한 현실 정치적 이분법을 작동시키는 것은 옳지 않다. 왜냐하면 올해로 결성 30주년을 맞이하는 5·7문학회의 참된 의미는 현실 정치적 맥락의 복원이 아니기 때문이다. 5·7문학회의 가치는 이념적 기치에 있는 것이 아니라, 문학을 통해 '폭압의 시대'를 돌파하고자 했던 부산 문학인들의 저항 정신과 탈권위주의적 지향에 있다.

　물론, 이 글의 목적은 5·7문학회의 의미와 위상을 다루는 데 있지 않다. 그럼에도 불구하고—부산의 시적 경향을 소개하기 위해—, 5·7문학회를 경유할 수밖에 없는 것은 '부산'이라는 공간을 저항의 최전선으로 구축하고자 한 부산 문학인들의 분투가 그 속에 담겨 있기 때문이다. 이것은 5·7문학회의 부정기 간행물『토박이』에서 잘 확인할 수 있다.『토박이』1·2집의 제호는 각기 "부산, 우리들의 일터"와 "부산, 공동체를 위하여"이다. 이것은 우연이 아니다. 요산 김정한은 "동보서적과 5·7문학회가 여러 가지 어려움을 겪으면서『토박이』제2집으로『부산, 공동체를 위하여』를 내게 되었다는 것은 향토문화의 발돋움"을 의미하는 것이라고 썼다. 그는 5·7문학회의 창립과 무크지 발간이 "지방 경시의 여러 가지 환경"을 극복하고, "지방문화의 촉진"을 가속화하는 문학사적 사건이라고 보았다.

　즉, 요산 김정한은 5·7문학회의 탄생이 지방주의와 정치·문화적 권위주의를 극복할 수 있는 문화 혁명의 신호탄이었음을 의심하지 않았던 것이다. 이른바 부산발 문화혁명. 그러니, 5·7문학회 창립 30주년의 의미를 되짚어보고, 그 가치를 재인식하는 일은 '부산/문학'의 저항적 이정표를 재모색하고자 하는 노력과 무관하지 않다.

　그러나 5·7문학회의 여정은 그리 순탄치 않았다. 동보서적과 함께 발간하는『토박이』2집이 판매금지를 당하였으며, 여러 문학인이 당국의 요시찰 인물이 되었다. 하지만 5·7문학회는 여기에 굴하지 않고, 오히려『문학과 실천』이라는 새로운 무크지를 창간하기에 이른다. '문학과 실천'이라는 선명한 제호에서 확인할 수 있듯—'요산 김정한'이라는 저항적 표상의 자장 속에서 출발한—, 5·7문학회의 기본정신은 문학의 실천적 가능성을 모색하는 데 있었다. 즉, 『문학과 실천』은 문학이라는 것이 기존의 지배질서나 감각체계를 승인하고 재생산하는 사회적 기제가 되어서는 안된다는 해방의 선언문이었던 셈이다.

그렇다면, 5·7문학회의 기본 정신이 부산지역의 진보적 문학운동을 추동해온 동력원이자, 또 그것을 가능하게 한 뿌리라는 사실은 부정할 수 없다. 아니, 부정해서도 안된다. 올해, 5·7문학회 결성 30주년을 맞이하며, 소박하게나마 그러한 의의를 기념하는 행사가 열린 것은 그래서 더욱 각별하다. 아마, 5·7문학회의 탄생이 의미 있는 사건으로 기억될 수 있다면, 이는 5·7문학회가 부산의 문학 정신을 대표하는 단체이기 때문이 아니라, 동시대의 사회적 상처와 억압을 치유할 수 있는 문학적 자유 정신을 온몸으로 보여주며 기록하고자 했기 때문일 것이다.

그렇다면, 5·7문학회가 갈망했던 문학과 삶의 자유는 회복되었는가? 또 그것은 '시적인 것'을 통해 구현되고 있는 것인가? 이 글은 논의의 편의를 위해, 5·7문학회에 참여했던 창립회원 28명[2]과 그 이후 5·7문학회에 참여한 일부 시인의 근작시를 중심으로 부산의 시적 실천 양상을 살펴보고자 한다.

시의 성찰 : 타인의 고통을 감지하는 시적 실천

시는 지금까지와는 다른 감성의 방식을 직조하고, 이를 통해 우리 삶을 재구성하는 새로운 '사고'와 '감각'을 창안한다. 지배질서에 의해 규제되고 자동화된 언어/감각 체계야말로 시인에게는 '적대의 대상'이다. 그래서 시인은 우리 사회의 기율 언어/감각과의 지난한 대결을 피할 수 없는 존재이다. 이를 그저 시인의 숙명이자 천형이라고만 말하는 것은 무책임하다. 왜냐하면 시 창작은 그 자체로, 시인의 세계관이나 시적 윤리와 무관하지 않기 때문이다. 시가 개인의 정서를 표현한다는 이유로, 독자를 값싼 감상주의로 내몰아서는 안되는 것 역시 같은 이유라고 하겠다.

프랑코 베라르디 비포는 '감성'과 '감수성'을 구분하며 이를 설명한다. 감성이 일상의 언어적 규칙과 통사적인 정보를 자동화해 수용하게 하는 감각체계라면, 감수성은 일상적인 흐름 속에서는 보이지 않는 것들을 새롭게 감각하고 해석할 수 있는 감지능력을 의미한다. 감수성을 표기하는 'sensibility'는 감성으로 번역되는 'sensitivity'와 달리, 말로 하지 못하거나 눈에 보이지 않는 것들을 가시화해 이해할 수 있는 능력자질('ability')을 포함하고 있다. 그래서 감수성이 충만한 사람은 남들이 보지 못하는 것에도 관심을 기울이며, 다른 사람이 쉽게 이해하지 못하는 타인의 슬픔까지도 섬세하게 감각할 수 있는 것이다.

특히, 비포는 시, 혹은 시적인 것이야말로 이와 같은 감수성을 활성화하는데 기여한다고 보았다. 신진과 조성래의 시에서 이에 대한 예를 확인해 볼 수 있다.

> 오색 탄산 약수터 매몰되었다
> 같은 날 이스라엘 미사일 레바논 폭격
> 홀로 비 맞으면서 밤을 새운
> 노인의 눈 미사일
> 강원도 흙더미에 일그러지는 중동의 눈
> 물난리에 전기 끊기고
> 어둠으로 가린 미사일
> 눈 큰 소년의 소총이 다 다 다 다시
> 꽈앙! 미제 미사일
> 흙더미에 아들 형체 잃은
> 노파의 몸에 밴 체념
> US 군사와 시아파 전사가
> 부둥켜안은 채 불탄 사막 미사일
> 전기 끊어진 도막난 도로
> 찌지직! 폭격에 찢어지는 파리 한 마리
> 질린 눈 잘린 목
> 같은 날
> 살아남았다, 나는 스마일
>
> —신진, 「같은 날」 전문[3]

　　신진 시인의 여덟 번째 시집 『미련』은 세월의 무게를 담고 있는 책이다. 삶의 순리와 이치를 자연에서 찾고, 또 사람의 마음을 넉넉히 품고자 하는 따뜻한 시선이 빛난다. 하지만 『미련』이 세상을 품 넓게 이해하고 관조하는 데만 그쳤다면, (자의든 타의든) 이 시집은 아마 큰 의의를 부여받지 못했을 것이다. 「같은 날」이라는 시를 중심으로 해서 논의해 볼 수 있을 듯하다.

　　이 작품은 집중호우로 매몰된 오색약수터의 처참한 풍경과 이

스라엘이 미사일로 레바논을 폭격하는 무시무시한 장면을 오버랩시키고 있다. 하지만 시적 화자는 이 두 가지 사건이 겹쳐 읽을 수 있는 사건인지 아닌지를 질문하고 있지 않다. 시「같은 날」의 시적 화자는 TV뉴스의 시청자이다. 24시간 방송되는 헤드라인 뉴스를 보는 시적 화자는 마치 재난 영화나 전쟁 영화를 보듯 뉴스를 시청한다. 그것은 계속 채널을 바꿔가듯 시행이 섞이고 교차되는 표현에서 잘 드러난다.

우리가 주목해야 하는 것은, "비 맞으면서 밤을 새"우고 있는 오색약수터 마을주민의 고통, 그리고 "폭격에 찢어지는 파리 한 마리"와 같은 상황에 처해 있는 레바논 국민들의 고통이 시청자(시적 화자)와 이격되어 국가/지역의 반대편에 위치된다는 점이다. 타인의 고통이 자기 안전의 기제로 치환되는 것. TV뉴스는 이렇게 두 가지 재앙이 시청자 자신과는 무관한 사태임을 증명하고 확인하는 계기로 작용하고 있다. 이는 시의 마지막 장면에서 시적 화자가 "같은 날/ 살아남았다, 나는 스마일"이라고 안도하는 데서 확인할 수 있다.

텔레비전은 다른 국가/지역의 고통을 화려한 영상 기술을 통해 생중계한다. 타인의 고통이 마치 19세기 프랑스의 모르그morgue와 같이 생생하게 전시되고 있는 셈이다. 하지만 역설적인 것이 있다. 시청자는 타자의 고통에 자신의 감정을 이입한다고 하더라도, 종국에 자신이 그 자리에 위치해 있지 않다는 것에 안도감을 느끼며 뉴스를 계속 시청하게 된다는 것이다. 왜냐하면, 타인의 고통은 손쉽게 망각되기 때문이다. 이때 시적 화자는 타국과 타지역에서 발생한 재앙과 재난을 관람하는 '구경꾼'이 된다. 「같은 날」이라는 시는 이러한

거리감과 안도감이 과연 '윤리적인 것'이냐 하는 물음을 담고 있는데,
이는 조성래의 시에서도 확인할 수 있는 부분이다.

> TV 화면 속
> 아프간 꼬마 둘이
> 찌그러진 깡통 들고
> 황무지를 헤맨다
> 폭격에 무너진 지평선을 배경으로
> 부모 잃고
> 먼지투성이의 맨땅, 먹을 것 없어
> 풀이라도 뜯어
> 끓여 먹기 위해……
>
> —아파트 거실에 누워 그걸 바라보는
>   포식한 남편의 배가 남산만하다
>
> —조성래, 「전쟁과 평화」 전문[4]

조성래 시인의 「전쟁과 평화」는 TV의 안과 바깥, 그리고 보이는
자와 보는 자의 시선/경계를 더욱 선명하게 구분하고 있다. 잘 알다
시피, 시선은 권력이다. "찌그러진 깡통"을 들고 있는 꼬마와 "포식"
해서 "배가 남산만"해진 남편은 상호 대립적 위치에 놓이는 것이 아
니라, 위계적인 공간 속에 배치되어 있다. 전쟁의 공간과 평화의 공
간, 혹은 위험한 장소와 안전한 장소, 그리고 너의 공간과 나의 공간
에 이르기까지. 이 선명한 경계 구획은, 주체가 타자의 고통을 '다른
장소'의 일로 인식하게 하며, 또 눈감게 만든다. 그래서 '우리'는 저녁
식사를 하거나 "아파트 거실에 누워"서도 얼마든지 재난/재앙의 소
식을 "바라"볼 수 있는 것이다.

수잔 손택이 이야기한 것과 같이, 정말 이 세상은 각종 전투와 테러, 심지어 대량 학살 장면까지도 "가정에서 작은 화면으로 즐길 수 있는 오락거리"[5]로 소비하고 있는 것일까? "황무지"가 되어버린 "아프간"의 풍경을 가정에서 편리하게 송신 받아 공유하는 일상을 보면, 이미 '타자의 고통'은 매스미디어 문화의 일부가 되어버린 것처럼 보이기도 한다. 정말 문제적인 것은, 현대인들이 '고통의 이미지'를 그저 다른 국가나 지역의 특별한 사건이나 정보 정도로 치부하고 수용한다는 것이다. 이는 대중매체에 노출되어 있는 현대인들이 얼마나 타자의 고통에 대해 무감각하고 무관심한지를 보여주는 증례이다.

이 시가 특히 흥미로운 것은, 방송뉴스를 보는 시청자의 위치가 이미 결정되어 있음을 알려주기 때문이다. 카메라에 포착된 타인의 고통은 스펙터클과 같이 시청자의 눈앞에서 펼쳐지지만, 동시에 뉴스를 '보고 있는 자'를 고통의 현장에서 분리한다. 하지만 사람들이 타자의 고통에 무감각해지는 현상—신진 시인의 「같은 날」에서 본 것과 같이—이 대중매체의 스펙타클 효과 때문만은 아닐 것이다. 왜냐하면 조성래 시인이 "포식한 남편의 배가 남산만하다"라고 조롱 섞인 자기 성찰을 보여주고 있는 것과 같이, 이를 단순히 스펙터클 사회의 문화적 현상으로 이해하고 넘어갈 수만은 없기 때문이다.

위의 두 작품에서 보듯, '우리'에게는 타자의 고통에 눈을 감지 않는 보편적인 윤리 감각이 필요하다. 가라타니 고진은 이를 세계 질서에 순응하는 '도덕'과 구분하여, 세계 시민에게 요구되는 '윤리' 의식이라고 불렀다. 혹시, 그것이 시적인 감수성을 통해 복원해야 하는 공동체의 감각sensibility은 아닐까.

시의 척도 : 새로운 빈곤과 거짓 희망을 폭로하는 시적 실천

수잔 손택은 『타인의 고통』에서 "타인의 고통에 눈을 돌리는 것이라면, 더 이상 '우리'라는 말을 당연시"할 수 없다고 쓴 적이 있다. 타인의 고통을 감지하고 이해할 수 있는 윤리 감각, 그것이 바로 시를 통해 회복할 수 있는 시적 감수성이다. 1980년대 부산지역의 시문학 운동을 주도하였던 최영철 시인의 열 번째 시집 『금정산을 보냈다』[6]는 기술시학의 한계를 넘어서는 서정의 경지가 어떤 것인지를 잘 보여주고 있다.

배추 한포기 오백원입니다 허리 한 번 숙인 값 오원입니다 땅을 향해 절한 값 오원입니다 비지땀 한 방울 오원입니다 도어보이 치어걸 하루 삼만원입니다 허리 숙여 웃어준 값 삼만원입니다 오서 오라 또 오라 인사한 값 삼원입니다 손 한 번 내어준 값 십만원입니다 가슴 한 번 드러낸 값 백만원입니다 지랄 발광 물리치지 않은 값 천만원입니다 요리저리 배팅 한 번 억입니다 아무렇게나 내던져 굴러온 십억입니다 밑져도 그만이라고 던져놓은 오십만원입니다 한 끼 오백원입니다 오만원입니다 오십만원입니다 저 동냥치 눈물 한 방울 백원입니다 저 흑장미 요염한 웃음 한 번 억입니다 백의 눈물과 억의 웃음 뼛속 깊이 사무칩니다

—최영철, 「향긋한 양극화」 전문

이 작품은 한국 사회가 처해 있는 양극화 현상을 위트 있게 비판하고 있는 작품이다. 육체노동의 가치는 땅에 떨어져버렸다. "배추"를 생산하기 위한 용역이나, "서비스"를 제공하기 위해 활용되는 용역은 더 이상 가치 있는 '노동'이 아니다. 시인은 이러한 현실을 '노동의 교환 가치' 상실에 빗대 표현하고 있다. "허리 한 번 숙인 값"이 "오원"인데 비해, "요리저리 배팅 한 번"에 "아무렇게나 내던져 굴러" 온 돈이 "억"이나 "십억"이 되는 현실은 부조리하다.

이 시의 서술 전략이 특이한 것은, 양극단의 사례를 내포독자와 함께 실제 독자가 체감하게 하는 방식을 선택하고 있다는 점이다. 이는 아마도 양극화되어 있는 우리 사회의 모습을 현실감 있게 감각할 수 있도록 하기 위한 것일 테다. 하지만 부의 축적이나 증식 여부에 따라 양극단으로 갈라지는 삶이 "향긋"한 이유는 무엇일까?

근대 초기 자본주의 사회를 유지할 수 있었던 가장 큰 동력원은 노동(력)이다. 부를 소유한다는 것은 건강하고 성실한 노동을 통해서만 가능한 것이었고, (케인즈나 타일러 식의 자기 관리형 체계에서 알 수 있듯) 노동하지 않는 인간은 자본주의 사회 구성원으로서 제대로 기능할 수 없었다. 하지만 후기자본주의 사회에 이르러, 노동윤리는 크게 퇴색하였다. 기호자본주의와 금융자본주의 하에서, 노동은 더 이상 자본을 창출할 수 있는 수단이나 능력이 아니다. 자본은 노동을 배제한 상태에서도 부를 '축적'하고 '자가 증식'시킬 수 있는 능력과 시스템을 갖추게 되었다. 즉, 노동과 노동자 없는 부의 축적과 재생산이 가능하게 된 것. 그러니 "허리"를 아무리 "숙여"서 일을 한다고 해도, 또 손님을 향해 크게 "절"을 하거나 "비지땀"을 흘리더라도,

노동자들의 삶은 개선되지 않는다. 지그문트 바우만은 이와 같은 현상을 두고 "새로운 빈곤"의 시대라는 표현을 쓰기도 했는데, 최영철 시인에게는 이것이 '양극단'의 시대인 셈이다.

　사회 구성원들이 건강한 노동에서 희망을 찾을 수 없게 되었을 때—맑스 베버 식의 표현을 빌리자면—, 사람들은 '노동하는 인간형'에서 손쉽게 '도박하는 인간형'으로 이행한다. 성실하게 고단한 노동을 반복한다고 하더라도 자기 삶을 개선할 수 있을 만큼의 '부의 증감'이나 '배분'이 이루어지지 않기 때문이다. 이와 같은 상황에서 "지랄발광"하듯, "요리저리 배팅 한 번"으로 "억"을 벌 수 있는 대박의 꿈에 포섭되는 것은 어쩌면 자연스러운 사회 현상일지 모른다. "백의 눈물과 억의 웃음", 즉 부의 소외와 축적이라는 "그 먼 거리를 넘나"들 수 있다는 환상은 그래서 너무나 자연스럽게 리얼리티를 획득한다.

　하지만 노동의 가치를 단절시키고, 사행성 행위를 통해 '인생역전'을 기약하는 것은 자본의 논리를 어긋내는 것이 아니다. 오히려 그것은 '금융적 기호 놀음'을 통해 자본을 융통하고 축적하는 후기자본주의 사회의 질서와 흐름에 편승하는 행위이다. 하지만 그렇다고 해서, 이 시가 도박에 빠진 개인의 무절제함을 비판하고 있는 것은 아니다. 「향긋한 양극화」는 사적인 사행 심리에 대한 우려를 담은 시가 아니라, 우리 사회 전체가 "흑장미"의 "요염한 웃음" 속에서 "한 번"에 부를 축적("억")하는 데 골몰하고 있는 '확장된 카지노'와 다르지 않음을 비판하고 있는 작품이다.

　물론, 이보다 더 흥미로운 것은, 최영철 시인이 '양극단의 시대'를 자조하거나 비판하는 데 그치지 않는다는 점이다. 현대 자본주의

사회는 노동하는 자와 노동하지 않는 자, 자본의 분배에서 소외된 자와 자본을 손쉽게 축적하는 자, 저소득층과 고소득층 등으로 분열되어 있다. 시적 화자의 시니컬한 어조에서 확인할 수 있듯, 시인은 그 양극단의 경계와 "거리"가 넘어설 수도, 좁힐 수 없는 삶의 간극으로 기능하고 있다고 말한다. 또 그 간극은 우리 사회가 치유해야 할 사회심리적 병리 '증상'을 의미하는 것이지만, 우리 사회는 마치 이러한 "현상"을 당연한 것처럼 인식하고 있다는 것이다.

여기에서 시인의 궁극적인 비판이 성립한다. 최영철 시인의 시선을 쫓아가면, "백의 눈물과 억의 웃음"은 분명 좁힐 수 없는 '절대적 거리'이다. 하지만 속물적 자본주의는 마치 "그 먼 거리"를 손쉽게 "넘나"들 수 있는 것처럼 "향긋"하게 조작하고 있다. 즉, 이 "세상"은 양극단의 거리 감각을 "은폐"하는 허위의식들로 가득 차 있는 세계임에도 불구하고, 우리는 '향긋한 인생역전'의 꿈 속에서 그것을 직시하지 못하고 있는 것이다. 그렇다면 허위의식으로 가득 찬 이 세계에서, 시는 도대체 무엇을 할 수 있을까?

주지하다시피, 시는 양극화된 삶의 거리를 좁히거나 그 간극을 메우기 위해 존재하는 것이 아니다. 오히려 양극화되고 분열되어 있는 삶의 거리를 가시화하고 가늠할 수 있는 삶의 척도를 정립하기 위해서 시는 존재한다. 즉, 시는 오히려 (소수의 대박신화와 같은) '인생역전'의 판타지를 정식화하는 국가자본주의의 이데올로기에 맞서는 문화 형식인 것이다. 그렇다면, 과연 동시대의 시는 그것을 제대로 수행하고 있는가? 「한국문학 생생 프로젝트」라는 작품에서 의미 있는 문제 제기를 찾아볼 수 있다.

집 근처 폐가로 방치된 군인아파트
나는 날로 기울어져가는 그걸 바라보며
날로 기울러져가는 우리 문학을 생각했던 것인데
그걸 정부보조금으로 빌려 한국문학 부활 프로젝트
간판 붙이면 어떨까 하는 생각을 했던 것인데
(중략)
나는 가끔 그런 얼토당토않은 생각을 해보았던 것인데
군인아파트 거기에는 지금 한국문학이야 죽든 말든
아주 멋진 고층아파트가 들어서고 있는 것인데
누구보다 먼저 한국문학이 그 로열층에 짐을 풀고 있는 것인데

—최영철, 「한국문학 생생 프로젝트」 부분

「한국문학 생생 프로젝트」라는 시는 웃음과 씁쓸함을 동시에 준다. 이 작품은, 시를 "잘 써야 하는데 배가 불러지면서 잘 못 쓰고 있는 놈"이나 "잘 쓸만한데 뚜렷한 전기가 없어 허송세월하는 놈" 중에서 "백 명"을 골라서, 폐가로 방치된 군인아파트에 감금한 후에 두들겨 패서라도 제대로 시를 쓰게 만들어야 한다는 기막힌 상상력을 보여준다. 처음 읽을 때는 다소 놀랍기도 하지만, 다시 작품을 읽어보면 시인의 진정성을 느낄 수 있다. 국가자본주의의 허위의식을 폭로하고 그 상징 질서를 어긋낼 수 있는 것은 시인밖에 없는데, 도대체 동시대 시인들의 시적 분투가 못 마땅하다는 것이다.

한국문학이 서둘러 "짐을 풀"어야 하는 "로열층"(폐가 군인아파트)에, 이미 "한국문학이 죽든 말든/ 아주 멋진 고층아파트가 들어서고 있"다는 시인의 안타까움은 절박하고 절실한 것이다. 문학이나 문화가 자리해야 할 장소조차도 이미 자본이 침투해 있다는 우회적 비판으로, 이는 「못할 짓이 없구나」와 같은 작품에서 더욱 노골적으

로 드러난다. 최영철 시인의 이러한 시작 태도는 그의 작품 주조를 이루는 것이자, 독특한 시적 실천 양상을 보여주는 것이다. 하지만 최영철 시인은 당대 시인들의 시적 저항 가능성을 낙관하지 않는다. 그래서 그의 시는 사회적 환부에 향수를 뿌려 상처를 봉합하는 '거짓 희망'의 치유술을 폭로하는 역할을 도맡을 수밖에 없는 것이다.

시적 분투와 분열 사이에서, 우리가 성찰해야 하는 것

시는 세계와 언어의 관계를 새롭게 인식하는 데서부터 출발한다. 언어는 세계(혹은 사물)를 규정하는 사회적 약속(혹은 규율)을 매개로 소통된다. 기호와 사물의 내적인 합의가 가상의 속성을 통해 구축된다면, 기호와 사물의 외적인 매개는 언어공동체의 협약을 통해 매듭짓어지는 것이 의사소통의 일반적 규칙이다. 하지만 시적 언어는 기호와 세계(사물)의 내적인 속성을 거부하는 동시에, 언어 바깥의 사회적 약속 역시 거부한다. 즉, '시적인 것'이란 세계(사물)와 기호의 사회적 약속을 파기하고 전복하는 데서부터 출발하는 것이다.

그렇다면, 시적 언어 혹은 시적 대화는 의사소통 이론에서 이야기하는 '대화'의 차원을 넘어서는 것이다. 의사소통의 규칙과 구분되는 시적 대화에 대해서는 자크 랑시에르의 논의를 참조할 수 있다.[7] 『정치적인 것의 가장자리』를 옮긴 양창렬은 자크 랑시에르가 '시적 대화dialogique'를 강조하고 있다고 말한다. 이는 바흐친의 대화주의dislogisme를 상기시키지만, 사실 러시아 시인 오시프 만델슈탐의 시적 대화에 더 가까운 개념이다. 러시아의 릴케라고 불리는 만델슈탐은 시집『아무것도 말할 필요가 없다』에서, 시인은 "아무것도 배울 필요가 없"기 때문에 아예 "아무것도 말할 필요가 없"으며, 또 그래서 "아예 말할 줄도 모"[8]르는 존재라고 쓰고 있다.

시인 만델슈탐에게 '배움'이 요구되지 않는 이유는, 언어 학습이 사물과 언어의 일의적 관계를 확정하는 과정이기 때문이다. 왜냐하면 통상적인 의미에서의 의사소통 훈련은 특정한 사회 규칙에 맞게끔 언어의 의미와 용법을 이해하고 학습하는 과정이기 때문이다. 이에 비해, 시인은 오히려 사물과 기호의 관계(협약)를 어긋내는 존재이다. 그러니 시인만큼은 지배질서의 언어/감각을 학습하는 과정, 다시 말해 특정 대상을 식별하고 배치하는 훈육 과정('배움')이 필요하지 않은 셈이다. 이와 같은 논지는 랑시에르의 다른 저작『무지한 스승』에서 더욱 심화된다. 정리하자면, 랑시에르에게도, 만델슈탐에게도, 시는 어떤 규칙적인 장르적 특질이나 사회적 협약이 아니다. 이것은 오히려 "무언의 말la parolemuette"에 가깝다. 문학, 혹은 시라는 것은 특별한 고유성을 갖추고 있는 예술장르를 의미하는 것이 아니라, 그와 같은 '고유성의 유혹'으로부터 벗어나고자 하는 시도를 의미하는 것이다. 그것이야말로 진정 '문학적인 것'이고 '시적인 것'의 가능태인 것. 즉, 문학성이란 어떤 장르적 특질과 의도를 전달하는 합의된 소통 방식이 아니라, 역으로 사회적으로 합의되거나 약속되어 있는 '소통 규칙'으로부터 벗어나는 '해방'과 '불화'의 실천을 의미한다.

이는 만델슈탐의 전기에서 더욱 명료해진다. 그는 러시아 혁명 시기에 반스탈린주의적 시를 썼다는 이유로 체포되었고, 결국 강제 수용소에서 사망한다. 오시프 만델슈탐의 시적 실천이란 결국 권력의 언어를 받아쓰면서 안정적인 삶을 직조하는 '자기 절제'가 아니라, 오히려 권력의 언어가 규정해 놓은 '말의 한계치'를 초과하는 시적 월경越境을 의미한다. 랑시에르는 언어와 사물의 일의적 관계를 초과하는 "시적 대화"를 "민주주의적 대화로 바꿔"서 읽을 수 있다고 하였다. 왜냐하면 "민주주의적 대화"는 언제나 "정원을 초과하는 대화 상대자들 간의 대화"를 의미하는 것이기 때문이다. 어쩌면, 이 것이야말로, 랑시에르가 만델슈탐에게 주목한 진짜 이유일 것이다.

사적 대화에 대한 이러한 복잡한 이해 속에서야, 우리는 겨우 부산의 저항 시인 이윤택을 논할 수 있다. 그는 무크지『지평』과 5·7 문학회의 창립 회원으로 참가하였으며, 초기부터 지역의 문학매체 운동에 힘을 쏟은 인물이다. 만약, 1980년대 이후 끈질기게 전개되고 있는 부산의 시적 경향이 '민주주의 지향의 문학'으로 요약될 수 있다면, 그것은 부산의 시인들이 반민주화 세력을 비판하는 내용이나 민주화에 대한 갈망을 시의 소재로 삼았기 때문이 아니다. 오히려 그보다는 독재정권의 언어를 수용하거나 내면화하지 않는 언어 버틀기, 즉 '시적 대화'를 충실하게 수행하였기 때문이다. 이를테면, 그것은 "게임의 규칙" 바깥을 상상하는 시적 실천 행위인 것. 이윤택의「깽판」이라는 작품을 보자.

사람들이 조금씩 뻔뻔스러워지면서
게임의 규칙은 무너졌다
뻘밭이 펼쳐지고
캐처럼 싸운다
지금 여기서
내가 할 일은 깽판을 치는 일
이것이 우리에게 주어진 식량이라면
죽을 쑤는 일이다

—이윤택, 「깽판」 전문(『작가와 사회』 41호, 부산작가회의, 2010)

이 시의 시적 화자는 (정해진 '합(合)'에 따라 주먹을 교환하는) 약속대련 형식의 시 쓰기를 거부한다. 왜냐하면 이 세상은 이미 대화의 규칙("게임의 규칙")이 "무너"져버린 세계이기 때문이다. 이제, 약속된 기호와 표현을 통해 상호 메시지를 교환하는 고상한 대화는 불가능하다. 왜냐하면 통상적인 의사소통 방식으로는 '싸움'을 할 수도, '싸움'을 말릴 수도 없는 지경에 치해버렸기 때문이다. 하지만 시적 화자는 사회적 약속과 가치를 복원하거나 조화시키는 방법을 선택하지 않는다. 시인은 아예 이 세계의 '대화/소통 구조(판)' 자체를 전복해야 한다고 생각하는데, 그것의 구체적인 전략이 "깽판"의 언어이다. 이는 이윤택 시인의 오랜 시작 방식 중 하나이다. 5·7문학회의 회보에 수록된 작품을 비롯하여, 시작詩作 초기부터 이어져온 시인의 소통 방식은 때로 과격할 정도로 실험적이었다. 하지만 이는 시인이 기교주의 미학을 택하고 있었기 때문이 아니다. 시인은 억압적 시대의 언어 문법을 '거부'하고, 새로운 삶의 형식을 창안하기 위해 일상적 언어 용법을 '혁신'해야 하는 존재이다. 1980년대는 특허 이것이 요청되는 시대였는데, 이를테면, 황지우 시인이 시적 언어의 해체를 통해 미학적 응전을 시도한 것이나, 김지하 시인이 전통 가락과 정서를 담은 판소리 시를 통해 민중 감성을 복원하고자 한 것이나, 또 백무산과 박노해 시인이 노동자의 연대감을 촉구하고자 고군분투하였던 것은 모두 같은 맥락이다. 이윤택의 별칭이 '문화 게릴라'라는 데서도 알 수 있듯, 그는 오랜 시간 서울중심의 불균등한 문화 지형을 극복하고자 노력한 시인이자 예술가이다. 1990년대 이후 극작 활동과 연극 운동에 헌신하면서 문학매체 발간에서는 한 발 물러섰지만, 시작 활동만큼은 지속적으로 이어오고 있다. 그는 한국 문단사적 맥락에서도 아주 예외적인 시인이지만, 오히려 그 덕분에 부산에서는 지배질서의 언어/감각을 교란하는 시적 언어가 생산될 수 있었다.[**]

지금까지, 5·7문학회를 경유한 부산 시인(들)의 시적 실천 양상을 세 가지 층위에서 살펴보았다. 하지만 미처 이 자리에서 다루지 못한 중요한 시인들이 너무 많다. 비평은 선택과 배제이며, 그래서 비평은 무사공평한 행위는 아니다. 하지만 시 작품에 대한 '공평'하지 못한 선택이 반드시 '공정'하지 못한 해석 행위인 것만은 아니다. 즉, 시 텍스트의 내적 차이를 궤멸시키고 무화하는 '무사공평의 비평(학)'이란 애시당초 존재하지 않는다. 그렇기 때문에, 매 순간 주어지는 텍스트와 마주하며 하나의 비평적 궤적을 충실히 그려나갈 뿐이다. 지면의 한계상, 이 자리에서 다 말하지 못한 시인과 시에 대해서는 향후 연속 작업을 통해 새롭게 가늠할 것을 약속한다.

＊＊

주지하다시피, 유명한 연극연출가이자 시인인 이윤택은 2018년 9월 상습 성추행 혐의로 징역 6년을 선고받았다. '문화 게릴라'라는 별칭에서도 알 수 있듯, 기성세대의 문화적 권위주의와 부당한 권력에 저항한 것으로 평가받아 온 이윤택의 이중적 행태는 충격적이다. 실정법에 따른 처벌이나 정서적 혐오를 떠나서, 기득권에 대한 저항 행위가 얼마나 엄격한 자기 점검과 성찰을 요하는 일인지를 깨닫게 하는 심각한 사건이다. 필자 역시 문학/비평하는 남성으로서 (그를 악마 같은 문화 권력자나 페니스 파시스트로 비난하며, 나 자신은 면죄부를 받기보다는) 통렬하게 반성한다. 물론 이 글은 '미투 사건' 이전에 발표된 글이지만, 그렇다고 해서 책임이 면제되는 것은 아니다. 또 이미 쓴 글을 수정하거나 삭제한다고 해서 비평가로서의 책임을 회피할 수도 없다. 지역/문학이 문화적 응전을 통해 우리 사회의 권위주의와 맞서 싸우면서도, 또 다른 부당한 권력의 사용자가 되지 않는지 끊임 없이 자신을 되돌아보고 성찰해야 하겠다. 그것이 지역/문학이 가야할 진정한 길이 될 것이다. 시와 삶, 분투와 분열, 우리는 그 가파른 칼날 위에 서 있다.

미주

1   안장현, 「엮고 나서」, 『한글문예』 창간호, 한글문예사, 1956, 57쪽.

2   이것은 분명 언어적 영토성이 보여주는 구체적인 현상이다. "언어의 정비는 언제나 영토의 정비이다. 언어는 유형적(지형학적) 의미에서뿐만 아니라 무형적(상징적) 의미에서도 영토를 가진다./ 한번에 하나의 언어만을 말하도록 유도되는 발화 연쇄의 선형적 특성과 동일언어사용적 내화 양식의 우세는 분명히 영토권 분쟁과 헤게모니를 획득하려는 독점적 행위의 출현을 좌우하는 요인들이다"를 참조할 것. 장 베르나베, 「생태언어학과 언어 정책」, 『언어제국주의란 무엇인가』, 돌베게, 2005, 201쪽.

3   이기갑, 「국어교육과 방언」, 『국어교육학연구』 제35집, 국어교육학회, 2009, 11쪽.

4   이혜령, 「조선어·방언의 표상들」, 『사이間SAI』 제2호, 국제한국문학문화학회, 2007, 82쪽.

5   이태영, 「문학 작품에 나타난 방언의 기능」, 『어문논총』 제41호, 한국문학언어학회, 2004, 29-51쪽.

6   윤천탁, 「방언의 국어교육적 의의」, 『청람어문교육』 제27집, 청람어문교육학회, 2003, 9쪽.

7   장창영, 「방언과 시교육 방법론」, 『문학교육학』 제17호, 한국문학교육학회, 2005, 258쪽.

8   "비평가나 사회학자는 이 모순을 삶을 해석하기에만 급급할 뿐인데 삶을 변화시킨다고 믿게 하는 낡은 환상의 표지로 취급하면서 문학에 보복하길 원할 것이다. 그러나 해석 자체도 공동 세계의 가시성 형태를 변형시키고, 이 형태로 인해 어떤 신체들이 공동적인 것의 새로운 풍경을 위해 임무를 수행하는 역량들을 변형시킨다는 점에서 실질적인 변화이다. 그리고 세계 변형과 세계 해석을 대립시키는 이 문장 역시 자기가 반박하는 "해석"과 동일한 해석학적 장치에 속한다. 문학의 순수성을 지지하는 새로운 의미작용 체계는 세계 변형과 세계 해석을 대립시키는 의미 자체를 의심스럽게 만든다." 자크 랑시에르, 유재홍 옮김, 『문학의 정치』, 인간사랑, 2009, 57쪽.

〈2부〉

비평(가)의 로케이션과 소명

1   고바야시 히데오, 유은경 옮김, 『고바야시 히데오 평론집』, 소화, 2004, 13쪽.

2   이승재, 『마개 없는 것의, 비가 오다』, 소요유, 2017 참조.

3   김탁환, 『거짓말이다』, 북스피어, 2016, 15-213쪽.

비평의 시좌 : 신경숙 사태를 보는 다른 곳

1   박민정·서효인·손아람·이만영·최정화·황인찬, 「젊은 작가 좌담: 한국문학의 폐쇄성을 넘어서」, 『실천문학』 119호, 2015년 가을호 참조.

2   구모룡·김곰치·전성욱·조갑상·최영철, 「특별좌담 : 신경숙이 한국문학에 제기한 질문들」, 『오문비』 98호, 2015년 가을호 참조.

3   전봉관·이원재·김병준, 「문예지를 매개로 한 한국 소설가들의 사회적 지형: 1994~2014」(제48회 한국현대소설학회·부산외국어대학교 공동 전국 학술대회 자료집, 2015.10)에서 보여주듯, 메이저 문예지의 '정실주의'를 통계 검증을 통해 '실체화'하겠다는 시도는 다소 위험해 보인다. 이 연구의 문제점은 서지, 인명, 출판, 문학상 등과 관련된 방대한 통계 검증의 신뢰도와 타당도에 있는 것이 아니라, 이러한 양적 연구가 이 논문의 기획 취지와는 반대되는 결과를 초래할 수 있다는 점을 간과하고 있다는 데 있다.

4   한병철, 김남시 옮김, 『권력이란 무엇인가』, 문학과지성사, 2011, 18-20쪽.

5   이는 비단 지역문학이나 장르문학의 문제만이 아니다. 예를 들면 『Axt』와 같은 시도는 이른바 비평(가) 담론 중심의 문예지 구성에서 탈주한 예라고 할 것이다. 특히, 잡지의 서두에 배치된 리뷰 코너의 구성 의도를 보면, 소외된 작가, 혹은 제대로 독자에게 전해지지 못한 '소설 텍스트'에 대한 재평가rewriting의 의미를 담고 있다고 보아도 좋을 것이다.

6   이는 두 가지 층위에서 상술 가능하다. 우선, 문학이라는 특정 장르의 언술 형식에 부여된 임무로, 비평은 한국문학 텍스트의 내적 자질과 수준을 향상시키기 위해 노력하여야 한다는 것이다. 두 번째는 한국문학의 생태 공간(생산-유통-향유)이 건강한 흐름을 유지할 수 있도록 '감시'를 게을리하지 않는 것이다. 양자 모두 비평이라는 '균형 감각' 속에서 발아될 수 있다.

7   "신경숙 사건을 우리 내부의 '후진성'과 '낙후함'을 방어하는 문학사적 알리바이로 삼아서는 안 된다. 정말 우리는, 신경숙 작가의 대안 없고 자기 성찰 없는 '감상적 치유술'에 열광한 적이 없는가. 또 메이저 출판사의 유혹과 명망을 뒤쫓지 않았는가, 혹은 그것을 비평적으로 방조하거나 묵인하지는 않았는가. 특히, 중심부의 논리를 비판하면서도, 노벨상 수상자가 없는 한국 문학계의 결핍을 '스타 작가'의 육성을 통해 단숨에 극복하고자 하지는 않았는가! 이러한 '자기 성찰'과 '질문'이 선행된 후에야 우리는 비로소 신경숙 사건을 올바르게 마주할 수 있다. 왜냐하면 신경숙 표절 사건의 본질은 자기 성찰을 누락한 작가, 출판사, 비평가가 어떻게 '균형 감각'을 잃고 자기 내부로 침전되고 매몰될 수 있는지를 보여준 문화적 증례이기 때문이다." 박형준, 「비평이라는 균형 감각」, 《국제신문》, 2015.8.12.

8   『오문비』(2015년 가을호)의 특집좌담은 이와 같은 고민과 문제 인식을 잘 보여주고 있다. 좌담의 특성과 제약 때문에 긴 호흡의 논의를 이어가지는 어려웠지만, 창작 방법론이나 창작/비평의 태도에서 신경숙 사태의 근본 원인을 발견/진단하고자 하는 시도는 상당히 의미 있는 논의라고 말할 수 있다. 『오문비』의 좌담을 보면, 『문동』식의 미문주의, 혹은 비판적 문화주의라는 허울에 둘러싸여 있는 대안없는 감상주의, 다시 말해 경험이 탈각되어 있는 '수집을 통한 글쓰기' 혹은 '영혼 없는 스타일'의 문제를 제기하고 있다. 이 문제는 또 다른 논의가 필요하기 때문에 이 자리에서도 모두 다룰 수는 없다. 하지만 이러한 문제 인식을 진전시키는 작업은 분명 필요하다. 아쉽게도 후속 논의를 발견하기 어렵다.

9   윤지관, 「세계문학에 지방정부는 있는가: 동아시아문학과 관련하여」, 『창작과비평』 154호, 2011년 겨울호, 42-61쪽. 이 글에서는 『세계문학을 향하여 : 지구시대의 문학연구』, 창비, 2013, 210-221쪽 참조.

10   다소 거친 표현이기는 하지만, 조영일이 『창비』에 글을 싣는 젊은 비평가들을 "창비가 보유하고 있는 자가면역시스템의 일부에 불과"하다고 말한 것은 이와 무관치 않다. 조영일, 『가라타니 고진과 한국문학』, 도서출판b, 2008, 151쪽.

혁명의 장소와 증언의 (불)가능성

1   발터 벤야민, 최성만 옮김, 「역사의 개념에 대하여」, 『발터 벤야민 선집 5』, 도서출판 길, 2009, 347쪽.

2   민주화운동기념사업회, 『김주열』, 도서출판 오름, 2003, 70쪽. 이 책을 본문에서 인용할 때는 쪽수만 표기하기로 한다.

3   조르조 아감벤, 김상운 옮김, 『세속화 예찬』, 난장이, 2010, 40쪽. 이 책을 본문에서

인용할 경우에는 괄호 속에 『예찬』이라고 표기하고 쪽수를 병기함.

4   아감벤은 주권적 폭력이라는 개념을 법제정적 폭력과 법보존적 폭력의 순환적 변증법을 파괴하기 위한 형태, 즉 벤야민의 신적 폭력과 비교하며 설명하고 있다. 주권적 폭력은 신적 폭력과 달리 법과 자연, 외부와 내부, 폭력과 법 사이의 비식별역을 창출해 내며, 폭력과 법 사이의 연결 고리는 비식별역에서도 여전히 유지된다고 본다. 그러나 벤야민의 신적 폭력은 법을 제정하지도 보존하지도 않는 탈정립적인 계기나 효과 자체를 의미한다고 하였다. 조르조 아감벤, 박진우 옮김, 『호모 사케르』, 새물결, 2008, 145-152쪽.

5   슬라보예 지젝, 이현우·김희진·정일권, 『폭력이란 무엇인가』, 난장이, 2011, 273쪽. 본문에서 인용할 경우 『폭력』이라고 쓰고 쪽수를 병기함.

6   슬라보예 지젝, 김상운·홍철기·양창렬 옮김, 「민주주의에서 신의 폭력으로」, 『민주주의는 죽었는가?』, 난장이, 2009, 191쪽.

7   허종, 「김주열 처참한 모습 촬영 국내외 알려」, 『1960 3·15의거증언록 우리는 이렇게 싸웠다』, 3·15의거기념사업회, 2010, 531쪽. 본문에서 이 책을 인용할 때는 『증언록』으로 표기하고 쪽수를 병기하기로 한다.

8   한스 J. 노이바우어, 박동자·황승환 옮김, 『소문의 역사』, 세종서적, 2001, 64-65쪽.

9   한스 J. 노이바우어, 앞의 책, 69쪽.

10   조르조 아감벤, 정문영 옮김, 『아우슈비츠의 남은 자들: 문서와 증인』, 새물결, 2012, 51쪽. 이 책을 인용할 때는 『아우슈비츠』로 표기하고 쪽수를 병기하기로 한다.

11   이 글에서는 『3·15의거 시전집』, 3·15의거기념사업회, 2010에 수록된 작품을 대상으로 삼았다. 본문에서 이 책을 인용할 때는 『시전집』으로 표기하고 쪽수를 병기하기로 한다.

12   '매개(중재)'가 여전히 율법적인 힘을 가지고 있다는 알랭 바디우의 지적은 참조할 만하다. "혁명에 충실한 사람들에게 혁명은 도래하는 것이 아니라 다른 것이 존재할 수 있도록 하기 위해 도래해야만 하는 것"이기 때문이다. 알랭 바디우, 현성환 옮김, 『사도 바울』, 새물결, 2008, 97쪽.

13   서정 텍스트가 아닌 서사 텍스트를 통해 이 글의 문제 인식을 드러낸 바 있다. 3·15라는 역사적 사건을 소설화한 김춘복의 『꽃바람 꽃샘바람』을 다룬 글이다. 박형준, 「여러 혁명과의 조우」, 『작가와 사회』 43호, 부산작가회의, 2011년 여름호 참조.

14   김항, 「신화를 거스르는 언어 : 발터 벤야민의 비평에 관하여」, 『오늘의문예비평』 79호, 2010년 겨울호, 64쪽.

15   이순욱, 「남북한문학에 나타난 마산의거의 실증적 연구」, 『3·15의거 학술논문총서』,

3·15의거기념사업회, 2010, 694-695쪽.

혁명의 재현과 저항의 (탈)신성화

1   김춘복의 장편소설 『꽃바람 꽃샘바람』은 ① 1986년 4월 19일 일월서각에서 출판된 판본, ② 1989년 4월 15일 동광출판사에 출판된 판본, ③ 2010년 10월 5일 (사)3·15의거기념사업회에서 출판된 판본으로 나눌 수 있다. '일월서각'본(①)은 소설의 1부에 해당하는 내용을 먼저 출판한 것이다. 이후, '동광출판사'본(②)을 통해 1부를 포함한 완결된 내용의 작품집이 출판되었다. 개정판(③)은 '3·15의거 50주년'을 즈음하여 2010년에 출간된 것으로 "인명 및 지명의 오류를 바로잡고, 내용의 상당부분을 첨삭 보완하는 한편, 문장을 전면 개칠"한 것이다. 여기에서는 개정판(③)을 분석 텍스트로 삼았다. 『꽃바람 꽃샘바람(개정판)』((사)3·15의거기념사업회, 2010)의 내용을 본문에 인용할 경우에는 쪽수만 병기하여 표기한다.

2   김춘복의 작품은 본격적인 평가 대상이 되지 못했다. 장편소설 『꽃바람 꽃샘바람』의 작품 해설(임헌영)을 제외하고 나면, 소설가 김춘복에 대한 본격적인 연구는 최미진의 논문이 거의 유일하다. 최미진, 「1970년대 새마을운동과 농민소설의 정치성」 『한국근대소설의 이면』, 소명출판, 2010, 348쪽.

3   3·15를 '의거'로 읽느냐, '혁명'으로 읽느냐, 하는 문제는 간단하지 않다. '3·15'를 '의거'라고 지칭하는 용법의 정치성에 대해서는 다시 논의되어야 하겠지만, '3·15 의거'가 '4·19 혁명'과 구분되는 마산지역의 '저항적 파토스'를 '기념비적'으로 재구성하는 전략적 용어에 한정된다면 문제적이라 하지 않을 수 없다.

4   "조국이 위기에 처할 때, 청년 학도들이 침묵하는 국가는 멸망할 수밖에 없다. (중략) 아직은 때가 오지 않았다. 제군들이 지금까지 보여준 행동만으로도 의사표시를 충분히 한 것이다. 때가 올 때까지 공부하면서 힘을 배양하도록 하자."(236쪽)

5   "그야 물론 소설을 쓰는 일이죠. 4년제 대학을 필요로 하지 않는 이유도 바로 그겁니다. 다른 분야와는 달리, 중요한 것 체험과 독서와 사색이지, 교수들의 강의가 아니라고 봅니다. 마친 교수진이 현역 문인들로 짜여 있다니, 소설기법이나 좀 배워볼까 해서 그 학교를 선택했습니다만, 그 기법이란 것도 실은 스스로 터득해야 하는 것이고 보면, 2년이란 기간도 오히려 길다는 생각입니다."(49쪽)

6   "찬스야말로 정말 멋진 찬스지."/ "그런데?"/ "아직은 결정적 시기가 아냐. 좀더 기다려 보는 게 좋을 거 같애."/ "결정적인 시기 좋아하시네."/ "기다리는 거 좋아하시네."/ "퍼엉신, 쪼오다!"(63-64쪽)

7   한나 아렌트는 '권력'과 '폭력'을 구분한다. 권력은 이미 정당화되어 있는 것. 권력

이 폭력을 사용할 때 그 권력은 자신의 폭력(수단)으로 필사적으로 만회하려고 한다. 그러나 그것은 되돌리기 어려운 불가능한 노력일 뿐이다. 한나 아렌트, 김정한 옮김, 『폭력의 세기』, 이후, 2000, 18쪽.

8 벤야민은 법정립적이고, 법보존적인 '신화적 폭력'에 맞세워 '신적 폭력'의 '도래'를 이야기한 바 있다. 한 대목을 함께 읽어 보자(발터 벤야민, 최성만 옮김, 「폭력비판을 위하여」, 『역사의 개념을 위하여 외』, 도서출판 길, 2008, 111쪽). "신화적 폭력이 법정립적이라면 신적 폭력은 법 파괴적이고, 신화적 폭력이 경계를 설정한다면 신적 폭력은 경계가 없으며, 신화적 폭력이 죄를 부과하면서 동시에 속죄를 시킨다면 신적 폭력은 죄를 면해주고entsühnend, 신화적 폭력이 위협적이라면 신적 폭력은 내리치는 폭력이고, 신화적 폭력이 피를 흘리게 한다면 신적 폭력은 피를 흘리지 않은 채 죽음을 가져온다."

9 '신적 폭력'은 일종의 '사건'이며, 이 '사건'의 '도래'가 매개를 통해 출현하는 것이 아니라는 사실을 확인할 수 있게 해주는 성찰을 바디우에서 읽을 수 있다(알랭 바디우, 현성환 옮김, 『사도바울』, 새물결, 2008, 96~97쪽). "우리는 바울에게서는 매개(중재)라는 테마가 완벽하게 부재하는 것을 확인할 수 있다. 그리스도는 그것을 통해 우리가 신을 알게 되는 하나의 매개가 아니다. 예수 그리스도는 순수한 사건이며, 그러므로 앎이나 계시의 기능이 문제가 될 때에도 그것 자체로서는 하나의 기능이 아니다. (중략) 혁명에 충실한 사람들에게 혁명은 도래하는 것이 아니라 다른 것이 존재할 수 있도록 하기 위해 도래해야만 하는 것이다. 혁명은 부정(성)의 계기로서 코뮌주의의 매개(중재)이다. (중략) 바울에게 그리스도는, 혁명을 정치적 진리의 자족적인 시퀀스로 생각하는 사람들에게서와 마찬가지로 하나의 도래venue이다. 그리고 기존의 담론 체계를 중단시키는 사람이다. 그리스도는, 즉자적으로 그리고 대자적으로, 우리에게 도래하는 것이다."

10 "신적 폭력을 실제로 존재했던 역사적 현상과 등치하는 것에 대해 두려워하지 말아야 한다. 그래야만 모호한 신비화를 피할 수 있다"(271쪽) 지젝의 논의는 얼마나 진솔한가. 슬라보예 지젝, 이현우·김희진·정일권 옮김, 『폭력이란 무엇인가』, 난장이, 2010, 275쪽.

11 "'3·15 마산사태'가 기폭제가 되어, 이제 전국이 활화산으로 타오르고 있지 않은가!/ 3월 16일, 장면은 기자회견을 통해 3·15선거의 무효를 선언함과 동시에 마산사태에 대해 언급하면서, 앞으로 민주당은 어떠한 박해에도 굴하지 않고 민주구국운동의 선두에서 최후까지 감투할 것임을 천명했다."(342쪽)

12 김항의 벤야민 해석을 참조할 것 : "벤야민은 아래 세대가 윗세대에 결코 갚을 수 없는 빚을 갚아야 하는 신화의 이야기하기가 아니라, 윗세대가 아래 세대에게 '지불해야' 한다고 말한다. 아래 세대로부터 윗세대가 빚을 질 수 없다고 할 때, 이 이야기는 결코 '빚=죄Schuld' 연관을 반복하는 이야기하기가 아니라 오히려 그 연관의 사슬을 깨트리는 이야기하기의 방식이다" 김항, 「신화를 거스르는 언어 : 발터 벤야민의 비평에 관하여」, 『오늘의문예비평』 79호, 2010년 겨울호, 64쪽.

13   슬라보예 지젝, 앞의 책, 274-275쪽.

〈3부〉

판타지로서의 지역문인공동체

1   안장현, 『잊을 수 없는 사람들 : 시와 사랑과 영원과』, 교음사, 1982, 72쪽.

2   강희근, 「이형기傳」, 『신생』, 38호, 2009 봄호.

3   구모룡, 「지역문학 : 문화적 생성 공간으로서의 경계영역」, 『지역문학과 주변부적 시각』, 신생, 2005, 193쪽.

4   구모룡, 「장소와 공간의 지역문학」, 『작가와 사회』 34호, 2009 봄호, 17쪽.

5   지역문인공동체와 지역문학공동체의 임계, 그리고 그 실질적인 면면을 모두 살피는 것은 어려운 작업이다. 이 자리에서는 2000년 전후, 부산지역 문학사회의 내면 풍경을 조망함으로써 그 가능성과 한계를 되짚어 보고자 한다.

6   허정은 공동체 형성의 전제가 주체의 결여됨을 인정하는 것에서부터 출발한다고 하였다. "공동체에 이르기 위한 연대라고 했을 때, 거기에는 타자의 결여됨에 대한 성찰뿐만 아니라, 주체의 결여됨에 대한 성찰 역시 있어야" 하기 때문이다. 허정, 「공동체의 감각은 어떻게 발아하는가」, 『공동체의 감각』, 산지니, 2010, 19쪽.

7   김정한, 「속간호를 내면서」, 『부산문학』 제2호, 한국문인협회부산지부, 1967, 13쪽.

8   「發刊辭」, 『文筆』 제1호, 국제신보사출판부, 1957, 15쪽.

9   전성욱은 "문예지는 해석의 정치가 작동하는 제도적 공간이다. 특히 동인지 체제로 운영되었던 문지는 '세대교체'라는 이름으로 특정한 해석의 체계를 대물림하는 퇴행적 형태로 그 '이념적 기구'를 유지해 왔다"고 하면서, "민병욱·황국명의 '비평의 비평'에서부터 권성우와 강준만 그리고 『비평과 전망』 동인들의 '문학권력 비판'에 이르기까지, 그 정의로운 신념의 결사항전은 사실 문단정치의 상식을 상회하는 것이 아니었고, 따라서 그것이 문단정치의 역학을 혁신하는 실천적 비평운동에 이르지 못"하였다고 하였다. 전성욱, 「문학의 공간 : 문예지의 공공성에 대하여」, 『오늘의 문예비평』 77호, 2010 여름호, 34~35쪽.

10   박태일, 『한국 지역문학의 논리』, 청동거울, 2004, 48쪽.

11   차한수, 「해운대 문예의 꿈을 위하여」, 『해운대 문예』 창간호, 해운대문인회, 1999, 8쪽.

12   조홍제, 「지역문화예술 창달에 기여하는 길라잡이를」, 『동래문화』 창간호, 동래문화

원, 2000, 11쪽.

13 조홍제, 「發刊辭」『동래문예』제2호, 동래문화원, 2001, 7쪽.

14 「해운대 문인회 회칙」『해운대 문예』창간호, 해운대문인회, 1999, 252쪽.

15 정성대, 「현실을 개척하여 굳세게 싸우자」『틈原』창간호, 재경창원군학우회, 1쪽.

16 도창호, 「빛나는 수필 기대」『부산수필문예』창간호, 부산수필문인협회, 2004, 23쪽.

17 강인수, 「창작열에 기름 역할」『부산수필문예』창간호, 부산수필문인협회, 2004, 24쪽.

18 박홍길, 「<부산 수필 문예>를 창간하면서」『부산수필문예』창간호, 부산수필문인협회, 2004, 20쪽.

19 피에르 부르디외, 하태환 옮김, 『예술의 규칙』동문선, 1999, 166-167쪽.

20 정진채, 「닻을 올리면 바다가 무대다」『남제문학』창간호, 부산문예대학동문회, 2006, 4~5쪽.

21 박형준, 「기억·연대·소통 : 부산지역 대학문학회 <지층과 단층>과 학생문사의 동력」『함께가는 예술인』28호, 2010 봄호, 부산민족예술인총연합, 39-40쪽.

22 이와 같은 '결속' 구조가 "상상적 관계에 의해 형성된 정서적 연대(공동체)에 지나지 않는다"는 사실은 지역의 문학사회를 이해하는 적확한 시각이라 할 것이다. 구모룡, 「한국문학공동체의 현실과 전망」『감성과 윤리』, 산지니, 2009, 280쪽.

23 이 글에서는 2000년 전후 부산지역 문학사회의 조감도를 그리는 첫 번째 작업으로 지역의 시 동인과 동인지를 논의의 대상으로 삼았다. 왜냐하면, 지역 내·외부에서 지명도가 있는 시문학 매체—지역 외부 필진의 다층적인 네트워크를 고려한, 혹은 고려할 수밖에 없는— 외에도 지역 시인들의 문학적·정서적 교류소통을 위한 동인지 창간과 발간은 지속적으로 이루어졌기 때문이다.

24 진창영, 『한국 현대시의 리얼리즘과 모더니즘적 탐색』, 새미, 1998. ; 최갑진, 『삶의 혼돈 비평의 미혹』세종출판사, 2001 등에서 '시작업 이후' 동인에 대한 비평적 접근이 일부 이루어졌을 뿐이다.

25 노고수, 『한국동인지팔십년사연구』, 서문출판인쇄사, 1991, 198~199쪽.

26 송창우, 「전쟁기 부산이 낳은 동인지『신작품』」『지역문학연구』제6호, 경남지역문학회, 2000 ; 이순욱, 「한국전쟁기 부산지역 시문학 연구」『현대문학이론연구』제27집, 현대문학이론학회, 2006. '지역'은 하나의 아젠다가 되었으나, 토대 연구의 부실로 인해 '목소리'만 존재하는 경우가 대부분이다. '이론'의 부실함도 문제이지만, 지역의 문학 현상에 대한 역사적 '실체'를 조망하지 못하는 것은 더욱 심각한 문제이다. 텍스트 자료 조

사와 지역문사들에 대한 구술사 작업을 통해 한국전쟁기 부산지역 문학사의 '현장'—특히, 해방 이후 지역문학사에서 학생문사의 자리를 마련하였다는 점에서 의미있다 하겠다—을 복원한 이순욱의 최근 연구가 주목되는 이유이다. 이순욱, 「한국전쟁기 부산지역문학과 동인지」, 『영주어문』 제18집, 영주어문학회, 2009.

27 안장현, 앞의 책, 115쪽.

28 이것은 '현대시'라는 장르에 국한된 것이며, 동시와 시조는 포함하지 않았다. 또한 이 글에서는 지역문학공동체라는 감성적 연대의 의미를 살펴보는 데 목적을 두고 있으므로 시 동인과 동인지 목록을 모두 제시하기는 어렵다. 1990년대, 2000년대 부산지역에서 활동한 시 동인과 동인지에 대한 상세한 연구는 이 자리에서 모두 감당할 수 있는 주제가 아니다. 이에 대한 세밀한 자료 조사와 문학사적 의의에 대해서는 후고를 기약할 수밖에 없겠다.

29 김기래 외, 「2집을 내면서」, 『전야·2 : 보도블록은 노래한다』, 해성, 1991, 6~7쪽.

30 이문걸, 「새로운 빛으로 타오르는 불꽃」, 『먼지의 노래 : 2000 목마 30집 특집호』, 전망, 2000, 9-10쪽.

31 강갑재, 「아름다운 만남」, 『詩路』 제13집, 세종출판사, 3쪽.

32 임종성, 「자서」, 『숨쉬는 상처』, 전망, 1999, 5쪽.

33 남송우는 '시와숲동인'의 동인지를 해설하면서 "요즈음 동인지들은 옛날처럼 특별한 에꼴을 보여준다기 보다는 출신, 세대, 지역 등에 의해 묶이는 경우가 많아 동인지의 방향성을 뚜렷하게 확인하기가 힘들"다고 언급하였으며, 전야 동인의 동인지 『전야·2 : 보도블록은 노래한다』에서도 "『전야』 동인들의 시 작품은 아직 어느 한 경향으로 정확히 묶기는 힘들"고 하였다. 남송우, 「시와 숲의 방향성을 위해」, 『시와숲』 제5집, 세종출판사, 2000, 109쪽 ; 남송우, 「시가 지녀야 될 현실성과 초월성」, 『전야·2 : 보도블록은 노래한다』, 해성, 1991, 144쪽.

34 알랭 바디우, 현성환 옮김, 『사도 바울 : '제국'에 맞서는 보편주의 윤리를 찾아서』, 새물결, 2008, 43쪽.

35 「머리글」, 『지역문학연구』 창간호, 경남지역문학회, 1997, 2쪽.

불화의 공동체 : 지역학문공동체와 침묵의 공모

1 '지역'은 지정학적 조건이 아니라 주체의 존재 조건이다. '부산'이라는 비인과적 지연地緣이 주체 구성의 필연적 조건이 된다는 역설은 우연적이면서도 규칙적인 '포섭-배제'의 논리를 보여준다. 지역은 "방언方言으로 격하된 낯선 언어의 사용지地"이며, "사

적 언어의 경험을 통해 공적 체계에 편입될 수밖에 없는 지역 주체 역시 영원히 다른 세계에서 살아갈 수밖에 없는 이방인異邦人"이다. (박형준, 「사적 언어의 윤리」, 『제주작가』 제30호, 제주작가회의, 2010 가을호, 143쪽)

2 박태일, 『한국 지역문학의 논리』, 청동거울, 2004, 22쪽.

3 황국명, 「요산문학 연구의 윤리적 전회와 그 비판」, 『한국문학논총』 제51호, 한국문학회, 2009 참조.

4 지역이 '대화적 소통'이라는 낙관적 가능성에 잔류하지 않고, '대화 가능성의 조건과 한계'를 되묻는 데까지 나아가야 한다는 입장은 주디스 버틀러를 경유한 것이다. 버틀러는 '대화'를 통해 가상의 '합의'나 '통일성'을 보장받을 수 있다는 연합정치의 논리가 '자유주의 모델'이 지닌 전제(권력 관계)를 내면화한다는 측면에서 문제적이라고 비판한다. '대화 모델'이 자유주의적 모델의 한계에 머물지 않기 위해서는 "대화 가능성의 조건과 한계를 만드는 권력관계가 우선적으로 심문의 대상이 되어야 한다"는 것이다. 왜냐하면 "범주의 불완전성을 가정하면 '여성들'이라는 범주는 영원한 의미 논쟁이 가능한 장으로 기능"하는 것이기 때문이다. 주디스 버틀러, 조현준 옮김, 『젠더 트러블』, 문학동네, 2008, 112쪽.

5 박태일, 「<짜깁기 연구와 학문적 자폐-고현철의 김대봉론>을 올리면서」, 부산대학교 국어국문학과 홈페이지(http://bkorea.pusan.ac.kr/) '자유게시판(나눔터)'을 참조할 것. 박태일은 홈페이지 '자유게시판(나눔터)'에 「고현철 교수의 공개 사과를 요구합니다」, 「고현철 교수 관련 해당 글들(기사/반론문/재반론문) 묶음」, 「고현철 교수 관련 문건1-지역문학의 현실과 과제」, 「<짜깁기 연구와 학문적 자폐-고현철의 김대봉론>을 올리면서」, 「짜깁기와 학문적 자폐- 고현철의 김대봉론 (1), (2), (3), (4)」등의 글을 올렸다.

6 황국명, 「부산지역 문예지의 지형학적 연구-문학운동론적 관점에서」, 『한국문학논총』 제37집, 한국문학논총, 2004. 이하 본문에서 인용할 때는 쪽수만 표기함.

7 황국명, 앞의 글, 4쪽.

8 이순욱의 여러 실증적 논문에서 부산지역 문학 현장의 실체를 확인할 수 있다. 그러나 이(들) 글에서도 황국명의 논문에 대한 비판과 해석은 발견할 수가 없다. 이순욱이 해방공간과 1950년대를 탐색하는 자리에서 제기한 문제 인식이 선행 연구의 입장(자료조사 결과 및 50년대 부산지역 문학사의 시각 등)과 맞세워져 있음에도 불구하고—특히, "피난문단의 한시성"으로 인해 "지역문학적 성과를 과소평가하는 측면"을 비판적으로 사유하는 부분이 그러하다(이순욱, 「한국전쟁기 부산지역 시문학 연구」, 257-282쪽)—, 이(들) 논문에서는 황국명 논문의 서지 오류를 직접적으로 언급하지 않거나—「한국전쟁기 부산 지역문학과 동인지」에서 동인지 『瑞枝』의 오류를 바로 잡는 부분—, '사실적' 맥락만을 기계적으로 인용하는 데 그치고 있다. 어느 쪽이든 이순욱의 논문에서 선행 연구에 대한 비판적 입장, 그 갈등 지점이 '침묵'으로 해소되고 있는 것만은 사실인

셈이다.(이순욱, 「광복기 부산 지역 문학사회의 형성과 창작 기반」, 『석당논총』 제50집, 동아대 석당학술원, 2011 ; 이순욱, 「한국전쟁기 부산 지역문학과 동인지」, 『영주어문』 제19집, 영주어문학회, 2010 ; 이순욱, 「한국전쟁기 문단재편과 피난문단」, 『동남어문논집』 제24집, 동남어문학회, 2007 등 참조)

9   이 글에서 부산지역 문학의 사회·역사적 '현상'이라고 말할 수 있는 맥락은 많은 부분 김중하·황국명·이순욱의 글에 기대고 있다(김대성, 「제도 혹은 정상화와 지역문학의 역학-'피난 문단'과 '무크지 시대'의 상관성을 중심으로」, 『현대문학의 연구』 43호, 한국문학연구학회, 2011, 46-47쪽).

10   정훈, 「죽은 평론가의 사회」, 《부산일보》, 2010. 9. 17.

11   하상일, 「문학비평의 본질과 시와 비평의 상호소통」, 『주변인의 삶과 시』, 세종출판사, 2005, 17쪽.

로컬 트러블 : 지역, 불화, 비평

1   피에르 부르디외, 하태환 옮김, 『예술의 규칙: 문학장의 기원과 구조』, 동문선, 1999, 15쪽.

2   김만석, 「싸가지론」, 《국제신문》, 2015.9.2.

3   황선열, 「지역문화운동을 다시 생각한다」, 『작가와사회』 62호, 2016년 봄호, 59쪽.

지역 문학관과 공간의 문화정치

1   한국문화기술연구소 엮음, 『문학관과 문화산업』, 단국대학교출판부, 2007, 5쪽~21쪽

2   문화콘텐츠(학/산업)에 대한 입장은 '인문학의 실용주의적 전환'에 대한 입장이기도 하다. 천정환은 "지역에서 활동하고 연구하는 연구자들은 직접적으로 지역 문화의 '개발'과 결부된 '문화콘텐츠'화에 종사하고 있거나, 이를 합리화하는 논리를 펴는데 훨씬 깊고 많이 참여하고 있는 것으로 보인다"고 하였다. 지역을 독해하는 방식이 타협적 평행선에 머물러 있음을 보여준다 하겠는데, 이에 대해 권명아는 지역 연구의 실용주의적 전환을 중심 헤게모니의 관계 속에서 논의하는 방식은 "지역 문화론 자체의 내적 논리를 살피지 못한 채, 중심 헤게모니와의 관례로 환원한다는 문제를 내포하는 것"이라고 비판한 바 있다. 권명아, 「기념의 정치와 지역의 문화 정체성」, 『인문연구』 53호, 영남대학교 인문과학연구소, 2007, 21쪽 참조.

3   정명준, 「누정 문학관-전라남도 담양지역의 누정과 누정문학 사이의 관계성 분석을 통한 공간 구축 방법에 관한 연구」, 한양대 석사논문, 2007, 32쪽.

4   한정호, 「문화예술행정과 지역문학의 실천 방안」, 『영주어문』 13호, 영주어문학회, 2007, 146쪽.

5   정경운, 「한국문화콘텐츠의 활성화 방안 연구」, 『현대문학이론연구』 25호, 현대문학이론학회, 2005, 26쪽.

6   부산·경남 지역의 문학관은 '이주홍문학관', '요산문학관', '추리 문학관'(이상 부산 지역), 마산 문학관, 경남 문학관, 김달진 문학관, 청마 문학관, 동리목월 문학관, 박재삼 문학관, 이병주 문학관(이상 경남) 등이 있는데, 이 글에서는 부산지역의 '요산문학관'과 '이주홍문학관'을 중심으로 논의를 전개하고, 글의 전개에 필요한 부분에서는 경남 지역의 문학관을 참조할 것이다. 문학관의 형태 분류에 대해서는 정경운의 글을 참조할 것.

7   권명아, 앞의 글, 26쪽.

8   김종우·윤학로는 프랑스문학관의 사례를 적용하면서, 김유정 문학촌과 이효석 문학관의 운영 현황과 전망을 살펴보았다. "답사중심, 가족중심의 여행이 자리 잡으면서 문화관광의 형태도 급속히 변화하고 있"으며, '이효석 문학관'이 "문학작품을 몸소 체험할 수 있는 지역문화관광의 중심으로서의 역할을 통해 주변지역 전체를 복합 문화공간으로 만들 수 있는 가능성을 높여나가고 있다"라고 하였는데, 이것은 '김유정 문학촌'에도 동일하게 적용되는 현상이다. 대부분의 문학관 연구가 '현황'과 '전망'을 제시하는 방향으로 기술되고 있는데, 이것은 문학관에 대한 존재 조건/방식에 대한 철학적이고 사회학적인 성찰을 결여하고 있다는 점에서 대단히 문제적이라고 하겠다. 김종우·윤학로, 「김유정문학촌과 이효석문학관의 운영현황과 전망」, 『비교문학』 41호, 한국비교문학회, 2007, 420~422쪽.

9   필자는 "이 오래된 호명 방식이 '문학제'와 '문학관'이라는 시·공간적 기념화 방식, 그리고 지역의 학문공동체, 창작공동체의 혈연구조와 담화 논리 속에서 구조적으로 재생산되고 있음을 확인할 수 있다"고 언급한 적이 있는데, "문제의 핵심은 향파와 요산이 부산지역을 대표할 문화적 개별성을 지닌 것인가 하는 점이 아니라, 향파와 요산을 지역문학의 신화적 대상으로 전유하는 방식"에 있다고 하였다. 문학관은 그 물질성을 잘 보여주는 기호이다. 박형준, 「이것이 진짜 문화정치다」, 『일곱 개의 단어로 만든 비평』, 산지니, 2010, 114쪽.

10   김수연은 문학관의 관람객 유형을 1) 교양·가족형(29.2%), 2) 문학관심형(26.3%), 3) 여가생활형(22.3%), 4) 학생교육형(22.2%)으로 분류하였다. 그러나 각 유형의 특징이 '방문 동기'에 국한되어 있으며, 1) - 4)의 유형의 내용이 서로 겹치거나 통합될 수 있다는 점은 계량적 수치에 대한 신뢰도마저 심각하게 훼손한다(김수연, 「문학관 관람객의 유형화를 통한 이용형태 분석」, 숙명여자대학교 석사논문, 2009, 37쪽). 이와 같은

문제점을 내포하고 있기에 문학관의 관람객 유형에 따른 맞춤형 문화 프로그램 개발은 그 실행 가능성이 매우 낮을 수밖에 없다.

11   손남훈, 「요산, 그의 현재진행형 글쓰기」, 『함께 가는 예술인』 22호, 2008년 가을호, 부산민족예술인총연합, 24쪽.

12   크리스티앙 살몽, 류은영 옮김, 『스토리텔링』, 현실문화, 2010 참조.

13   이순욱, 「근대문학 연구와 전집 발간」, 『근대 서지』 제2호, 소명출판, 2010, 423~424쪽.

14   제1회부터 요산 문학제를 주최했던 부산작가회의는 제12회 요산 문학제부터 그 이름을 찾아볼 수 없게 되었다. 부산작가회의의 격앙된 어조는 당시의 상황을 짐작케 한다. "<요산문학제와 관련하여 요산기념사업회에 대한 본회의 공식입장 2> 요산문학제에 관련하여 요산기념사업회에 대한 부산작가회의의 입장을 다시 한 번 정리하고 현재 요산기념사업회에서 행하고 있는 소위 대표작가선정이라는 작태에 대해서 10월 7일에 있었던 부산작가회의 회장단회의 및 이사회(이하 임원단)에서 결정된 사항을 알려 드립니다. 1. 이미 부산작가회의 홈페이지 공지사항에 게시된 요산기념사업회에 대한 본회의 입장을 다시 한 번 정리합니다. 가. 요산기념사업회 측은 이 사안(요산문학제 관련)에 대한 협의 의지가 전혀 없었다고 판단된다. 나. 오히려 부산작가회의의 제의를 철저하게 무시하고 있다고 판단한다. 다. 따라서 부산작가회의는 요산문학제의 모든 업무에서 완전히 손을 떼고 본회 고유의 업무에 온 역량을 경주한다. 라. 현 이사장과 이사진 체제하의 요산기념사업회와는 더 이상의 협조 관계를 유지할 수 없다. 마. 한평생 '사람답게 살아라'고 갈파하시며 못 가진 자, 소외된 계층을 보듬어 안았던 요산의 정신을 기념한다는 명목의 발상이, 자본의 논리에 함몰되고 권력 의지의 논리에 매몰되어 가는 듯한, 반요산적인 현실이 실로 개탄스럽지 않을 수 없다. 바. 상기의 결정으로 부산작가회의가 요산과 멀어지는 것이 아니라, 요산의 이름으로 행해지는 모든 거짓과 허위로부터 멀어지는 것이라고 생각한다." 부산작가회의 홈페이지(http://www.busanwriters.co.kr) 참조. → 2018년 현재, 부산작가회의와 요산기념사업회의 상호 노력으로 요산문학제와 요산문학관 운영을 둘러싼 갈등은 해결되었으며, 당시 문학관 스토리텔링의 문제점도 보완이 되었다.

15   《부산일보》, 2010. 11. 7. 이 원고는 『오늘의 문예비평』 80호(2011년 봄)에 발표한 글로, 2018년 현재 부산 온천장의 이주홍문학관과 경남 합천의 이주홍어린이문학관이 함께 운영되고 있다. 그러나 당시의 재정적 어려움과 폐관 위기가 완전히 해소된 것은 아닌 것으로 판단된다.

⟨4부⟩

시/삶의 곤혹 : 시적 실천의 양상과 자기 분열

1   이에 대한 자세한 내용은 구모룡, 「진보적 문학 전통의 복원과 계승」, 『오늘의 문예비평』 97호, 2015년 여름호를 참조할 것.

2   김정한, 윤정규, 박태문, 김준오, 하일, 이영찬, 김규태, 이규정, 김중하, 이복구, 강영환, 최영철, 이윤택, 류명선, 하창수, 구모룡, 신진, 신태범, 이상개, 임수생, 조갑상, 오정환, 윤진상, 김철, 박상배, 김문홍, 정형남, 하창길.

3   신진, 『미련』, 시산맥사, 2014.

4   조성래, 『천 년 시간 저쪽의 도화원』, 신생, 2014.

5   수잔 손택, 이재원 옮김, 『타인의 고통』, 이후, 2004 참조.

6   최영철, 『금정산을 보냈다』, 산지니, 2014. (본문에서 『금정산을 보냈다』를 인용할 때는 작품명만 적기로 한다.)

7   "문학과 정치는 동일자와 타자의 형상들, 토착민과 이방인의 형상들을 정정한다. 그것들은 가시적인 것에 대한 지배질서가 보기에 '유령'에 불과한 준-물체들을 공통 경험의 조직 안에 등록함으로써 물체들의 힘을 변경한다. (중략) 평등은 문학이나 프롤레타리아트라고 부를 수 있는 부유하는 존재 형태로, 또 어떤 특성도 사라지지 않은 채 부인될 수 있는 존재들, 독특한 다수성들–신체들과 호칭들의 관계 체계는 이 다수성들 때문에 여기저기로 자리 옮겨진다–이 존재하게 만들 수 있는 존재 형태로 사회체 안에 효과를 만들어낸다." 자크 랑시에르, 양창렬 옮김, 『정치적인 것의 가장자리』, 도서출판길, 2008, 32-189쪽.

8   오시프 만델슈탐, 조주관 옮김, 『아무것도 말할 필요가 없다』, 푸른숲, 2012 참조.

엔딩 크레딧 : thanks for U

이 책이 나오기까지 고마운 분들의 도움을 많이 받았습니다. 부산외국어대학교 국어국문학과에 입학한 것은, 절반은 필연이고 나머지는 우연이었습니다. 배가 늘 항로대로만 운항하는 것이 아니듯, 우리네 인생도 예상치 못한 인연을 통해 새롭게 변모하기도 합니다. 문학/교육하는 마음이 무엇인지 가르쳐 주시고 언제나 부족한 제자를 따뜻하게 격려해 주시는 류종렬, 박경수, 권오경, 배도용 교수님께 깊은 감사의 말씀을 올립니다. 학부 시절 저를 문학 창작의 길로 이끌어준 문우 김륭, 차선일 평론가, 그리고 국문과를 나왔지만 국문학과 무관한 삶을 살고 있는 민간인 친구 김현우, 배문수, 부종철, 정재욱, 김용준 벗들에게도 우정의 마음을 전합니다. 또한 비평의 엄정성과 학문의 객관성을 일러주신 부산대학교 대학원 국어교육학과의 민병욱 교수님과 한국해양대학교 대학원 국제지역문화학과의 구모룡 교수님께도 감사의 인사를 올립니다. 타 대학 출신인 저를 대학원에서 학문적 동료로 대해주신 이순욱 교수님, 최맹철, 이종섭 선배님, 김중수, 오현석 박사님께도 깊이 감사드립니다. 제가 '어긋난 비평가'가 되지 않도록 길을 비춰주고 있는 비평전문 계간지『오늘의 문예비평』의 동료 편집위원 손남훈, 김필남, 양순주, 최성희, 임명선 선생님과 인문그루브 '지튼 Z-tn'의 사회변혁운동 동지인 남종석, 김동규, 서용태 형께도 진심으로 감사의 말씀을 전합니다. 시민과 함께 책 읽는 기쁨을 알려주신 김해 독서클럽 '인문마실'과 '다독다독'의 회원 분들, 세상을 사는 도리와 문학하는 이의 태도를 깨닫게 해주신 소설가 강동수 선생님과 고봉준, 서승우, 고영란, 정훈 선배님께도 고맙다는 말씀을 올립니다. 어렵고 힘든 출판 환경 속에서도 도전적인 '비평선'을 기획하고 먼저 출간을 제안해 주신 두두출판사의 윤진경·장현정 대표님과 저자의 첫 평론집을 최선을 다해 만들어주신 최효선 디자이너와 박정오 편집자께도 감사의 말씀을 전합니다.

만 10년 전, 학부와 석사과정을 마치고 박사과정에 진학했습니다. 장전동에는 아는 사람이 거의 없어서, 중앙도서관 옥상에서 혼자 책을 보며 김밥을 먹곤 했습니다. 그런 저를 구원한 이가 있었으니, 그녀가 바로 지금의 아내 허연주 씨입니다. 놀랍게도, 이제는 딸아이 은우도 함께 밥을 먹게 되었습니다. 평일에는 물론 주말에도 바쁘다는 핑계로, 자주 시간을 보내지 못해 미안한 마음뿐입니다. 제 글의 문장 마디마디 '사람의 온도'를 부여해 준 가족에게 깊은 감사와 사랑의 마음을 전합니다.

로컬리티라는 환영

ⓒ 2018, 박형준

지은이	박형준
초판 1쇄 발행	2018년 12월 5일
펴낸곳	두두
펴낸이	윤진경 · 장현정
문학주간	박형준
편집	박정오
디자인	최효선
마케팅	최문섭
등록	2018년 04월 11일(제2018-000005호)
주소	부산 수영구 광안해변로 294번길 24 지하1층
전화	070-7701-4675
팩스	0505-510-4675
전자우편	doodoobooks@naver.com

Published in Korea by DooDoo Publishing Co, Busan.
Registration No. 2018-000005.
First press export edition December, 2018.
Author Park Hyung Jun
ISBN 979-11-964562-1-4   93800

※ 가격은 겉표지에 표시되어 있습니다.

※ 이 책에 실린 글과 이미지는 저자와 출판사의 허락 없이 사용할 수 없습니다.

※ 도서출판 두두는 지속가능한 환경과 생태를 위해 재생 가능한 종이를
사용해 책을 만듭니다.

※ 이 도서는 대구출판산업지원센터 2018년 지역 우수출판콘텐츠 제작
지원사업 선정작입니다.

이 도서의 국립중앙도서관 출판예정도서목록(CIP)은 서지정보유통지원시스
템 홈페이지(http://seoji.nl.go.kr)와 국가자료공동목록시스템(http://www.
nl.go.kr/kolisnet)에서 이용하실 수 있습니다. (CIP제어번호: CIP2018039206)